어느 부사장의 30년
직장 탐구생활

어느 부사장의 30년 직장 탐구생활

발행일	2019년 11월 25일		
지은이	유인상		
펴낸이	손형국		
펴낸곳	(주)북랩		
편집인	선일영	편집	오경진, 강대건, 최예은, 최승헌, 김경무
디자인	이현수, 김민하, 한수희, 김윤주, 허지혜	제작	박기성, 황동현, 구성우, 장홍석
마케팅	김회란, 박진관, 조하라, 장은별		
출판등록	2004. 12. 1(제2012-000051호)		
주소	서울시 금천구 가산디지털 1로 168, 우림라이온스밸리 B동 B113~114호, C동 B101호		
홈페이지	www.book.co.kr		
전화번호	(02)2026-5777	팩스	(02)2026-5747

ISBN	979-11-6299-973-8 03810 (종이책)	979-11-6299-974-5 05810 (전자책)

이 도서의 국립중앙도서관 출판예정도서목록(CIP)은 서지정보유통지원시스템 홈페이지(http://seoji.nl.go.kr)와
국가자료공동목록시스템(http://www.nl.go.kr/kolisnet)에서 이용하실 수 있습니다.
(CIP제어번호: CIP2019046652)

(주)북랩 성공출판의 파트너

북랩 홈페이지와 패밀리 사이트에서 다양한 출판 솔루션을 만나 보세요!

홈페이지 book.co.kr • **블로그** blog.naver.com/essaybook • **출판문의** book@book.co.kr

LG전자-한국갤럽-KMAC로 이어진 열정의 삶
스스로 은퇴를 선택한 한 직장인의 진솔한 기록

어느 부사장의 30년
직장 탐구생활

유인상 지음

북랩 book Lab

일러두기

1. 본문 내에 나오는 인물들의 직책은 당시의 직책으로 사용하되, 필요시 현 직책을 덧붙였습니다.
2. 인명은 실명으로 표기하되, 필요시 가명을 사용했습니다.

30년 직장생활을 졸'업業'하며

최근 나는 30년 동안 몸담았던 회사생활에서 스스로 졸'업(業)'을 선택했다. 누구나 언젠가는 반드시 통과해야 하는 것이라면 그 시간을 자의로 정하고 싶었다. 그래야 다시 새로운 업(業)의 시작도, 내용도 스스로 정할 수 있기 때문이다.

무엇보다도 삶의 업(業)에서 회사생활 30년의 끝맺음과 새로운 30년의 시작점의 그 '때'가 바로 지금이라는 결론에 이르렀기 때문이기도 했다.

내 업의 이정표는 LG전자와 한국갤럽을 거쳐 한국능률협회컨설팅(KMAC)까지 모두 30년 세월이다. 분기점에선 한국능률협회컨설팅에서 25째 일하고 있었고 부사장만 10년째인 지점이었다.

삶에서 이 소중한 터닝 포인트를 아무 일 없이 그냥 지나가고 싶진 않았다. 지난 30년을 통해 만났던 지인들과 함께 솔직히 뭔가 세리머니를 만들어 보고 싶었다. 마침 많은 지인이 '경영'과 '혁신'에 관한 콘텐츠로 책을 써 보라는 권유를 여러 번 해 왔다. 내 업의 대부분의 이력이 지식산업을 통해 산업계의 혁신을 리딩하는 역할을 했기에 경험과 노하우가 바탕이 되면 좋은 책이 나오리란 기대 때문이었다.

결국 책을 쓰기로 마음을 굳혔다. 하지만 경영혁신에 관한 책이 아니라 우선 직장생활 30년을 정리하고 돌아보는 글을 쓰기로 했다. 내 업의 이력은 일반 직장인과 달리 남다른 데가 있다는 말을 많이 들었기 때문이다.

굴지의 대기업과 유수한 리서치 전문기관을 거쳐, 국내 최고의 종합컨설팅회사에서 일한 경험은 각별할 수밖에 없다. 특히 수백 명의 경영컨설턴트가 일하는 회사에서 25년 넘게 일했고 부사장 10년을 포함해 임원으로만 16년 이상을 일했던 이력도 독특하다.

즉, 남다른 듯, 남다르지 않은 듯한 30년 동안의 직장생활 이야기를 나누고 싶었다. 그리고 그 지점에서 스스로 퇴사한 이야기는 지금 직장을 다니는 사람이든, 퇴사한 사람이든 우리 시대의 직장인들에게 공감과 함께 또 다른 이야기로 다가갈 수 있다는 생각이 들었다.

특히 업의 종착점인 동시에 시작점인 사직 이야기는 아직 누구에게도 구체적으로 말한 적이 없다. 단순하게 정리할 사안도 아니었고 또 말의 한계로 인해서 소상히 밝힐 수도 없었다. 물론 글로 내놓는다는 것 자체가 의미이자 부담이기도 했다.

이 책은 나의 직장생활 졸업증명서인 동시에 경력증명서이다. 일정한 업의 과정을 잘 마쳤다는 증명이자, 30년간 산업계를 매니지먼트하고 컨설팅하면서 누빈 내 업의 궤적에 대한 증명이다.

사업이란 전쟁터를 누비며 많은 전투를 치렀고 그 과정에서 CEO들을 비롯해 수많은 만남이 있었다. 운이 좋게도 내 업의 과정과 궤적 그 자체가 우리 산업사회 이노베이션의 역사에 한몫을 담당했다는 것이 주위의 평가이자 내 자부심이다.

이 책은 또 졸업 앨범이기도 하다. 나와 함께 한 모든 분의 추억이 깃들어 있다. 다만 사진이 아니라 텍스트로 구성된 앨범이다. 등장인물들의 이야기는 곧 나와 그들의 사진이기도 하다. 첫 페이지부터 마지막까지 떠오르는 이미지를 텍스트로 정리하는 내내 지난 30년간의 모든 일에, 모든 상황에, 모든 분께 감사의 마음이 절로 배어났음을 고백한다.

이제 회사생활을 졸업했다. 새로운 삶을 살아야 할 목전에서 학창 시절을 추억하며 정리하는 심경으로 30년을 회고했다. 30년은 빛나는 감사의 졸업장이다. 졸업은 끝을 맺는 과정이자 새로운 시작을 알리는 과정이다.

이 책을 통해 아직도 여운이 남은 직장생활과 KMAC의 삶으로부터 이제 자유로워지고 싶다. 그래서 기쁘고 평안한 마음으로 새로운 30년을 본격적으로 시작하고자 한다. 세상의 높은 곳이 아닌, 인생의 깊은 곳에 다가가는 꿈이 더 맞을지도 모른다는 생각도 든다. 그곳이 어디일지라도 하나님께서 함께하심을 믿는다.

이 책은 총 5부로 나누었다.

제1부는 LG전자-한국갤럽-KMAC로 이어진 30년 여정이다. 내가 재직한 LG전자, 한국갤럽, KMAC에서의 일과 경험을 다루었다. 첫 직장인 LG전자를 왜 떠났으며 잘 다니던 한국갤럽을 떠나 KMAC로 왜 이직했는지를 기술했다. 특히 이 세 개의 회사들이 '업(業)'으로 어떻게 서로 연결되었는지를 정리했다. 서로 다른 세 개의 회사에서 있었던 즐거운 추억과 함께 그 안에서 어떤 일을 배우고 경험했는지를 기록했다.

제2부는 '갑'이었던 고객과의 추억이다. 대부분 직장생활을 '을'로 살며 많은 고객을 접했는데 이 중에서도 기억에 남는 '갑질'을 했던 고객과의 경험들을 정리했다. KMAC에서 사업의 책임자로 오랫동안 있었기에 경험할 수 있었던 '웃픈' 이야기들이다.

제3부는 내게 특별함과 영감을 안겨준 CEO와의 만남 이야기다. KMAC에서 오랜 기간 고위 임원으로 재직하면서 대한민국의 수많은 최고경영자를 만날 수 있었다. 이 중 몇몇 분과는 좀 더 깊은 인연이 있었고 그래서 이들과의 만남을 각별한 마음을 담아서 정리해 봤다.

리더십에 품격의 고매함까지 더해진 최고경영자들과의 만남은 매우 특별했고 내 기억에 또렷이 새겨졌다. 경영과 함께 삶의 지혜를 깨우쳐 주신 고마운 분들이다. 이 책에 실명으로 언급된 분들에게 감사한 마음을 전하며 이 글이 조금이라도 누가 되지 않기를 바라는 마음이다.

지면 관계상 여기에 거명하지 못한 다른 CEO에 대한 만남 이야기는 다른 채널을 통해 이야기하고자 한다.

제4부는 부사장의 사임을 고백한 이야기이다. KMAC 부사장 10년 차, 왜 시즌 중에 내가 사직했는지를 담담한 마음으로 정리했다. 그리고 부사장의 위치에서 자발적 사임이 갖는 의미에 대해 반추해 봤다.

사임을 표명하기 전부터 부사장의 위치에서 내면으로 갈등하고 고민했던 상황을 자세하게 다룸으로써 직장생활의 끝맺음을 고스란히 보여 주었다.

제5부는 에피소드이자 여담이며 KMAC에서의 다양한 경험 중 일부를 회고했다. '내가 겪은 흔치 않은 사건들'에선 직장생활에서 쉽게 하기 힘든 특별한 경험을 다루었다. 그땐 낯설고 힘들었지만, 지나고 나니 추억이 된 사건들이다.

'골프도, 인생도 끝나 봐야 안다'에선 직장생활에서, 또 삶에서 골프가 갖는 의미와 에피소드를 중심으로 다뤘다. 20년 동안 나를 힐링시키고 다듬어준 라운딩에 관한 이야기이다.

이 책은 무엇보다도 25년간 일한 KMAC에서의 경험이 중심이다. 오랜 기간 재직한 회사이기도 하고 조직의 리더로서 성장하면서 많은 고객을 만났으며 다양한 경험을 했기 때문이다.

이 책을 내며 그 세월을 함께했던 전우와 동지들에게 감사함을 전한다. 그들과 같이 치른 많은 전투, 승리를 염원하며 나눴던 많은 고민, 같이한 희로애락의 시간을 잊지 않으려 한다. 특별히 25년을 함께하며 이끌어준 김종립 KMAC 부회장에게 감사를 전하고 싶다.

직장생활 30년 동안 늘 동반자이자 지지자가 되어 준, 그리고 지금도 지지가 되어 주는 사랑하는 아내와 아이들에게 감사한 마음이다. 직장생활 30년 졸업을 축하해 주신 모든 분께 진심으로 감사를 전한다.

덧붙인다면, 서두에서 밝혔듯이 많은 지인이 권유한 경영혁신에 대한 콘텐츠를 정리하고 연구해 보고자 한다. 매니지먼트와 이노베이션에서의 경험과 노하우는 내가 받았던 혜택이기에 통찰을 담아 산업사회에 발신하는 것이 더없이 가치 있는 일로 사료되기 때문이다.

지난 30년을 함께해 준 모든 분께 다시 한번 감사드리며 다음 30년도 함께해 주실 것을 감히 부탁드린다.

2019년, 30년 직장생활을 졸업한 지 1년이 지나는 시점에서

유 인 상

| 차례 |

제2부
'갑'이었던 고객 연구

제3부
CEO를 만나다, CEO를 배우다

제4부
부사장의 사임과 고백

제5부

특별한 에피소드

제1부

남다르지 않은 듯, 남다른 듯한 30년

향수_백미선 作
OIL ON CANVAS, 65.1×50.9, 2019

첫 직장, LG전자

"너네 아버지 뭐하시노?"

서울 여의도 트윈타워에서 신입사원 면접을 볼 때다. 나를 포함해 4명의 지원자가 나란히 앉아서 면접을 보고 있었다. 면접관의 질문이 시작되었다.

"어느 대학 무슨 과를 졸업했나요?"
맨 왼쪽에 앉은 지원자가 답했다.
"고려대학교 통계학과 졸업했습니다."
이어지는 질문과 대답이다.
"그 옆의 분은요?"
"저도 고대 통계학과 나왔습니다."
"아, 그래요. 그럼 그 옆의 분은 어디 나왔나요?"

그리고 세 번째로 내 차례가 되었다.

"저도 고대 통계학과 졸업했습니다."

다음 질문이 이어졌다.

"아버지께선 뭐하시죠?"

이번에도 맨 왼쪽 지원자가 답을 했다.

"아버님은 학교 선생님이십니다."

앞에서와 같이 옆 사람에게 같은 질문이 이어졌다.

"그 옆의 분은요?"

"네, 저희 아버님도 학교 선생님이십니다."

"그렇군요. 그 옆의 분 아버님은요?"

이번에도 내 차례였다.

"죄송하지만 저희 아버님도 학교 선생님이십니다."

면접관이었던 세 명의 임원들도, 면접을 보던 우리도 두 번이나 똑같은 대답에 '빵' 터졌던 기억이 문득 새롭다. 이력서를 통해서도 다 확인할 수 있었을 텐데 면접관들이 왜 그렇게 질문했는지는 알 수 없다. 면접에 함께 참여한 친구들은 그때 상황을 지금도 재미난 추억으로 간직하고 있다.

여러 군데에 입사 원서를 넣어 당락이 교차하던 시절, 그 세 명의 친구는 각자의 길을 갔다. 나만 LG전자(당시 금성사)에 입사했고 한 친구는 금융계로, 다른 친구는 다른 제조 회사로 갔다.

시장기획실, 업業을 배우다

입사 후 첫 배치를 받은 부서는 마케팅본부 시장기획실이었다. 시장기획실에는 두 가지 핵심 업무가 있었는데 하나는 영업으로부터 모델별 주문을 받아 공장과 물류 센터에 이를 전달하면서 제품의 수급관리를 하는 것이었고, 다른 하나는 제품관리와 기획, 시장조사, 가격 결정, 판매촉진 활동 등 제품의 PM(Product Manager)[1]에 해당하는 업무였다.

나는 시장기획실 TV팀에서 PM을 맡았다. 신입사원인 내게 PM 업무는 버거운 일이어서 처음엔 어려움이 많았다. 업무를 빠르게 습득하기 위해서 여러 가지를 공부하고 배워야 했다.

마케팅이 뭔지를 알아야만 해서 관련 서적을 구해서 읽었고 사내용으로 만든 TV 제품 기술서도 학습했다. 또한, 일본어도 공부해야 했다. 일본 전파신문에 나온 TV 관련 동향을 요약하여 내부에 공유하는 것도 업무 중 하나였기 때문이다.

PM은 역할상 유관부서가 많았다. PM은 영업과 공장(사업부)의 중간에서 시장의 정보를 바탕으로 제품을 총괄적으로 기획하고 관리하는 업무를 맡고 있기 때문이다.

판매의 흐름이나 시장 정보를 파악하기 위해 영업부서와 교류했

---

1 특정 제품이나 브랜드의 기획, 개발부터 판매, 마케팅에 이르는 모든 과정을 이익이라는 관점에서 관리하는 상품별 마케팅 담당자.

다. 공장에서 연구, 개발, 품질을 담당하는 부서, 본사 상품기획실, 디자인실과도 밀접한 관련이 있었다. 신제품의 기획 회의나 개발 회의 때는 이들 부서가 모두 모여 협의하였다.

신입사원으로서 가장 먼저 배운 일 중 하나가 공장에 팩스를 보내는 것이었다. 처음에는 담당 과장이 나를 옆자리에 앉히고 팩스를 쓰는 요령을 가르쳐 주곤 했었다. 과장이 공장에 전달할 사항을 말해 주면 나는 팩스 용지에 이를 정리하고 과장에게 수정을 받으며 일을 배웠다. 업무에 적합하지 않은 단어를 손보거나 조사를 고치는 것이 많았지만, 일을 배우는 것은 즐거움이었다. 내 이름으로 공장에 팩스를 보냈다는 것이 조그만 성취였던 시절이다.

첫 미션, 깨달음의 시작

새로운 제품이 나오면 반드시 시장조사를 통해 소비자의 반응을 체크하는 것이 주요 임무 중 하나였다. 예를 들어, 당시에는 비디오와 TV를 복합한 비디오TV가 선풍적인 인기였는데 시장의 반응을 가장 빨리 알아보는 방법은 대형 대리점의 판매 담당 매니저에게 물어보는 것이었다. 서울 시내에 있는 대형 대리점 10곳 정도에 전화를 돌리면 신제품의 시장 반응을 대략 캐치할 수 있었다.

하루면 가능했던 이러한 조사 방식은 매우 신속하고 효과적이었다. 이러한 조사결과와 일별 주문량을 기반으로 대략 판매 예측을 포함한 마케팅 전략을 수립할 수 있었다. 아울러 향후 3개월 판매

량 예측치를 공장에 피드백하여 모델별 생산과 자재 수급에 반영할 수 있도록 하였다. 신입사원인 내가 대형 대리점의 베테랑 영업과장과 통화하여 이러한 정보를 얻는 것은 처음엔 부담스럽고 쉽지 않은 일이었다.

"본사 TV 담당 유인상입니다. 이번에 출시된 20인치 비디오TV의 소비자 반응이 어떤지 체크하기 위해 전화 드렸습니다. 바쁘시지 않다면 잠깐만 시간을 내어 주시겠습니까?"

이렇게 시작한 인터뷰가 몸에 배고 익숙해지기까지는 시간이 조금 걸렸다. 중요한 것은 조사를 시작하기 전에 5분 이내에 인터뷰할 핵심 질문을 7~8개 이내로 구성하는 것이었다. 조사결과가 판매기획에도, 공장에도, 마케팅에도 도움이 되어야 했기 때문이다.

지시를 받아 처음으로 진행했던 대리점 조사결과를 1페이지로 정리하여 결재를 올렸다. '신제품 반응 조사 보고'라는 제목이었다. 과장이 보고 내게 몇 가지를 체크한 다음 실장에게 결재를 올렸다. 실장은 보고서를 보고 나를 불렀다.

"유인상 씨, 수고했어요. 요점을 잘 파악했고 내용도 조리 있게 잘 정리했네요. 그런데 혹시 경쟁사 제품과 비교해서 알아봤나요?"

칭찬과 함께 예기치 않은 질문이 이어졌다.

"죄송합니다. 거기까지는 생각하지 못했습니다. 경쟁 제품과의 비교는 우리 대리점과 경쟁사 대리점을 방문하거나 전화로 다시 한번 조사해 보고서를 올리도록 하겠습니다."

나는 첫 번째로 지시받은 업무에서 실장으로부터 칭찬과 격려를 받았지만, 동시에 예기치 않은 질문도 받음으로써 단순히 시킨 대로 일하는 것보다는 그 일의 핵심을 파악하는 것이 중요하다는 생각을 하게 되었다.

이 일은 상사나 업무적으로 관련 있는 사람, 포괄적으로 나의 고객이 궁금해할 사항을 내 관점이 아닌 상대방의 관점에서 보고자 하는 습관의 시초가 되었다.

과장으로부터 팩스를 쓰는 요령에 대해 배울 때의 일이다. 과장 책상 앞으로 내 의자를 가져가서 한참 동안 업무적으로 자주 쓰는 용어나 팩스 에티켓에 대해 설명을 듣는데 자꾸 졸음이 오는 것이었다. 참고자 했지만, 순간 고개를 아래로 끄덕이고 말았다. 과장은 어이없던지 웃으면서도 따끔한 지적을 했다.

"유인상 씨, 어제 잠을 못 잤나요? 과장이 업무를 가르쳐 주는데 앞에서 조는 신입사원은 처음 봤네."

그러면서 너털웃음을 짓는 것이었다. 정말 부끄럽고 미안한 상황이었다. 과장이 젠틀했기에 천만다행이었다.

신입사원이던 그 시절 그때는 오후만 되면 왜 그리 졸렸는지 알 수 없다. 잠을 적게 잔 것도 아닌데 아무튼 오후 서너 시만 되면 잠이 몰려와 잠을 깨러 이리저리 왔다 갔다 했던 기억도 있다.

신입이었지만 PM이었기에 여러 방면에 걸쳐 있는 일들이 많았다. 새로운 광고 시안이 들어오면 품평회에 참석했다. 다음 연도나 다다음 연도의 제품 기획 회의에도 1년에 여러 번 참석했고, 개발 중인 제품 품평회나 디자인 회의에도 수시로 참석하며 일을 배웠다. 신제품이 나오면 이에 대한 제품 교육도 PM의 역할이었다.

이런 일들은 신입사원인 내가 직접 나서기에는 어려운 일들이어서 대부분 과장의 주도로 이루어졌는데 과장이 바쁘면 그 역할을 대신하기도 했다. 신입사원으로 경험과 지식이 부족한 상태에서 마케팅본부를 대표해 뭔가를 해야 하는 상황에 맞닥뜨리는 경우도 있었는데 때로는 정말 살 떨리는 순간도 있었다.

호텔에 수백 명이나 되는 대리점 사장을 모아놓고 신제품 교육을 할 때 이들의 질문에 혹여 답변을 제대로 못 할까 봐 마음을 졸이던 일, 새로운 백화점 개점에 맞춰 기획한 A/V(Audio&Video) 전시회에 제품 소개를 맡은 여성 모델들을 교육할 때의 두근거림, 광고나 제품 품평회에 혼자 참석하여 마케팅을 대표해 뭔가 의견을 내야 했던 시절의 긴장감 등 여러 상황을 겪으며 그렇게 신입사원 시절을 넘기고 나도 어느덧 중견사원으로 성장하고 있었다.

JE Show, 첫 해외출장

일본 오사카에서 열린 전자제품 박람회인 'Japan Electric Show (JE Show, 미국 CES²의 일본판)'에 회사 대표로 나와 선배 격인 비디오

---

2 Consumer Electronics Show. 1967년부터 매년 미국에서 개최되는 세계 최대 규모의 가전제품 박람회.

담당, 오디오 담당 PM이 함께 출장을 갔을 때의 일이다. TV PM으로 재직한 지 만 2년째 되던 무렵이었다. 일본은 당시 가전제품 분야에서 기술적으로나 시장 점유율 면에서 세계적으로 선도적인 역할을 하고 있었다.

우리는 미래의 신기술이 접목된 새로운 제품을 사진에 담고 향후 어떻게 상용화될지 현장에서 알아보는 등 분주하게 움직였다. 출장 후에 보고서를 제출해야 했기 때문에 허투루 보지 않고 세세히 관찰하고 질문하며 조사하였다.

벽걸이 TV는 당시 공상과학 만화에서만 나올 법한 미래의 제품이었는데 JE Show에 출품되어 너무도 깜짝 놀랐다. 그뿐만 아니라 당시 한국에선 20인치 TV가 가장 큰 화면이었는데 소니나 히타치 등의 일본 가전회사에선 보란 듯이 33인치 TV를 주력으로 전시하고 있었다. TV PM인 내가 경탄할 지경이었으니 우린 정말 우물 안의 개구리였다.

요즘 우리나라가 TV를 비롯한 모든 전자제품에서 일본을 앞서는 것은 당시를 생각해 보면 기적과도 같은 일이다. 우리 엔지니어들과 기업인들의 눈물 나는 노력 덕분이 아닐 수 없다. 최근 CES를 한국 제품과 기술이 주도하는 것도 마찬가지다.

출장을 마치고 돌아오기 전날에는 예기치 않은 일이 일어났다. 항공편 확인을 했는데 우리 좌석이 취소된 것이다. 최소 이틀 전에는 항공편 좌석을 리컨펌(Reconfirm)해야 했는데 해외 첫 출장인 우리는 깜박하여 리컨펌을 하지 못했다. 그로부터 일주일 정도의 좌석이 매진되어 있으니 우선 예약을 걸어놓으라고 했다. 난감한 상황이었다.

현지에 있는 LG전자 지사에 협조를 구했다. 다행히도 도쿄에서 출발하는 서울행 비행기를 탈 수 있도록 조치해 주었다. 단, 계획보다 하루를 더 머물러야 했고 오사카에서 도쿄로 이동해야 했다. 우리는 그때 이미 가져온 출장비를 거의 다 쓴 상황이어서 하루를 더 체류할 돈이 없었다.

혹시나 한국처럼 현금서비스를 받을 수 있을까 싶어서 도쿄역 ATM기에서 우리 신용카드로 현금서비스가 되는지를 체크했다. 다행히도 당시에 신한카드는 엔화로 현금서비스를 받을 수 있었고 겨우 비용 문제를 해결할 수 있었다. 도쿄에서 하루를 체류한 우리는 일본의 대표적 전자 상가인 아키하바라에서 전자제품 시장조사를 겸해 즐거운 쇼핑을 하며 일본에서의 마지막 밤을 보냈다.

당시 일본에 출장을 같이 간 선배 중 한 명은 LG전자에 끝까지 남아 국내 영업의 판매를 책임지는 임원이 되었고, 또 다른 선배는 중간에 SK텔레콤으로 이직해 영업본부장을 역임하였다.

시장조사와 인연의 시작

시장기획실은 이후 조직 개편에 따라 PM실, 상품화추진실로 명칭이 바뀌었다. 그렇지만 업무는 크게 변함이 없었다. 그러나 나는 중간에 TV PM에서 시장조사 담당으로 역할이 바뀌면서 경영관리팀으로 이동했다. 나의 업무 전환 배치는 통계학을 전공한 것이 인연이 되었다.

시장조사 담당이 되면서 다양한 조사 업무를 접하기 시작했다. 한국갤럽과 함께 매년 시행하는 가전제품에 대한 소비자실태(A&U, Attitude&Usage)조사가 대표적이었다. 이 조사는 TV를 비롯한 6대 대표 가전제품에 대한 소비자 사용 실태와 브랜드별 선호도를 조사하는 것으로써 조사결과를 마케팅 전략에 반영하고 있었다. 대규모 조사였고 중요한 조사였다.

나는 이 조사를 통해 한국갤럽과 인연을 맺으며 조사의 세계를 조금씩 알아가게 됐다. 통계학을 전공해서인지 조사와 분석에 대한 전문성을 갖고 싶었고 그래서 별도로 공부하기 시작했다. 월급을 아껴 당시 최고급 컴퓨터를 할부로 사들여 통계 패키지인 SPSS와 SAS를 독학으로 공부했다.

마침 LG그룹 연수원인 인화원에서 그룹 계열사를 대상으로 개설한 SPSS 1기 과정에 지원해 통계 패키지를 배웠으며 별도의 데이터 베이스 과정에도 참여하여 일주일간 공부했다. 또 고려대 통계연구소에서 방학 때 개최하는 SAS 워크숍 과정에 등록해 이를 학습하였다.

전문 학습에 대한 욕구는 학위 과정 이수로 이어졌다. 당시 오픈한 고려대학교 정책과학대학원 통계조사 전공 과정에 입학하여 5학기 과정으로 석사학위를 취득했다. 배움에 대한 나름의 열의가 컸던지 졸업식에선 내 논문이 최우수 논문으로 선정되어 학장으로부터 금메달을 받기도 했다.

시장조사 업무는 한국갤럽과의 연례적인 조사 외에도 다양한 일들이 있었다. 전략 대리점을 대상으로 하는 월 1회의 조사는 내가 조사 실무를 익히는 데 큰 도움이 되었다. 설문을 직접 작성했고 수거한 질문지를 직접 분석하였다. 이를 위해서 데이터베이스, SPSS, SAS 등을 활용하며 분석스킬을 익혔다.

작성한 보고서는 과장, 실장을 거쳐 마케팅본부장인 임원에게 매월 보고되었으니 보고서도 잘 작성해야만 했다.

재미있는 사실은, 내가 회사에 건의하여 가전제품의 미래 사용자인 여대생을 주축으로 한 모니터팀을 새로이 만들었다는 것이다. '마켓 미러(Market Mirror)팀'으로 명명한 이 팀은 10여 명으로 구성되었고 이들에게 한 달에 두 번 과제를 주었다. 한 번은 설문을 받아오는 일을 주었고, 또 한 번은 이들과 함께 가전제품 사용에 대해 집단토의(FGD, Focus Group Discussion)를 진행했다.

마켓 미러팀을 구성하기 위해 서울 시내의 여자 대학을 돌며 후배와 함께 모집 공고를 붙이러 다니던 기억이 지금도 선하다. 지금은 소비자와 밀접한 많은 기업이 모니터팀을 운영하고 있지만, 당시에 여대생을 대상으로 모니터팀을 구성한 것은 보기 드문 사례였고 모니터팀의 거의 시초나 다름없었다.

마켓 미러팀엔 수백 명이 지원하여 수십 대 일의 경쟁률을 보였다. 아르바이트가 거의 없을 때다 보니 인기가 있었던 것 같다. 마켓 미러팀은 지금도 운영되고 있다.

업業의 전문가를 꿈꾸다

당시 제품을 구매하면 포장박스에 '소비자제안카드'라는 것이 들어 있었다. 소비자가 제품을 사용해 보고 불만이나 개선점이 있으면 회사에 제안하라는 의도였다. 나는 이 엽서에 들어가는 내용을 수정하여 소비자만족도를 체크하는 항목을 신설했고 회수율을 높이기 위해 추첨으로 가전제품을 사은품으로 제공하는 아이디어를 냈다.

그 결과 회수율은 두 배 이상 높아졌고 분석의 내용도 풍부해졌다. 매달 수천 건씩 회수되는 소비자제안카드를 제품별로 분석하였고, 이를 토대로 만든 보고서를 그대로 관련 부서에 피드백해 주었다.

이처럼 마케팅 전략 수립에 기초가 되는 데이터의 품질을 업그레이드하기 위해 데이터의 수집 채널을 확장하거나 분석의 질을 높이는 한편, 주기적으로 반복되는 대리점 조사나 소비자제안카드 분석업무는 보조를 맡은 고졸 여직원이 할 수 있도록 이를 가르쳐 주었다.

마침 입사 2년 차인 그 여직원은 이 일들에 열의를 보였고 통계 패키지나 데이터베이스를 다루는 데도 열심이었다. 설문지 작성, 분석 등은 초고를 가져오면 내가 수정하는 방식으로 업무를 가르쳐 주었다.

여직원에게 가르쳐 주었던 업무 중 일부는 내가 퇴사한 이후 그 여직원의 고유 업무가 되었다고 하며 그녀는 이러한 업무 능력을 인정받아 나중에 고졸 여직원으로서는 매우 드물게 과장까지 진급하였다고 한다.

시장조사에 대한 업무를 확장하고 깊이를 더해가면서 일에 재미가 붙기 시작했다. 또한, 학습을 통해 시장조사와 관련된 전문성을 쌓고 이를 업무에 반영하면서 보다 전문적인 길에의 욕구가 점차 생기기 시작했다.

이 무렵 회사에서는 대대적인 조직 개편이 있었다. 업무 사수이며 개인적으로 믿고 따랐던 담당 과장이 본사를 떠나 강원 지역 영업과장으로 발령이 났다.[3] 영업을 비롯해서 다양한 경험을 해 봐야 더 크게 성장한다고 하지만, 서울 지역도 아닌 강원 지역으로의 발령은 의외였다. 바른말을 했다가 밀렸다는 소문도 있었다.

과장은 업무 중심적이었고 논리적인 스타일이었다. 일부 사람들이 누군가에게 줄을 대고 인연을 맺으려 할 때 그보다는 일을 우선시했다. 일을 잘해서 평판은 좋았지만, 적극적으로 끌어 줄 상사는 없었던 것 같다.

과장을 롤 모델(Role Model)로 삼아 일하고 있던 내겐 그 일이 적지 않은 충격으로 다가왔다. 이때부터 대기업에서 생존하는 방식보

---

3 당시 강원 지역의 영업과장으로 나갔던 과장은 이후 본사로 복귀하여 임원이 되었으며 LG전자의 한국영업본부를 책임지는 본부장을 역임하기도 했다. 내가 KMAC 부사장으로 근무하던 시절, KMAC는 LG전자 한국영업본부 B2B사업부와 영업 활성화를 위한 컨설팅을 체결하여 프로젝트를 진행하였는데 마침 그분이 본부장으로 승진하여 부임했고 최종보고 자리에서 우리는 아주 오랜만에 재회했다.

다는 전문성을 쌓아 평생을 업으로 가져갈 수 있는 일(Job)인 시장조사 전문가의 길에 관심을 갖고 이직을 생각했고 이를 구체적으로 알아보았다.

마침 파트너였던 한국갤럽 선임연구원의 추천으로 한국갤럽에 입사할 수 있었고 이를 통해 조사 전문가의 길로 접어들게 되었다.

첫 직장인 LG전자에 사표를 내고 여의도 트윈타워 서관 7층 사무실을 떠나던 그 순간은 나의 뇌리에 선명하게 새겨졌다. 정들었던 직원들과 마지막 인사를 나누고 사무실을 나와 복도를 지나며 엘리베이터로 향하는데 나도 모르게 눈물이 났다. 남들이 볼까 봐 얼른 눈물을 훔치고 그렇게 첫 직장의 마지막 문을 나섰다.

마음의 고향, 한국갤럽

그땐 몰랐던 인연

우리나라 조사기관 중 가장 잘 알려진 곳 중 하나인 한국갤럽은 1974년에 박무익 전(前) 회장이 설립했다. 몇 년 전에 작고한 박무익 회장은 한국의 시장조사 산업의 개척자로 잘 알려져 있다. 나는 그를 LG전자에 입사한 지 3년쯤 되던 해에 시장조사를 담당하면서 처음으로 만났다.

매년 진행하는 가전제품 소비자실태조사의 설문 문항을 협의할 때였다. PM들의 요구로 설문이 길어지면서 한국갤럽의 담당 연구원이 이렇게 설문이 길어지면 조사가 어렵고 데이터의 질이 떨어진다며 어느 날 박무익 소장(당시 직책)과 함께 우리 회사를 방문했다.

박 소장은 30대 초반 즈음에 국내 최초의 조사기관인 한국갤럽을 창립하였다. 나를 처음 만났을 때는 40대 후반으로 우리나라 조사 시장의 선구자로 불리던 때였다. 박 소장은 설문지가 길면 어떤 문제가 있는지를 나와 담당 과장에게 설명해 주었다. 여론조사 전문가였던 박 소장은 3페이지가 넘는 설문은 쓰레기 데이터를 만들 뿐이라며 긴 설문지를 대폭 줄일 것을 요청했다.

매우 인상 깊었던 그와의 업무 미팅을 마치고 여의도 KBS 별관 근처 식당에서 저녁 식사를 같이했다. 식사 후에 우리는 박 소장의 제의로 당구를 치게 됐다. 생각지도 않은 당구였다. 사회적으로 명망이 있던 한국갤럽 소장이 당구를 친다는 사실이 생소하게 느껴지던 시절이었다. 지금 생각해 보면 반주를 곁들인 저녁 식사 후에 그냥 헤어지기 뭣해서 '을'의 입장에서 가장 최선의 '2차'를 찾은 것이 아닌가 싶다.

학생티가 그래도 가장 많이 남아있던 나의 당구 실력이 상대적으로 우월했고 그래서 손쉽게 한국갤럽팀을 이기게 되었다. 박 소장이 말했다.

"내가 이래서 통계학과 출신들을 연구소에 뽑지 않는다니까. 당구를 그렇게 자로 잰 듯이 치면 무슨 재미가 있나?"

인문학을 전공하고 인문학을 숭상하던 박 소장은 이공계 스타일을 별로 좋아하지 않았다. 하지만 그와의 인연이 남다르게 펼쳐지리라곤 그땐 몰랐다. 이후 나는 영어 시험을 치르고 경영관리를 맡던 부소장과 박 소장의 면접을 거쳐 경력사원으로 한국갤럽에 입사했다. LG전자를 담당했던 한국갤럽 선임연구원의 적극적인 추천이 도움이 되었다.

'리서처Researcher'가 되다, 고객을 만나다

한국갤럽에서 처음에 배치받은 부서는 국제부였다. 주로 글로벌 고객을 담당하는 부서였다. 당시 갤럽에서는 마케팅부와 국제부 등 두 개의 부서에서 마케팅조사를 담당했고, 여론조사와 공공조사를 담당하는 사회조사부가 있었다.

국제부에서 처음 맡았던 조사는 LG화학 생활용품사업부(현 LG생활건강)의 유통 프로젝트였다. 원래 다른 연구원이 맡았었는데 그가 병가를 내고 휴직을 해서 갓 입사한 내가 프로젝트를 중간에 맡게 되었다. 이 조사는 슈퍼마켓에서 제품을 가장 효과적으로 진열하는 방식에 대한 것이었는데 컨조인트 분석(Conjoint Analysis)**4**이란 새로운 툴(Tool)을 사용했다.

LG전자에서 이 툴을 활용한 경험이 있어 자신 있게 분석하고 조사 보고서를 작성했다. 이 때문인지 분석자가 직접 브리핑하는 것이 좋겠다고 하여 처음으로 고객 앞에서 브리핑하는 기회를 가졌다. 갤럽에서의 모든 일은 새롭고도 낯설어 하나하나가 다 긴장되었는데 경력사원이라 그런지 믿고 맡기는 분위기였다.

그 프로젝트는 다양한 분석에도 불구하고 고객이 원하는 인사이트를 충분히 제시하지 못해서 안타까웠던 기억이 있다. 조사는 설계 때부터 향후 목적성과 이에 부합하는 분석방법을 염두에 두고 프레임을 짜야 하는데 그렇지 못했던 프로젝트였다. 내게는 큰 교훈이었다.

---

4 소비자가 제품이나 서비스의 어떤 요소에 가치를 부여하는지 분석하는 시장조사 분석기법.

바로 이어서 맡은 프로젝트가 '레미 마르틴'이란 코냑에 대한 브랜드 선호도 조사였다. 고객사의 대표가 외국인이어서 보고서와 브리핑을 영어로 해야 했다. 대학 시절에 영자 신문사 기자로 일했던 경험이 있어 영어로 된 리포트까진 겨우 완성했지만, 영어 브리핑은 내게도 난감했다. 부장에게 솔직히 얘기하고 부장이 직접 영어로 브리핑해 줌으로써 해결할 수 있었다.

처음으로 온전히 내가 맡아 수주하고 직접 진행한 프로젝트는 삼성전자 정보기기사업부의 일이다. 보통 시장조사는 정량조사로 진행하는데 이 조사는 정성기법인 계층별 집단토의(FGD, Focus Group Discussion) 방식을 채택했다. 중학생부터 직장인에 이르는 10개의 표적 집단을 구성해 내가 직접 모더레이터(Moderator, 사회자)를 맡아 토의를 진행하고 보고서도 작성했다. LG전자에서 여대생으로 구성된 마켓 미러팀을 대상으로 FGD 방식을 직접 해 본 경험이 있었기 때문이다.

보통 8명 정도로 구성된 집단토의에서 중학생으로 구성된 그룹이 도통 말을 하지 않아 애를 먹었다. 청소년들이라 그런지 라포르(Rapport, 분위기) 형성이 쉽지 않았다. 고생하며 프로젝트를 겨우 완성했는데 정보기기사업부의 담당 팀이 조직 개편으로 없어지고 프로젝트를 맡았던 부장마저 연락이 끊기는 일이 발생하여 잔금 회수에 어려움을 겪었던 기억이 있다.

누구에게나 직장생활에서는 정말 별별 일이 다 있다. 하지만 곧 만나게 될 세 번째 직장에서는 이런 일이 비일비재하다는 사실을 그땐 몰랐다.

내 생애 첫 관리자

선임연구원으로 갤럽에 입사했던 나는 이듬해에 조직 개편으로 인해 대리의 직위로 팀장의 직책을 맡게 되었다. 국제부와 마케팅부가 통합되어 통합 마케팅부가 되었고 여기에 3개의 팀을 구성했는데 그중 한 개의 팀을 맡았다. 내 생애 첫 관리자가 된 것이다.

팀장이 되면서 부서의 목표관리라는 것을 처음으로 하게 되었다. 팀원은 신입사원을 포함해 두 명뿐이었지만 이들에 대한 관리도 만만찮았다. 제안서나 프로젝트를 챙겨봐 줘야 했고 신입사원의 경우에는 업무를 처음부터 가르쳐야 했다.

직원을 육성하는 일도 팀장에겐 중요한 일인데 조사에 대해 아무것도 모르는 신입사원을 가르치는 것은 쉬운 일이 아니었다. 신입사원에게 업무를 가르치면서 마케팅과 조사에 대해 별도로 학습할 것을 주문했는데 그 친구는 오히려 영어 공부에 더 열심을 냈다. 의아한 일이었다.

시간이 지나도 신입사원의 업무 성숙도가 나아지지 않은 것은 어쩌면 당연했는지도 모른다. 따로 면담을 통해 상황을 공유하고 피드백하며 주의를 주었다. 그러나 이 직원은 처음부터 시장조사가 적성에 맞지 않는 것이었다. 시험을 쳐서 갤럽에 어렵게 들어오긴 했는데 일을 해 보니 자신과 잘 맞지 않아 이 일에 비전을 갖기가 어려웠다. 이 직원 때문에 한동안 고생했지만, 이는 팀장으로서 소중한 경험이기도 했다.

갤럽에서 일하면서 내 비전을 세우게 된 일이 있었다. 한 달에 한 번씩 업무와 관련이 있는 외부 명사를 초청하여 강의를 들었는데 어느 날 일본리서치(Nippon Research)라는 일본 조사회사의 조사분석연구소장을 초청했다.

당시 한국의 시장조사는 미국이나 일본 등 선진국의 리서치 트렌드에 영향을 받고 있었고 이들의 고급 분석기법을 배우려고 하던 때였다. 그 연구소장의 강의를 들으며 조사 분석기법의 다양함과 깊이에 대해 새롭게 알게 되었고 이것이 향후 마케팅리서치 시장을 선도할 것으로 충분히 예측할 수 있었다.

대학원에서 통계조사를 전공하면서 다양한 고급 통계 분석기법을 배우며 흥미를 느끼고 있던 내게 그 연구소장은 최고의 롤 모델이라는 생각이 들었다. 강의를 들으며 처음으로 개인적인 비전을 생각했다.

'대한민국 최고의 리서치 전문가'. '대한민국 최고의 연구분석가'.

나는 통계 패키지인 SAS나 SPSS의 고급 분석기법을 잘 다루고 있었고 무엇보다도 분석결과를 해석하는 데 자신이 있었다.

팀장은 무엇보다 목표관리가 중요했다. 연초에 세운 사업목표를 달성할 수 있도록 고객에 대한 영업을 잘해야 했다. 고객사로부터 제안 기회가 주어지면 반드시 성공할 수 있는 전략을 담아 제안을 해서 프로젝트를 반드시 수주해야 했다.

재미있게도 LG전자에서 '갑'의 입장에서 갤럽과 일했던 경험이 큰 도움이 되었다. 시장조사를 하는 근본 목적을 파악하여 이를 제안서에 담아내는 것이 중요했다. 이는 큰 틀에서 이 조사를 하면 고객사에 어떤 인사이트를 줄 수 있는지를 정의하고 제안서를 작성하는 것이다. 그리고 거기에 맞게 조사설계, 조사의 주요 항목을 구성하여 정렬(Alignment)함으로써 논리를 만드는 방식이었다.

대부분 고객의 요청으로 제안서를 작성하는데 연구원들은 이들의 요구에 너무 충실한 나머지 조사를 통해 얻을 수 있는 거시적인 인사이트보다는 지나치게 미시적인 부분으로 들어가는 경향이 있다. 이는 컨설팅 프로젝트도 마찬가지이다. 앞부분에 프로젝트의 배경과 목적, 그리고 필요성이 고객에게 충분히 공감되도록 제안함으로써 도착점을 명확히 하는 것이 중요하다.

갤럽에서 길지 않은 팀장 시절의 경험은 어려움도 있었지만, 더없이 소중한 경력이 되었다. 고객에 대한 경험과 팀원에 대한 경험 그리고 경영관리에 대한 첫 경험, 회사의 요구가 무엇인지를 깨닫는 것 등 초급 관리자로서 나는 귀중한 경험을 하였다.

기업문화에 반해 가는 '오늘의 MVP'

갤럽을 '마음의 고향'으로 여기는 이유는 그곳에서 정말 즐거운 마음으로 일했기 때문이다. 출근길도 즐겁고, 야근하며 고되게 일하는 것도 나에겐 큰 즐거움이었다. 오히려 즐겁지 않은 날이 이상할 정도였다. 프로젝트를 진행하면 할수록 경험과 지식은 쌓여 갔다. 좋아하는 일을 했기 때문이 아닐까.

일뿐이 아니었다. 기업문화도 직장생활에 즐거움을 더했다. 갤럽은 연구소란 명칭 덕분인지 비교적 자유스러운 편이었다. 일도 프로젝트 단위로 움직이기 때문에 개인별로 맡은 일을 열심히 잘하면 그만이었다. 누구의 지시를 받아서 일하기보다는 자율적으로 판단하면 되었다. 단지 고객사에 제출하는 제안서나 보고서 등은 상급자인 부장이 스크리닝을 해 주었고 이마저도 어느 정도 숙련된 이후에는 믿고 맡기는 경우가 더 많았다.

입사한 지 얼마 되지 않은 5월쯤에 회사에서 전 직원이 참석하는 야유회를 갔다. 그때 직원이 60여 명이었는데 희망자는 가족을 동반할 수 있었다. 나는 아내와 10개월 된 아이를 데리고 참여했다. 직장생활에서 처음으로 가족을 동반했는데 그날 야유회는 기대 이상으로 즐거웠다. 5월 초의 화창한 날씨와 풍광 좋은 경기도 양주 송추골의 어느 농원도 한몫했다. 거기에 CEO인 박무익 소장의 동반 가족에 대한 배려와 따뜻함이 더해진 덕택이었다. 그날 야유회로 나는 회사에 대해 더욱 가슴이 뿌듯했고 아내도 같은 마음이었다.

대기업에서는 맛보기 힘든 자유스러움과 소프트한 기업문화로 회사에 대한 로열티는 높아질 수밖에 없었다.

한편 대기업의 경험이 없고 신입사원으로 갤럽에 입사한 직원들은 나와는 달리 회사에 대한 여러 아쉬움과 불만을 가끔 토로했다. 경험과 처지가 다른 상황이라 뭐라고 말하기가 어려웠다.

연말 송년회 때였다. 부서별로 장기 자랑을 했다. 노래를 좀 한다는 직원들이 반주에 맞춰 서로 노래 솜씨를 뽐내고 있는데 박 소장이 갑자기 나를 지목하며 노래를 들어 보겠다고 했다. 난감했다. 노래에 젬병인 내가 전 직원 앞에서 무슨 노래를 한단 말인가. 그렇다고 자리를 피할 수도 없었다.

나는 노래가 아닌 춤을 택했다. 당시 가수 김종찬 씨가 불러서 크게 히트했던 〈토요일은 밤이 좋아〉라는 노래에 맞춰 그저 술김에 막춤을 췄다. 노래 실력보다 더 나을 것도 없는 춤을 췄으니, 그냥 되는 대로 무대를 휘저으며 마구 흔들어 댔다는 게 더 정확한 표현이다. 그런데 평소 내 이미지와는 적잖이 달랐던 모양이다. 박 소장은 내가 그런 사람인 줄 몰랐다며 충격의 무대라고 즐거워했다. 그리고선 나를 '오늘의 MVP'라며 부상으로 상품권을 선물로 주었다. 예정에 없었던 시상이었다. 괜히 웃음이 나오는 기억이다.

CSI조사로 시작된 KMAC와의 첫 만남

어느 날 박 소장이 나를 부르더니 신문에 난 광고를 보여 주었다. '고객만족(CS, Customer Satisfaction)경영 전문가 과정'이란 2일짜리 세미나가 있는데 거기에 고객만족도 조사가 한 개의 세션으로 되어 있으니 참석하란 지시였다. 당시를 즈음해서 삼성그룹의 거의 모든 계열사에서 신경영 차원에서 대대적인 고객만족도 조사를 시작하던 참이었다.

그룹 차원에서 삼성경제연구소가 조사모델을 개발하고 계열사는 이 조사결과로 평가를 받았다. 모든 계열사가 동시에 조사를 시작하였기 때문에 국내 주요 조사 회사들이 총출동하여 프로젝트를 나누어 진행했다. 나는 갤럽을 대표해 삼성경제연구소와 조사를 협의했고 몇몇 계열사의 프로젝트를 맡았다.

이에 따라 회사 차원에서도 고객만족도 조사라는 것에 관심을 기울였고 이 조사의 최초 경험자인 내가 그 분야의 세미나를 듣고 와서 연구원들과 내용을 공유하고 교육하라는 의미였다. 여의도 관광호텔에서 개최된 고객만족경영 전문가 과정에 참석한 것은 내 인생의 새로운 서막이 되었다.

이 세미나는 한국능률협회컨설팅(KMAC)이 개최했다. 당시 김종립 사업부장(현 KMAC 대표이사)이 CS경영사업부를 맡아 고객만족경영을 산업사회에 전파하고 이 사업의 확대를 도모하기 위해 열었던 세미나였다. 나는 수강생으로 이틀간 강의를 들었는데 장차 오랫동안 근무하게 될 KMAC와의 첫 인연은 이렇게 시작되었다. 하지만 당시에는 그렇게 되리라곤 상상도 하지 못했다.

세미나는 대부분 고객만족경영이란 주제로 진행되었다. 고객만족도 조사에 대한 부분은 미국의 시장조사 전문기관인 J.D.파워(J.D.Power)의 조사를 중심으로 1시간여 정도 소개하는 것에 그쳐 조사 방법론이나 분석적 관점에서 크게 도움이 되지는 않았다.

갤럽의 연구원들에게 이러한 내용을 교육해야 했기 때문에 별도로 다른 자료를 찾아 스터디를 진행했다. 조사의 필요성부터 설계, 방법론, 지수 산출과 만족도 분석 등 내가 맡은 프로젝트의 사례를 중심으로 정리하였다. 이를 책 반 권쯤 분량의 교재로 만들어 강의와 함께 배포했는데 이는 고객만족도 조사를 전문성 있게 정리하는 계기가 되었다.

컨설팅을 생각하다

갤럽에서 핵심 고객 중 하나가 LG생활건강이었다. 세제 등 5개 주요 생활용품에 대해 분기별로 브랜드별 인지도와 광고 효과를 파악하는 조사를 했고 조사가 끝나면 매번 생활용품사업부장인 부사장을 비롯해 임원진 앞에서 결과를 브리핑했다. 분기별로 대규모 조사를 한 LG생활건강은 빅 클라이언트(Big Client)였다.

LG에서는 새로운 브랜드가 나오면 제품에 대한 초기 소비자 반응을 보고 광고나 판촉에 대한 마케팅 전략을 점검했다. 따라서 갤럽의 분기 조사결과가 중요했다. 광고를 더 집행해야 하는지, 광고 방향이 맞는 것인지 조사 데이터를 보며 판단하는 경우가 많았다. 조사 책임자인 나는 당연히 신중할 수밖에 없었다.

최종보고서 브리핑 자리에서 조사 데이터를 보며 향후 마케팅 방향을 논의할 때 연구자인 내 의견을 묻는 경우가 잦아졌다. 나는 속으로 컨설턴트도 아닌 연구원에게 과도한 질문을 한다고 생각하면서도 논리적이고 합당한 답변을 하고자 애썼다. 과거의 여러 사례를 미리 분석해 와서 어떻게 대응하는 것이 좋은지를 조심스럽게 제시하기도 했다.

여러 차례 진행된 이런 일들은 내게 컨설팅의 세계를 고민해 보게 만드는 계기가 되었다. 고객은 구체적인 대안을 요구하는데 조사 데이터로는 한계가 있어서 이를 극복하려면 컨설팅이 필요하다는 생각을 막연하나마 하게 됐다. 그렇다고 해서 갤럽에서 컨설팅까지 해 줄 수는 없었다.

마침 사회조사부의 후배 직원이 갤럽을 떠나 KMAC로 옮기는 일이 있었고 이 후배를 통해 KMAC와 컨설팅 세계에 대해 종종 듣게 되었다. 어느 날 그 후배가 나를 찾아와 KMAC에서 CS와 마케팅 쪽 조사 경험이 있는 컨설턴트를 모집하고 있으니 와서 같이 일해 주면 좋겠다고 제의했다.

컨설팅 세계에 동경이 있던 터에 KMAC에 대해, 또 맡게 될 역할과 향후 비전에 대한 설명을 들으니 마음이 살짝 움직였다. 당시까지만 해도 나는 갤럽에서 너무 즐겁고 행복한 직장생활을 하고 있었고 내게는 충분히 좋은 회사여서 다른 회사로 옮긴다는 것은 전혀 생각하지 못했다. 그러면서도 마음 한편에선 조사의 한계를 넘어 컨설팅에 대한 욕구가 차츰 커지고 있었다. 컨설팅회사로의 이직은 내가 결단해야 할 인생의 크나큰 챌린지였다.

수차례에 걸친 후배의 설득으로 KMAC의 담당 부서장을 먼저 만났다. 앞서 언급한 김종립 사업부장이었다. 티타임을 겸한 만남은 면접이라기보다는 KMAC에서 내가 맡을 일과 미래에 대한 설명에 가까웠다. 운동장을 마련해 줄 터이니 와서 마음껏 뛰어놀자며, CS란 이름으로 함께 개척해 가자는 것이었다. 이러한 제안과 KMAC

의 역동성과 자율성에 대한 긍정적인 얘기는 마침내 내 마음을 움직이게 했다.

박 소장에게는 너무 송구한 일이었다. 내게 스승과도 같고 나를 그렇게 아껴 주던 그에게 회사를 떠난다고 말하는 것이 참으로 부담스러웠다. 어찌나 죄송한지, 마치 내가 배신하는 느낌이었다. 박사과정에 진학하여 공부를 더 하겠다는 이유를 대고 박 소장에게 사직 의사를 밝혔다. 박 소장도 아쉬워하긴 마찬가지였다.

모시던 부장을 비롯해 동료 팀장, 직원들에게도 너무 미안했다. 팀장으로 자리를 잡아 가며 회사의 중견 간부로 활발하게 활동하던 내가 회사를 떠나게 되면 남아있는 사람들의 마음이 쓸쓸할 것을 잘 알기에 더욱 그랬다. 나는 당시 갤럽의 노조위원장도 맡고 있었다.

다행히도 동료 직원들이 환송회를 통해 미련 없이 가라며 격려해 주었고 우리는 서로의 미래를 축복했다. 눈물 나도록 고마운 박 소장과 갤럽의 동료들이었다. 이 기회를 빌려, 고(故) 박무익 회장의 영면을 기원한다.

사직동 한국갤럽 가는 길[5]

경복궁역에서 사직동 한국갤럽까지 걸어가는 시간은 5분 남짓 될까. 그 짧은 시간에 많은 상념이 뇌리를 스쳐 지나갔다. 되도록이면 꿈을 꾸고 싶었다. 봄 햇살이 아스라하면 아스라한 대로 춘몽(春夢)을 꾸었고, 빨간 장미가 사직공원 너머로 피어오르는 여름날엔 하몽(夏夢)을 꾸기도 하였다.

특별한 주제가 있는 것은 아니었다. 단지 걷는 지루함을 달래볼 겸 시작한 것이지만 상념은 갈수록 날개를 달았다. 24시간 중 5분, 많은 생각을 하기엔 너무도 짧았다. 하지만 그 시간은 유한한 세계를 넘어서 나를 또 다른 세상으로 인도하는 귀한 시간이었다.

아주 오래전, 무더위에 지쳐 흐느적거리며 길을 가고 있었다. 어

---

5 KMAC에 재직할 때, 한국갤럽 창립 25주년을 맞아 박 소장이 내게 원고를 요청하여 썼던 글이다. 『한국갤럽의 어제와 오늘』(한국갤럽, 1999)이란 책에 실렸다. 갤럽에 대한 당시 내 마음을 잘 표현하는 글인 것 같아서 이 중 일부분만 발췌하여 소개한다.

디선가 과일 파는 아주머니의 목소리가 들려왔다. 무심코 뒤돌아보니 어머니 나이 정도 되는 분이 머리 위에 광주리를 이고 사과를 팔려고 외치고 있었다.

"사과 사려, 사과 사세요."

잠시 생각해 보았다. 이 무더운 날에 누가 사과를 사줄 것인가. 저 광주리에 있는 사과를 모두 팔면 얼마나 남을 것인가. 그 돈으로 애들 학비는 댈 수 있는 것인가. 저 아주머니의 자식들은 어머니가 저리 고생하는 것을 알기나 하는 것일까. 저분이 나의 어머니라면… 생각이 여기까지 미치자 괜스레 눈물을 글썽거렸다.

주변의 일상사를 한 번씩 곱씹어 보는 이런 일련의 생각들은 늘 그러진 않았지만 살아가면서 간혹 홀연히 나타나곤 했는데 바로 그 당시 출근 시간이 그러했다. 경복궁에서 한국갤럽까지 거닐면서 습관처럼, 일상적인 삶에서부터 다소 환상적인 꿈을 꾸는 것까지 포함하여 여러 생각을 다듬어 가던 귀한 시간이었다.

그 상념 속엔 국내 최고의 리서처를 향한 꿈과 미래가 있었고, 마주 앉아 일하던 동료들을 깊이 있게 이해하고 사랑하고자 하는 넉넉함이 있었으며, 바쁘게 걸어가는 직장인들의 숨 가쁜 표정을 보면서 삶의 다양함을 캐치하고자 하는 진지함이 있었다. 맑고 청아한 하늘 아래에서 길거리를 질주하는 자동차의 매캐한 매연을 접하면서 전원의 푸르른 삶을 꿈꾸기도 하였고, 이웃하며 사는 사람들의 아옹다옹함을 보면서 세상의 따뜻함을 어떻게 공유할까 하는 고민도 바로 그 상념의 바구니 안에 모두 들어 있었다.

모두가 자기만의 우물을 파고 그 안에서 하늘을 바라본다면 세상은 얼마나 냉랭하고 답답할까를 고민하면서 우리를 옭아맨 우물을 부수기 위해 내가 할 수 있는 일이 무엇일까를 또 상념 속에 담고… 그랬다.

한국갤럽으로 가는 길은 나에게 너무 귀한 시간들이었다. 그것은 한국갤럽을 다녔기 때문에 가능했던 시간들이었다. 한국갤럽에 자유스러움과 창의를 요구하는 문화가 있었기에 가능한 것이었다.

한국갤럽은 내 마음의 고향이다. 그래서인지 나는 그 당시 같이 근무했던 사람들을 잊지 아니한다. 다정다감했고 나에게 많은 친절을 베풀어 준 사람들, 그리고 긴 밤을 같이 보내며 보고서를 쓰고 제본하며 한 치라도 오차를 줄이기 위해 애쓰던 시간, 보다 가슴에 와닿는 분석을 하고 권고안을 쓰기 위해 같이 보냈던 시간들을 값지게 생각한다.

잠시 기억의 편린들을 몇 개만 모아 본다. 한국갤럽에 발을 디디기 전에 기업에서 조사 담당을 하면서 박무익 소장을 처음 뵈었다. 그때, 실무진 사이에서 질문지 협의를 하다 보니 질문지가 길어지게 되었고, 소장께서는 긴 질문지는 신뢰성이 떨어진다는 것을 강조하기 위해 회사를 방문했다. 그날, 업무 협의가 끝난 후 박 소장의 제안으로 당구를 같이 쳤다.

이하 중략

철학을 전공했으면서 전혀 철학적이지 않은 박무익 소장. 표정에 담긴 고뇌는 한국갤럽을 만들고 가꾸면서 갖은 풍상을 겪은 이력서. 브리핑할 때, 클라이언트가 난처한 질문을 하면 노련한 리서처답게 때로는 정곡을 찌르면서 때로는 동문서답으로 위기를 잘 돌파하던 그 모습.

이하 생략

나의 운명, KMAC

행복하고 좋은 기억으로 가득했던 한국갤럽을 떠나 KMAC에서 일하기 시작했다. 컨설팅업(業)이란 영역에 도전한다는 것 자체가 설레기도 했지만, 새로운 영역에서 오는 긴장감은 어쩔 수 없었다. 리서치업(業)에서 다져진 전문성과 경험은 이를 상쇄하기도 했다.

석 달간의 방황과 25년간의 몰입

KMAC에 입사한 지 3개월쯤 지난 어느 날, 나는 회사에 출근하지 않고 서울 시내 이곳저곳을 돌며 방황했다. 새로운 회사에 들어와 내가 맡은 일은 듣던 바와 달랐고 회사의 문화와 분위기도 갤럽과는 사뭇 달랐다. 석 달 만에 KMAC에 들어온 것을 후회하고 있었다.

상임 컨설턴트로 입사한 내게 주로 맡겨진 일은 조사였다. 그것도 분석 보고서를 쓰는 일이었다. 어려움은 없었지만 계속 반복되는 비슷한 보고서 작성에 회의적이었다. 미래에 대한 암울한 생각이 밀려왔다.

컨설팅 비즈니스는 크게 사업 수주와 수주한 프로젝트의 실행 등 두 부분으로 나뉜다. 컨설팅회사에 따라서 컨설턴트가 수주와 실행을 동시에 진행하는 회사가 있는가 하면, 프로젝트를 수주한 컨설턴트와 실행하는 컨설턴트가 서로 다르게 운영되는 곳도 있다. 프로젝트에 따라서 조금씩 차이는 있지만, KMAC는 주로 후자의 형태를 취했고 프로젝트 수주를 담당하는 상근 컨설턴트들이 전체적으로 사업의 주체가 되어 프로젝트 전반을 아울렀다.

당시 KMAC에선 컨설팅 비즈니스의 주체가 되지 못하고 수주한 사업의 실행만 맡아서는 회사에서 성장하기 어려운 분위기였다. 더욱이 조사 전문성을 기반으로 컨설팅을 하려고 들어왔는데 조사분석과 보고서 작성만 맡기니 나로서는 우울할 수밖에 없었다.

컨설팅 세계에서 새로운 일을 하고자 했던 내 꿈은 사라지는 듯했다. 속았다는 생각마저 들었다. 그러나 어찌할 도리가 없었다. 한국갤럽으로 되돌아갈까도 생각했는데 그럴 수도 없었다. 갑자기 내 처지가 서글퍼졌다. 이런 생각에 일할 의욕마저 생기지 않았다.

그러나 KMAC와의 운명은 또 다르게 다가왔다. 이러한 내 사정을 아는지 그 무렵에 CS경영사업부의 조직 개편으로 두 개의 팀이 세 팀으로 확대 개편되었다. 조사컨설팅(Research&Consulting)팀이 새

로 만들어졌고 내게 팀장을 맡겼다. CS(Customer Satisfaction, 고객만족)
와 마케팅 분야의 조사와 컨설팅사업을 개척하란 미션이 주어졌다.

드디어 하고 싶었던 역할을 할 기회가 주어진 것이다. 그동안 방
황하며 다시 조사 업계로 돌아가고자 했던 마음을 그제야 내려놓
을 수 있었다. 이제 새로운 역할에 집중하고 몰입하여 인생의 승부
를 걸기로 했다. 갑자기 운명처럼 맞이한 팀장이었다.

팀장이 되어 맞이한 첫해부터 좋은 성과를 거두며 매해 성장을
이어갔다. 5년여의 팀장을 거쳐 CS경영본부장이 되었고 본부장 재
임 중 41세의 이른 나이에 임원(이사대우)으로 승진했다.

25년여의 KMAC 생활 중 부사장 10년 포함해 16년 정도를 임원
으로 재직했다. 생각해 보면 남들이 경험하지 못한 여러 일을 했
던 것 같다. 우리 산업계의 혁신과 성장에도 의미 있는 일이었고
KMAC의 성장에도 의미 있는 역할이었다. 개인적으로 더욱 그랬다.

팀장부터 부사장에 이르는 25년 동안 때로는 비즈니스의 현장에
서 사업의 리더로, 때로는 회사 내부에서 경영자로 활동했으니 많
은 사연 속에서 희로애락도 겹겹이 쌓일 수밖에 없었다.

특히 내 이력의 상당 부분은 우리나라의 고객만족(CS)경영과 맥
을 같이한다. 한국에 고객만족경영이 도입될 무렵부터 시작해서 이
를 보급하고 확산하는 과정에서 팀장, 본부장, 임원의 직책으로 다
양한 일을 했으니 CS는 내 자부심이다. 당연히 이와 관련된 기억이
많다.

CS경영을 필두로 리서치, 마케팅, 콜센터사업으로 그 영역을 확장했고, KCSI(Korean Customer Satisfaction Index, 한국 산업의 고객만족도)로 시작한 진단평가 분야는 K-BPI(Korea Brand Power Index, 한국 산업의 브랜드 파워)와 '한국에서 가장 존경받는 기업(Korea's Most Admired Company)'을 거쳐 KSQI(Korean Service Quality Index)까지 확장했다.

KMAC의 사업이 진단평가, 컨설팅, 리서치, 교육 연수, 미디어 등 다양한 분야로 구성된 만큼 나 또한 분야별로 다양한 경험을 쌓을 수 있었다. 이들 사업의 지휘에만 그치지 않고 기획 단계부터 시작하여 실행의 여러 단계에 관여하면서 이를 성공적으로 이끈 경험은 소중한 자산이 되었다.

이 중에서도 가장 기억에 남는 몇 가지 사업이 있다. 특히 내가 맡았지만, 산업계뿐만 아니라 국가 전체에 영향을 끼치고 지금도 KMAC에서 활발하게 진행 중인 굵직한 사업 이야기는 산업계 종사자뿐만 아니라 누구나 한 번쯤은 들어 봤을 법한 소재이고 테마가 아닐까 싶다.

25년의 KMAC 사업 이력에 의미 있는 사업들이라고 생각되는 몇몇 아이템을 중심으로 그 스토리를 소개하고자 한다.

팀장 첫해의 추억

첫 사업, 전미全美 CS컨퍼런스

　CS경영사업부 내 조사컨설팅팀을 맡을 당시 유일한 팀원이던 오경래 선임연구원과 나는 고민이 컸다. 당시엔 CS나 마케팅 분야의 조사와 컨설팅사업에서는 고객을 확보할 수 있는 토대가 없어 사업을 전개하기가 어려운 상황이었다. 그 때문에 우리는 먼저 세미나나 연수 등 기획사업을 통해 산업계에 이슈를 전파하고 이를 통해 잠재고객을 확보하기로 했다.

　그래서 새해를 맞이하면서 처음으로 기획한 사업이 미국에서 열리는 '전미(全美) CS컨퍼런스'에 한국 연수단을 보내는 것이었다. 이때는 고객만족경영이 국내 산업사회에 도입되던 초기였고 따라서 미국이나 일본 등 선진 사례에 대한 니즈가 있었다.

　연수사업을 하기 위해서는 먼저 미국 현지와 협의를 통해 사업의 핵심 내용을 조율해 확정한 다음에 기업을 대상으로 프로그램을 홍보하여 미국에 같이 갈 연수단을 모집한다. 이메일이 있었던 시기가 아니었던 만큼 홍보를 위한 안내장을 만들어 주요 기업의 CS나 품질 관련 부서에 우편으로 발송했다.

　이러한 홍보와 안내를 통해 관심 있는 고객의 문의가 오면 상담하여 참여를 받거나 타깃 고객에 대해서는 방문을 통해 연수 프로그램을 소개하기도 했다. 그러나 아무리 홍보나 프로모션을 열심히 해도 연수 프로그램이 매력적이지 않으면 연수는 성공하기 어렵기 마련이다.

연수사업은 사람이 적정 이상 모이지 않으면 적자이기에 많이 참여할수록 좋다. 보통 20명 이상 모으면 성공으로 보며 10명 정도만 되어도 적자는 면할 수 있다. 운 좋게도 '전미 CS컨퍼런스' 연수에는 35명이 참가 신청을 했다.

팀장으로 내가 처음 기획한 사업이 대성공을 거둔 것이다. 그때만 해도 미국 연수에 참여하는 비용이 일본 연수 비용의 3배 정도였는데 일본 연수에 100명을 보내는 것과 다름없는 성과였다.

당시 산업계의 화두였던 CS라는 주제로 열리는 글로벌 컨퍼런스라는 점이 가장 주효했고 인지도가 있는 미국 퍼듀대학 방문을 통해 고객만족경영에 대한 저명한 교수의 강의를 들을 수 있도록 기획한 것도 의미가 있었다.

마침 1993년에 신경영을 선포한 삼성그룹의 대거 참여가 크게 도움이 되었다. 삼성그룹 신경영의 핵심은 고객만족과 품질이었다. 신경영을 추진할 신경영팀이 각 사에 만들어졌고 그룹 차원에서 이를 지원할 소비자문화원을 만들어 가동하던 시절이었다. 다수가 참가한 삼성그룹 덕분에 연수는 성공을 거두었다.

컨설팅의 시작

미국 연수사업의 순조로운 스타트로 처음부터 나는 순항할 수 있었다. 이미 전년도 말에 나의 최초 고객인 '쌍방울룩'이라는 패션 회사와 체결한 고객만족경영컨설팅 계약도 도움이 되었다. 5월쯤엔 삐삐 회사인 '나래이동통신'과 컨설팅 계약을 체결했는데 이 역시

적지 않은 금액이었다.

당시 쌍방울룩에 프레젠테이션(PT)할 제안 자료 작성을 위해 나는 외부 자원을 활용했다. 제안서 작성을 도와줄 여직원도 사내에 변변히 없던 시절이었다. 크리스마스 다다음 날로 예정된 PT를 위해 크리스마스이브 늦은 시각에 사당동 어느 오피스 건물 내에서 투잡(Two Job)을 하는 문서작성 전문가에게 한 장당 1만 원에 제안서를 맡겨 새벽까지 일했던 기억이 새롭다.

쌍방울룩 제안은 팀장을 맡자마자 회사를 찾아온 고객과 상담을 통해 이루어졌다. 내가 직접 제안을 준비하고 PT한 첫 프로젝트였는데 PT를 마치고 3일 만에 승인을 받은 고마운 고객이었다. 운도 따랐다. 쌍방울룩은 그 당시 300억 원 정도의 매출이었으니 컨설팅에 투자한 금액은 적지 않은 금액이었다.

나래이동통신도 마찬가지였다. 당시 나래의 담당 팀장에게 고객만족경영의 필요성과 함께 컨설팅을 구두로 제안했는데 정식 제안을 요청한 것이다. 나는 팀장에게 제안서를 가지고 일대일로 설명을 해 주었고 그가 그 내용을 토대로 자기 CEO를 설득하여 컨설팅의 허락을 받은 것이다. 대단한 팀장이었다.

VOC 연수, 고객의 부당한 요구

하반기에 들어서는 새로운 연수사업을 구상했다. CS경영컨설팅 고객을 확보하기 위해선 미국이나 일본의 선진 기업들이 얼마나 이를 잘하는지 보면서 우리 고객들에게 CS경영 기법의 필요성을 인지

시켜야 했다.

CS경영은 고객의 불만이나 건의 사항 등 고객의 니즈를 전략이나 운영 등 경영 활동에 반영함으로써 고객이 만족하는 상품과 서비스를 제공하는 데 초점이 있다. 따라서 불만이나 제안 등 고객의 소리(VOC, Voice of Customer)를 듣는 것은 CS경영의 출발선이기도 했다.

이런 점에 착안하여 일본의 우수한 CS 현황을 찾아보던 중 '카오(Kao)'라는 생필품 및 화장품 회사의 VOC시스템이 눈에 들어왔다. 조사해 본 결과 우리 기업이 충분히 관심을 가질 만한 아이템으로 판단되어 이를 연수사업으로 기획했다.

이번엔 43명이 참가를 신청했다. 상반기의 미국 연수에 이은 또 하나의 성공작이었다. 아이템이 CS경영의 흐름에 맞는 것인 만큼 산업계의 반응이 좋았다. 그리고 실제로 카오에 근무하면서 VOC 시스템을 다룬 전직 임원을 불러 별도의 장소에서 이틀간 세미나를 진행한 것이 호응을 얻었다.

VOC시스템은 고객의 소리를 다양한 채널을 통해서 듣고 이를 경영 활동에 반영할 수 있도록 업무 프로세스를 구축하고 이를 정보 시스템으로 구현한 것으로써 당시엔 획기적인 시스템이었다. 지금은 국내 대부분 기업이 VOC시스템을 구축하여 경영에 활용하고 있다.

이 연수에 많은 사람이 참여함으로써 흥행엔 성공했는데 생각보다 많은 인원의 참여로 처음부터 어려움이 생겼다. 여행사를 통한 비행기 예약이 20석이었는데 갑자기 43명으로 늘어나서 한 비행기에 탈 수 없는 상황이 되었다. 어쩔 수 없이 비행기를 나눠 타고 일본에 가게 되어 처음부터 불편한 일이 발생했다.

　많은 사람이 참가한 것은 행복한 일이었지만, 많은 인원이 동시에 같이 움직이는 데는 어려움이 따랐다. 일본 현지에서도 그랬다. 관광버스 46석이 꽉 찼다. 가이드에 통역도 있었는데 가이드는 운전석 옆의 간이의자에 앉아야 했다.

　그 연수에 화학 기업인 C사에서 VOC시스템의 구축을 목적으로 7명이 참가했는데 그 회사의 선임 부장은 해외연수 경험이 많은 듯했다. 그는 연수 3일 차쯤에 연수 책임자인 내게 별도의 미팅을 요청하였다. 20명 참가 예정인 연수에 40명이 넘게 와서 KMAC의 이익률이 높아졌으니 연수 참가자들에게 그만큼의 혜택을 제공하라는 것이었다.

　일리가 있는 말 같기도 하지만 연수사업은 사람이 적게 참여하면 적자가 나기도 하므로 참여 인원수가 많다고 해서 약속한 것 외에 추가적인 혜택을 주기가 곤란한 면이 있다. 연수사업의 이러한 특성을 설명하고 요구한 모든 것을 다 들어 줄 수 없는 사정에 대해서 양해를 구했다.

　이런 설명에도 불구하고 그는 관련된 내용으로 연판장을 만들었다. 그리고 거의 모든 참가자의 사인을 받아 왔다. 나에게 제시한 연수생에 대한 추가적인 모든 금전적인 혜택을 제공하지 않으면 공식 연수 일정을 거부하겠다는 것이었다. 주로 개인이 지출할 식사 비용과 마지막 날 전체 회식 비용을 KMAC가 남은 일정 동안 모두 제공하라는 내용이었다.

난감했다. 이를 그대로 수용하기에는 요구하는 그 범위가 너무 넓었다. 연수가 초행이었지만 그래도 팀장인데 회사에 전화를 걸어 이럴 땐 어떻게 하는지 물어보기도 어려웠다.

고민 끝에 나는 그들의 여러 요구 중에 수용 가능한 것 한두 가지만 받아들이고 나머지는 어렵다고 통보했다. 우리가 최종적으로 제시한 안을 받아들일 수 없어서 앞으로 연수 일정을 거부하겠다면 그렇게 하라고 했다. 이런 일로 연수를 거부한다는 것은 비이성적이고 책임 여부도 분명했기 때문에 강하게 나갔다.

한편으로는 연판장에 사인했더라도 다른 회사에서 참가한 고객들이 연수를 거부하기는 어렵다고 봤다. 금전적으로 혜택을 더 받을 수 있다고 부추긴 그 부장의 주장에 동조하긴 했어도 해외연수를 통해서 공부하고 배우러 온 사람들이 공식적인 일정을 거부하기란 쉽지 않은 것이다. 처음부터 무리한 요구였고 혈기왕성한 나도 물러서지 않았던 초짜 팀장이었다.

일본 연수는 그렇게 우여곡절 끝에 잘 마무리되었다. 그리고 이후 내 주도로는 해외연수사업을 기획하지 않았다. 골치 아픈 연수사업보다는 컨설팅과 리서치 그리고 진단평가 등 본연의 사업에 더욱 집중했다.

팀장 첫해에 내게 주어진 목표를 무난히 달성하며 관리자 2년 차를 맞이한 1996년부터 2000년 초에 CS경영본부장이 될 때까지 나는 새로운 고객들을 개척하고 만났다. 국민은행, 교보생명, 농협, 삼성화재, 메리츠화재, LG카드 등 금융권 고객부터 삼성전자, LG화학, 현대자동차, 기아자동차, 현대엘리베이터 등 제조 업계의 고객사와 SK텔레콤, KT, 서울이동통신, 한솔개발 오크밸리, 현대백화점 등 서비스 산업의 고객들 그리고 철도공사, 우정사업본부, 관세청, KT&G 등 공공행정기관에 이르기까지 여러 고객을 접하며 그들의 고객 중심의 경영혁신을 지원하였고 더불어 사업을 성장시켰다.

특히 1996년부터는 한국 산업의 고객만족도를 평가하는 'KCSI (Korean Customer Satisfaction Index)조사'라는 진단평가사업을 통해 확실한 수익원을 만들어냈다.

진단평가사업의 도입과 확대

KCSI6사업, 꽃피우고 열매 맺다

산업계 초미의 관심사 1위 기업 발표

1994년 6월에 컨설턴트로 입사하여 맡은 일 중에는 KCSI조사 분석을 통해 보고서를 작성하는 것과 언론 보도 그리고 힐튼호텔에서 열린 CS컨퍼런스에서 조사결과를 발표하는 것이 있었다.

KCSI조사는 1992년부터 시작하였는데 1994년에 들어와 처음으로 기업별 만족도 결과와 순위를 발표하였다. 이전까지는 산업별 만족도 결과만 발표했었다. 예를 들어, TV 만족도가 자동차보다 높다거나 백화점의 만족도가 은행보다 높다는 식이었다.

이러한 결과 발표에 시장의 반응은 "고객만족도 조사, 이것 뭐지?" 또는 "우리도 한번 해 봐야겠다." 정도로 새로운 조사 유형에 대한 신선감은 있었으나 뜨겁게 반응할 정도는 아니었다.

1994년에 KCSI는 은행, 백화점, 자동차, 가전, 맥주, 통신 등 주요 12개 산업을 대상으로 조사했는데 표본 수가 많지 않아 기업별 순

---

6 한국 산업의 고객만족도(Korean Customer Satisfaction Index). KMAC가 1992년부터 매년 조사 및 발표하는 산업별 상품 및 서비스에 대한 고객만족도 지수. 국내에서 가장 오래된 고객만족 지수로서 조사대상 산업이 전체 GDP의 75%를 차지할 만큼 국내 산업의 대표적인 고객만족도 조사제도이다.

위 발표가 쉽지 않았다. 그러나 회사에서는 CS경영에 강한 임팩트를 주려면 기업별 순위를 발표하는 것이 좋다고 판단하였다. 결과적으로 기업별 만족도 순위 발표는 시장으로부터 큰 반응을 끌어냈다.

예를 들어, 은행 부문 고객만족도 조사결과가 신문 등의 주요 채널을 통해 "A은행 1위, B은행 2위, …, C은행 13위." 이런 식으로 발표되었으니 관련 기업에서는 관심을 갖지 않을 수 없었다. 지금은 기업 간 순위를 매기는 이런 방식의 발표가 흔하지만, 당시에는 찾아보기 힘들었다. 더군다나 가장 민감한 주제였던 고객만족도에선 처음이었다.

조사대상이 되었던 거의 모든 기업에서 전화가 오거나 방문이 이어졌다. 만족도 1위가 나온 기업들은 좋아하면서도 어떻게 해서 그런 결과가 나왔는지 궁금해했고, 상대적으로 등위가 높지 않았던 기업은 항의를 하기도 했으며 조사 과정과 결과에 대한 상세한 설명을 요구했다.

이때 가장 뜨겁게 반응한 곳은 '삐삐'라 불리는 무선 호출기 산업과 맥주 산업이었다. 무선 호출기 시장은 1993년에 서울 지역에서 나래이동통신과 서울이동통신이 새로운 사업자로 선정되어 이전까지 독점적인 지위에 있던 한국이동통신(현 SK텔레콤)에 도전하고 있었다. 맥주 시장에서는 수십 년간 시장을 지배한 OB맥주가 하이트라는 신상품의 추격을 받는 상황이었다.

이 시장의 반응이 뜨거웠던 이유는 시장지배적 사업자의 만족도가 1위로 나타난 것이 아니었기 때문이었다. 무선 호출기 시장에서는 나래이동통신이, 맥주 시장에서는 하이트가 각각 고객만족도 1위 기업이라는 조사결과가 나왔다. 자동차, 백화점 등 다른 산업에서 시장 점유율 1위 기업이 만족도도 1위가 나온 것과는 대조적이었다.

'KCSI 1위'라는 성적표를 받은 나래이동통신, 하이트에겐 엄청난 호재였다. 이들 기업은 방송과 신문 등의 매체를 총동원해 KCSI에서 고객들로부터 1위로 선정된 사실을 대대적으로 홍보하였다. 덕분에 KCSI는 기업뿐만 아니라 소비자에게까지 많이 알려질 수 있었다.

나는 1위가 되지 못한 여러 기업의 관계자로부터 계속되는 항의로 시달림을 받았다. 때로는 회유나 협박도 있었다. 회유는 우리에게 좋은 비즈니스 기회를 준다거나 하는 것이었고 협박은 반대로 비즈니스 기회를 박탈하거나 관계를 단절하는 것이었다.

중심을 잡아야 했다. 회유든, 협박이든 굴하면 지는 것이다. 감정을 앞세운 기업에는 냉정함을 유지해야 했고 조사의 신뢰성을 운운하는 기업엔 통계조사 전공 석사에 갤럽조사연구소의 팀장 경력이라는 나의 커리어를 배경으로 통계적 전문성을 내세워 조사결과를 엄호하고 방어했다.

이런 일도 있었다. 처음에 항의하러 왔던 어느 회사의 담당자가 나를 다시 찾아왔다. 이 조사는 올해만 하는 것이 아니고 매년 실시한다는 사실을 임원에게 보고했더니 KMAC의 담당 팀장에게 집을 한 채 사주더라도 1위를 확보하라는 지시를 받았다는 것이다. 말도 안 되는 얘기지만, 그 정도로 KCSI에서 1위가 되고 싶은 것이었다. 나는 KCSI에서 1위가 되려면 CS경영을 도입해야 하며 그렇게 되기 위한 여러 방안을 제시해 주었다. 나중에 이 회사는 CS경영을 시작했고 그 과정에서 우리와 함께 프로젝트를 추진하기도 했다.

하이트와 카스, 경쟁의 서막

맥주 시장의 경쟁은 치열했다. 당시 시장 1위인 두산의 OB맥주는 계열사 공장에서 폐수를 방류한 것 때문에 나날이 점유율에 영향을 받고 있었는데 거기에 고객만족도 1위 자리까지 하이트에 내주면서 하이트의 엄청난 광고 공세까지 받았다. 몇 년 뒤 하이트는 시장 점유율 1위에 올라섰고 한동안 점유율 1위 자리를 지켰다.

1996년 KCSI에서는 새로 출시된 진로의 카스가 고객만족도 1위로 나타났다. 맥주 시장에서 카스가 돌풍을 일으키고 있었고 그만큼 맥주 시장은 뜨거웠다. 영업이나 마케팅에서 늘 공격적이었던 하이트는 가만히 있지 않았다.

KCSI 지수는 여러 개의 설문 문항 결과를 가중 평균하여 종합한 것이다. 전체 지표에서 1위라고 해서 개별 항목의 결과까지 1위는 아니다. 카스가 KCSI에서 고객만족도 1위라는 것으로 언론에 집중적으로 광고할 때, 하이트는 개별 항목 결과를 가지고 대응 광고를 낸 것이다.

맥주를 평가하는 개별 항목은 다섯 가지였는데 그중 '맛'에 대한 항목의 결과에서는 하이트가 만족도 점수가 조금 높았다. 하이트는 이를 활용하여 '맥주 맛에서는 하이트가 1위'라는 내용으로 신문 지면을 통해 대대적인 광고를 낸 것이다. 우리가 언론에 공표한 것은 전체 KCSI 지수였기에 개별 항목 결과는 공표되지 않았고 따라서 광고에도 활용할 수 없었다.

카스 측에서는 황당해했고 우리에게 항의했다. 그러나 광고에 대한 제재나 조정은 우리가 할 일은 아니어서 관련 기관을 통해 조정을 받아볼 것을 권유했다. 그렇지 않아도 치열하게 경쟁하는 두 회사 간의 싸움에 휘말리고 싶지 않았다.

그러나 카스에서는 조사결과를 발표한 KMAC에서 1차 유권 해석을 내려 주길 강력하게 요구했다. 나는 두 회사의 관리자를 같이 만나 조정을 시도했다. KCSI의 조사결과 공표는 전체 지수만 했기 때문에 발표하지 않은 세부 항목 조사결과를 광고에 활용하는 것은 도의상 맞지 않았고 이를 이해시켰다.

다행히도 몇 년 전 KCSI 1위 결과를 광고에 활용한 경험이 있던 하이트는 이 내용에 수긍했다. 하이트가 이미 광고를 집행한 뒤이기도 했다. 양사에 KCSI 조사결과 활용에 있어서 상도의를 지킨다는 확약서를 받았고 이런 조정을 거쳐 양사 간의 광고 전쟁을 겨우 진화할 수 있었다.

이렇듯 나는 KCSI 조사결과 발표로 인해서 자발적으로 찾아온 많은 고객을 만날 수 있었고 CS경영사업에 기반이 되는 고객 채널을 자연스럽게 확보했다. 그 고객들을 대상으로 KCSI 조사결과를 설명하는 한편, 어떻게 하면 고객이 만족하는 경영을 할 수 있는지를 제언하는 피드백(Feedback) 보고회를 개최하면서 CS경영에 대한 고객의 저변을 확대해 갔다.

비즈니스 모델 세팅

KCSI에서 1위로 선정된 기업 대부분은 언론 매체에 이를 활용하여 광고를 했는데 광고 예산에 제한이 있던 어느 회사에서 1위 기업들이 공동으로 참여하는 '연합광고'를 하자는 제안이 왔다.

개별 기업에서 광고하는 것보다 조사를 주관한 KMAC가 1위 기업을 묶어 연합으로 광고를 주관해 주면 더욱 신뢰성이 있고 임팩트도 강하며 비용도 개별적으로 광고하는 것보다 절약될 수 있는 장점이 있다는 것이었다.

일리가 있는 제안이었다. 이러한 연합광고가 KCSI 1위 광고에 시너지가 있다고 판단하여 관련 기업을 대상으로 사전 설명회를 실시하여 의견을 들어봤다. 반응이 좋았다. 참여 희망 기업들이 의외로 많았다. 그래서 1996년부터 광고 대행사를 통해 KMAC가 주관하는 형태로 연합광고를 냈다. 국내 광고 역사에 고객만족도 1위 기업 연합광고라는 새로운 지평을 연 것이다.

이후 연합광고는 조사결과 발표에 이은 하나의 정형화된 프로세스로 정착되었고 KCSI에 이어 KMAC의 다른 진단평가 조사에서도 적용되었다. 1999년에 처음 발표한 K-BPI조사, 2003년에 발표한 존경받는기업조사, 2004년에 발표한 KSQI조사에서도 같은 방식을 채택했다.

KMAC는 1위 기업 연합광고의 주관사로서 광고할 매체를 선택하고 비용을 조율하며 가장 효과적으로 광고하는 방법을 찾았다. 1위 기업의 의견을 반영하여 이들의 역할을 대행한 것이다. 연합광고라는 비즈니스 모델은 이렇게 만들어졌다.

처음 12개 산업을 조사한 KCSI는 점차 조사대상 산업 범위를 넓혔고 연합광고에 참여하는 기업도 늘어났다. 이를 통해 KMAC도 괄목할 만한 사업적 성과를 이룩했다. 1997년의 IMF 경제위기 이후 다른 부서들이 힘들어할 때 CS경영본부는 더욱 확대된 KCSI의 성과에 힘입어 대폭 성장할 수 있었다.

KCSI의 의의

KCSI는 우리나라 산업계에 고객만족경영에 새로운 바람을 일으킨 신선한 조사였다. 기업 위주의 경영에서 고객 위주의 경영으로 방향을 바꾸는 데 결정적 계기를 만들었다. 산업의 성숙도가 진행될수록 고객중심 경영이 필요한데 그 당시 우리 산업은 큰 흐름으로 보았을 때 고객을 중시하는 경영의 도입기였다.

KCSI는 이 시기에 우리 기업들이 고객만족도 1위라는 영예로운 자리에 오르는 데 목표를 두고 경영을 할 수 있도록 선도하는 나침반과 같은 역할을 했다. 고객만족도 1위에 오르지 못한 유력 기업들은 1위가 되기 위해 애를 썼고, 1위를 한 기업들은 그 자리를 지키려고 노력했다. 그 과정에서 고객만족경영을 강화할 수밖에 없었다.

내구재와 소비재 제조업, 금융업, 유통업, 통신업, 일반서비스업 등 민간 중심으로 시작된 고객만족경영은 2000년 이후 공공행정 분야까지 확대되었다. 국가 차원에서도 PCSI(Public Customer Satisfaction Index)조사를 통해 공공부문의 대국민 서비스를 평가하고 있는데 이 조사로 공공부문도 고객만족경영을 도입하기에 이르렀다.

우리나라 전 산업 분야에 걸쳐 이루어진 고객 중심의 경영혁신과 서비스혁신은 놀라울 정도의 성과를 거두었다. 고객중시 사상이 산업계 전체로 확산된 결과 우리 국민은 품질이 뛰어난 좋은 상품을 접하게 되었고 질 좋은 서비스도 받게 되었다.

좋은 품질과 서비스로 무장한 우리 기업의 대외 경쟁력은 나날이 좋아졌다. 국내 시장뿐만 아니라 세계 곳곳의 글로벌 시장에서도 혁혁한 성과를 냈다.

K-BPI[7], 심고 거두다

브랜드경영의 새 지평, K-BPI 모델개발

1998년 초였다. IMF 외환위기로 나라도 어수선하고 회사도 크게 타격을 받던 상황이었다. 당시 나는 김종립 본부장으로부터 새로운 사업을 개발해 보라는 지침을 받았다. KCSI사업처럼 시장을 주도할 수 있도록 시장이 관심을 가질 만한 영역에서 진단평가 조사모델을 만들어 보라는 것이다.

몇 달 동안 새로운 평가모델을 어느 영역으로 하면 성공을 거둘지 탐색하고 고민했다. 전 직장인 LG전자와 한국갤럽에서 일하면서 마케팅 분야에서 얻은 경험과 KMAC에 들어와 쌓은 사업적 촉각을 총동원했다.

평가모델은 두 가지 아이템으로 압축되었다. 하나는 브랜드 평가에 관한 것이고 다른 하나는 직원 만족도(ESI, Employee Satisfaction Index)였다. 둘 다 한국 기업들이 지향해야 할 경영혁신의 방향성을 담고 있어야 했다. 즉, 브랜드경영과 직원중시경영이다. 조사를 통해

---

7 한국 산업의 브랜드파워(Korea Brand Power Index). KMAC가 국내 최초로 개발한 브랜드 관리 모델. 1999년부터 매년 소비 생활과 밀접한 관련 있는 주요 산업의 제품·서비스, 기업을 대상으로 소비자 조사를 통해 각 브랜드가 가진 영향력을 측정, 지수화해 발표한다. 특히 이 지수는 소비자의 관점에서 브랜드 인지도 및 로열티를 중심으로 산출되어 향후 소비자의 브랜드 구매 행동을 예측할 수 있다.

데이터를 얻을 수 있다면 평가 결과를 회사별로 점수와 순위를 매겨 발표함으로써 시장에 리더십을 발휘할 수 있었다.

두 평가모델 중 조사의 난이도와 산업에 실질적으로 미치는 효과성을 고려하여 브랜드를 평가하는 방향으로 새로운 평가모델 개발을 시작했다. 관련된 전문 서적을 찾아보고 외국의 사례도 서치(Search)했는데 당시엔 주로 브랜드 자산(Brand Equity)에 관한 것이 많았다.

나는 브랜드의 재무적 평가보다는 소비자 관점에서 조사를 통해 평가 가능한 모델로 구상했다. 마침 인지적 관점에서 브랜드를 평가하는 학술적 사례가 있어서 이를 참조했다. KCSI와 같이 조사의 용이성을 고려하여 다수의 소비자를 통해 동시에 많은 브랜드를 평가할 수 있도록 모델을 설계했다.

인지적 관점의 평가모델은 시장지배력이 높은 1위 브랜드가 절대적으로 유리한 점이 있어 이를 보완하기 위해서 인지도 평가와 함께 브랜드 속성평가를 반영하는 방식으로 설계했다.

속성평가에서는 절대 점수가 아닌 브랜드 간 상대적 거리가 점수에 반영되어 차이가 날 수 있도록 표준화(Standardization) 계수를 사용함으로써 속성평가의 반영 비율을 높였다. 이래야만 인지도가 다소 낮아도 속성평가가 좋으면 전체 평가에서 이를 뒤집을 수 있기 때문이다.

산업계·학계에 신선한 충격, K-BPI조사

그해 가을, 1차 설계한 브랜드 평가모델을 가지고 이의 적합성을 판단하고자 파일럿(Pilot) 테스트를 했고 이 결과를 토대로 평가모델을 보완하였다. 이후 완성된 모델에 의한 브랜드 평가 조사를 시작했는데 이는 3개월여에 걸쳐 1만 표본이 넘는 대규모로 진행되었다. 이렇게 탄생한 것이 1999년 3월에 처음으로 발표된 K-BPI조사이다.

당시 산업계는 대체로 브랜드의 중요성을 크게 인식하지 못했다. 삼성전자, LG전자, 현대자동차 등 브랜드 마케팅을 중시하는 일부 대기업에서 비로소 브랜드에 대한 중요성을 인식할 때였다.

외국의 사례를 보더라도 브랜드경영의 시대가 열릴 것은 자명했다. 미국이나 유럽의 선진 기업들에서 보면 자동차, 가전, 패션, 화장품 등에서 이미 브랜드경영을 통해 확고한 성과를 일구고 있었고 학계에서도 베스트 프랙티스(Best Practice) 연구를 활발하게 하기 시작했다.

브랜드경영에 대한 중요성이 시장에서 바람이 서서히 불 무렵인 당시, K-BPI조사결과는 기대 이상으로 뜨거운 반응이 있었다. 상품 카테고리별로 주요 브랜드의 평가 점수와 순위 발표는 관련 기업들의 큰 관심을 불러일으켰다. 브랜드파워를 어떻게 평가했고 구체적인 조사결과는 어떠한지 궁금해했다.

브랜드에 대한 평가가 대부분 재무적 관점이던 시절에, 예를 들어 '애니콜(삼성전자의 예전 핸드폰 브랜드)의 재무적 자산 가치가 55억 달러'라는 식이었던 당시에 소비자 관점에서 브랜드를 평가한 것은 획기적인 일이었다. 국내에서는 처음이었고 인지적 평가 관점의 모델에서는 세계적으로도 유례가 없었다.

기업의 마케팅부서에 근무하는 사람들이나 마케팅이 전공인 학자들 사이에서도 신선한 충격이었다. 이를 통해 K-BPI는 진단평가 사업에서 KCSI와 함께 성장의 새로운 한 축이 되었다.

K-BPI의 의의

이 조사는 우리 기업이 브랜드의 중요성을 한층 더 인식하는 계기가 되었다. 사전에 브랜드의 아이덴티티를 기획하는 단계부터 론칭 그리고 브랜드를 관리하여 소비자로부터 인정받는 위상을 만들어가는 것까지 총체적인 관점에서 브랜드경영의 중요성을 깨닫는 계기가 되었다. 브랜드는 전략이고 경영의 핵심적인 영역이라는 인식이 자리 잡기 시작했다.

1999년의 첫 조사 발표부터 시장의 호의적이고도 폭발적인 반응으로 KMAC의 사업성과도 크게 늘어났다. 곧바로 2000년엔 K-BPI의 성과에 힘입어 회사에 마케팅본부가 만들어졌다. CS경영본부에서 마케팅 분야를 독립시킨 것이다.

마케팅본부를 통해 브랜드경영과 마케팅의 중요성을 시장에 발신했다. 또한, CS경영본부와 함께 고객 중심의 상품기획이 히트상품으로 이어지는 프로세스도 만들어 이를 시장에 전파했다. 좋은 브랜드나 좋은 상품은 어쩌다 우연히 만들어지지 않고 전략적인 노력이 필요함을 설파한 것이다.

KMAC는 올해 21번째 K-BPI조사결과를 발표했다. 1999년에 첫 조사결과를 발표했으니 K-BPI의 연륜도 성년에 이르렀다. 그간 한국 산업계의 브랜드경영의 효시로써 맏형과도 같은 역할을 해 온 만큼 자부심도 크다.

이제 웬만한 기업에는 브랜드팀이 있고 브랜드 매니저라는 호칭도 자연스러울 만큼 브랜드경영이 자리를 잡았다. 국내를 넘어 세계 시장에서 경쟁하는 글로벌 브랜드도 무수히 탄생했다. K-BPI는 우리 기업의 브랜드경영을 촉진하는 데 바람의 역할을 해 왔고 지금도 바람직한 좌표를 제시하고 있다.

존경받는기업[8], 가치지향점을 변화시키다

새로운 흐름, 존경받는기업의 태동

KCSI조사와 K-BPI조사의 연이은 성공으로 KMAC는 진단평가 분야에서 리더십을 인정받게 되었다. 이러한 평가 조사를 통해 해당 분야에서 한국의 산업을 진흥시키고 선도하고 있다는 명분과 자부

8　한국에서 가장 존경받는 기업(Korea's Most Admired Company). KMAC가 2004년부터 기업 전체의 가치 영역을 종합적으로 평가하는 조사모델을 개발해 매년 발표하는 인증제도. 혁신능력, 주주가치, 직원가치, 고객가치, 사회가치, 이미지가치 등 6대 핵심 가치로 나눠 산업계 간부진 및 증권사 애널리스트, 일반 소비자의 평가를 지표화해 'All Star 30대 기업'과 '산업별 존경받는 1위 기업'을 선정한다.

심도 있었다. 조사모델개발, 조사기획, 데이터 수집과 분석, 조사결과 발표 등 일련의 프로세스에도 나름의 노하우가 있었다.

이런 자신감을 바탕으로 내가 CS경영본부장으로 재직하던 2002년엔 또 다른 진단평가인 '기업이미지 조사'를 실시하여 결과를 발표하였다. 대부분 특정 상품이나 브랜드를 평가하는 것이 주류이던 시절에 기업 전체를 소비자 관점에서 총괄적으로 평가하고자 했는데 이를 위해서는 기업이미지 조사밖에 없었다.

기업이미지 조사결과 발표에 시장에서는 KCSI나 K-BPI와 같은 '핫(Hot)한' 반응은 없었다. 오히려 미지근했다. 기업이미지라는 것이 추상적인 개념인 데다 기업이미지 조사는 오래전부터 정형화된 모델로 존재하고 있었기 때문에 신선감을 줄 수도 없었다.

따라서 기업 전체를 평가하면서도 시장에서 새롭게 받아들여지고 혁신의 좌표가 되려면 어떻게 해야 할지 고민해야 했다.

외국의 사례들을 찾아보고 궁리하던 중에 매년 초 미국의『포춘(Fortune)』을 통해 발표하는 세계에서 가장 '존경받는기업(Admired Company)'조사가 눈에 들어왔다. 자료를 구해서 '존경받는기업'의 개념적 정의와 그리고 이를 평가하는 조사항목, 조사대상 등 조사의 전반적인 내용을 알아보았다.

『포춘』의 조사는 기업의 전체적 관점을 평가한다는 점에서 기업이미지 조사와 유사했지만, 보다 구체적이고 업그레이드된 항목으로 이루어져 있었다. 조사대상도 일반인과 함께 기업에서 근무하는 간부진이나 증권사의 애널리스트 등으로 다양하게 구성되어 있었다.

'기업이 존경받는다는 것'은 혁신역량을 갖추어 이해 관계자인 고객, 주주, 직원, 사회에게 합당한 가치를 제공함으로써 이들로부터 인정받는 것이며 궁극적으로는 이러한 활동을 통해 기업의 브랜드의 가치를 인정받는 것이다. 『포춘』의 '존경받는기업'은 기업이 지향해야 할 궁극적인 가치가 현대적 개념에 맞게 잘 정리되어 있었다.

한국 기업은 IMF 외환위기를 거치면서 규모가 큰 기업(Big Company)에서 수익을 많이 내는 기업(Profitable Company)으로 지향점이 이동 중이었는데 '존경받는기업'은 이익중시 경영을 넘어 직원가치나 사회적가치 등 당시로선 다소 이상적인 개념을 담고 있어서 이를 한국 산업사회에 도입하기엔 다소 이른 감이 있었다.

그러나 기업이 이익을 중시하는 경영과 함께 이해 관계자와 조화를 이루고 그들로부터 인정을 받을 수 있도록 새로운 가치를 제시하는 것이 우리 산업사회에 의미가 있다고 판단했다. 즉, 좀 이르긴 해도 '존경받는기업'이라는 새로운 이정표를 제시하기로 했다.

이러한 새로운 가치 모델을 확산하기 위해서 KCSI, K-BPI와 같은 조사 방식을 택해 이의 개념을 발신하고 촉진하고자 했다. 마침 미국뿐 아니라 영국에서도 '존경받는기업'조사를 진행하고 있었고 『파이낸셜타임스(Financial Times)』를 통해 매년 그 결과를 공표하고 있었다.

궁극적 가치를 꿋꿋하게 제시하다

우리는 『포춘』에서 발표하는 '존경받는기업' 조사모델을 기본안으로 삼아 우리 실정에 맞게 평가모델을 구성하고 조사설계를 했다. 마침내 첫 조사결과는 2004년 2월에 발표되었다. 시장에서는 '기업 이미지' 조사결과 발표 때보다는 신선하게 보았지만, 대체로 무덤덤한 반응이었다.

국내에선 생소했던 조사인 만큼 '존경받는기업'의 개념을 알리고 확산하기 위해 조사결과에 대한 요약 보고서를 들고 조사대상이었던 기업을 찾아다니며 이를 설명했다. 그러나 공감을 이끌어내기가 쉽지 않았다. '존경'이란 단어는 사람에게 쓰는 용어이지, 이윤을 추구하는 기업에 쓰기엔 아직은 어색하다는 것이었다.

내가 방문한 기업 중에 기억나는 회사가 있다. 이 기업은 시장에서 독보적인 1위 회사였고 KMAC의 '존경받는기업' 조사에서 산업별 1위뿐 아니라 우리나라 전체 기업에서도 10위권 안에 드는 고무적인 결과가 나왔다.

홍보실장을 어렵게 만나 '존경받는기업' 개념과 조사에 관련된 내용을 설명하려는데 바쁘니까 짧게 설명하라는 눈치였다. 최대한 짧게 요약하여 설명하는데 실장은 별다른 관심을 보이지 않은 듯했다. 설명을 마치고 미팅을 주선한 팀장이 나를 따라와 엘리베이터 앞에서 한마디 했다.

"이사님(당시 내 직급), 중요한 안건이라더니 이런 일로 미팅을 요청하시면 저는 어떻게 되는 겁니까."

기업이 지향할 중요한 어젠다인데 알아주지 못하는 것 같아서 속이 상했지만, 그냥 나올 수밖에 없었다.

하지만 다행히도 몇몇 기업은 우리의 설명을 듣고 '존경받는기업'이 가진 사상과 가치가 향후 기업이 지향해야 할 방향이 된다며 이를 긍정적으로 받아 주기도 했다. 우리는 그해에 그치지 않고 매년 조사하여 결과를 발표하면서 계속하여 '존경받는기업'의 개념을 시장에 확산하고자 노력했다.

KMAC는 이 조사의 론칭과 더불어 '존경받는기업'이 우리 기업이 경영혁신으로 지향해야 할 최종 목표로 보고 KMAC 자체의 사명 선언문(Mission Statement)도 이에 맞게 바꾸었다. '지식으로 산업사회를 선도하여 존경받는기업 구현에 이바지한다.'라는 사명이다.

'존경받는기업'의 확산에 회사에 사명이 있다고 선언한 것이며 우리의 모든 혁신 활동은 궁극적으로 산업사회와 기업이 존경받도록 하는 데 목적이 있음을 선포한 것이다.

이러한 노력에 힘입어 '존경받는기업'이란 용어가 점차 산업계에서 받아들여지면서 일반화되었고, 많은 기업에서 궁극적으로 경영혁신을 통해 지향해야 할 가치로 인정하기 시작했다. 기업은 주주뿐만 아니라 고객, 종업원, 파트너, 사회의 가치를 극대화하며 함께 가야 한다는 것을 받아들인 것이다. 그만큼 사회도 변하고 기업도 변한 것이다.

수익에만 집착하고 기업의 이해 관계자를 경시하는 경향이 있는 기업은 시장이나 소비자로부터 외면받기 쉽다. 이들 기업은 이러한 부정적인 이미지로 새로운 사업을 전개하기 쉽지 않으며 회사에 생각지 않은 리스크가 발생한 경우 주변이나 다수 국민으로부터도 지지를 끌어내기가 어렵다.

'존경받는기업'조사 발표는 2019년에 16회째 시행되었다. 16년의 성상을 거치며 우리 기업이 지향해야 할 궁극의 가치를 여전히 꿋꿋하게 제시하고 있다.

PCSI[9] 수주와 공공영역사업의 점프업

2004년 여름 무렵이었다. 나와 오진영 이사(당시 직책), 김희철 본부장은 여의도 선착장 둔치에 앉아 상기된 얼굴로 한강 물을 바라보고 있었다. 누군가의 입에서 불쑥 튀어나온 말이다.

"우리, 이 프로젝트 수주하지 못하면 여기 한강 물에 빠져 죽자."

우리는 심각했다. 방금 '준정부기관 고객만족도 조사모델개발 사업자' 선정을 위한 경쟁 프레젠테이션(PT)을 마치고 나온 상황이었다. 며칠 전 진행된 1차 PT에서 KMAC는 1위 평가를 받아 2위 평가를 받은 생산성본부와 2차 PT라는 결선에 진출했다.

조사모델개발 사업자로 선정되면 모델개발 이후에 70여 개에 이르는 '준정부기관 고객만족도 조사'까지 맡을 수 있기에 이 프로젝트의 의미는 대단히 중대했다. 우선 전체 사업 규모 자체가 매우 컸다. 여기에다 이 사업을 통해 이들 공공기관에 대한 네트워크와 채

---

9 공공기관 고객만족도 조사(Public Customer Satisfaction Index). 정부에서 공공서비스의 질 향상을 목적으로 실시하는 조사제도로 1999년에 공기업을 대상으로 처음 도입되었다. 2004년에 준정부기관, 2005년에는 기타 공공기관으로까지 조사대상이 확대되었다.

널을 확실하게 확보할 수 있기에 사업적으로 공공시장에 본격적으로 진출할 기회를 만들 수 있었다.

피 튀기는 수주 전쟁

정부에서는 공공서비스의 질을 향상하기 위해 법령을 제정하여 공공기관의 고객만족도를 평가하는 제도를 만들었다. 한국전력 등 20여 개 공기업에 대한 만족도 조사는 이미 1999년부터 시행되고 있었고 2004년부터는 국민건강보험공단 등 77개 준정부기관으로 이를 확대하고자 했다. 이에 준정부기관의 고객만족도를 평가하는 조사모델을 개발하는 프로젝트가 경쟁 입찰로 발주된 것이다.

생산성본부는 1999년 공기업 고객만족도 조사의 사업자로 선정되어 5년을 정부와 함께 일했던 경험이 있어 비슷한 성격의 준정부기관 조사모델개발의 사업자 선정에도 절대적으로 유리했다. 공공에 대한 이해도나 조사모델은 물론이고 심사위원과의 관계에서도 유리했다.

1차 PT는 77개 준정부기관 관련 부서장의 평가를 통해 이루어졌고 2차는 조사모델 분야에 전문성이 있는 대학교수들이 평가하는 방식으로 진행되었다. 1차 PT는 부서장이 평가하는 만큼 이들에 초점을 두고 제안을 설명하는 방식을 써서 KMAC가 생산성본부를 제치고 1위를 차지했다. 제안 내용도 좋았고 오진영 이사의 강의형

PT가 부서장들의 마음을 사로잡았다.

문제는 2차였다. 고객만족도 조사모델을 두고 우리에 대한 심사위원들의 공세가 예상되었다. 준정부기관도 같은 공공기관인데 공기업에 대한 조사모델이 존재하는 상황에서 굳이 새로운 조사모델이 필요한지, 모델을 개발한다고 할 때 어떤 개발 방향을 가지고 개발할 것인지 등 우리의 약점일 수 있는 것들을 파고들 것이 분명했다.

우리가 제안서에 제시한 방향과 생산성본부가 그동안 해 왔던 방향이 다르므로 이에 대한 집중적인 질문을 예상할 수 있었다. 심사위원 중에는 생산성본부가 진행하는 공기업 고객만족도 조사의 자문위원으로 참여한 경력이 있는 대학교수도 있다는 정보도 사전에 입수되었다.

이런 상황에서 1차 PT에서의 1위 프리미엄을 기대할 수는 없었다. 이미 공기업을 대상으로 고객만족도 조사를 하는 생산성본부는 5년의 경험을 통해 자신들의 모델이 충분히 검증되었다고 강조할 것이고 심사위원들도 그렇게 판단할 가능성이 있었다. 우리에게 절대 불리한 여건이었다.

2차 PT는 내가 맡았다. 2차에서는 전문성이 있는 심사위원들을 상대해야 하는데 질의응답(Q&A) 과정에서 이들의 질문에 잘 대응하는 것이 핵심이었다.

PT를 앞두고 관련자들이 모인 사전 회의를 통해 심사위원들의 예상 질문과 최적의 답을 준비했다. 이미 공공기관 평가 조사모델이 있는데 다시 새 모델개발이 필요한가에 대한 질문, KMAC의 모델개발 방향은 어떤 것이고 기존 생산성본부 모델과 어떤 차이와 장점이 있는지를 핵심으로 보았다.

첫 번째 모델개발 질문에는 '이 프로젝트가 준정부기관의 고객만족도를 평가하는 조사모델개발 프로젝트인데 정부에서 모델개발을 하지 않고 기존 공기업 모델을 사용할 것이라면 왜 입찰을 통해 사업을 발주했겠는가?'라는 관점에서 정공법을 택했다. 공기업과 준정부기관의 성격이 조금 다를 수 있기도 하고, 기존 공기업 조사모델로 준정부기관의 만족도를 평가할 수 있는지도 연구해 보겠다고 했다.

두 번째 모델개발의 방향은 답변하기가 더욱 어려웠다. 심사위원들은 실제 KMAC가 생각하는 모델이 어떤 모델인지를 물었다. 사실 조사모델을 개발하려는 프로젝트에서 그것이 어떤 모델인지 물어보는 것은 난센스였다. 프로젝트가 시작되어 관련 자료를 모으고 준정부기관의 성격을 살펴본 다음, 시장에 있는 유사한 조사모델들을 검토도 하며 그다음에 모델개발을 어떤 방향으로 할 것인지를 정해 모델을 개발하는 순서로 가는 것인데 먼 미래의 상황을 지금 물어보는 것이다.

그렇다고 대답을 이렇게 해서는 안 되고 또 궁색하게 답변하면 궁지에 몰릴 수도 있다. PT는 현장의 분위기가 중요하다. 핵심 질문에 답을 잘못하거나 버벅대면 심사위원들에게 신뢰를 줄 수 없다. 심사위원의 지적이나 질문이 과하더라도 겸손하게 받아 주며 명확한 논리로 대응해야 하는 법이다.

나는 2차 PT를 앞두고 평소 알고 지내던 서울대학교 이유재 교수를 만나 정부에서 발주한 준정부기관 만족도 조사모델 프로젝트를 설명해 주고 우리가 수주하면 모델개발을 맡아달라고 요청했었다.

이유재 교수는 세계적 저널에 여러 논문이 실리는 등 국내 학자로는 드물게 세계적으로 권위를 인정받고 있었고 특히 만족도 조사모델 분야에서는 논문 수와 실제 개발 경험 등에서 독보적인 학자였다. 이 교수로부터 우리와 같이할 수 있다는 얘기와 함께 생산성본부와 경합하는 상황에서 모델개발과 관련된 조언도 들었다.

2차 PT에서 나는 시장에 존재하는 고객만족도 조사모델들의 장단점을 비교하며 설명했다. 표준협회의 KS-SQI모델, 우리의 KCSI모델, 생산성본부가 공기업에도 적용하는 NCSI모델이 그것이다. 어느 특정 모델을 주장하지 않았고 모델마다 장단점이 있으므로 준정부기관 성격에 맞도록 설계하겠다고 했다.

그리고 만족도에 영향을 주는 설명 항목들과 전체 지수와의 영향도를 파악하여 어떤 항목을 개선하면 전체 만족도가 올라가는지 설명 가능한 모델로 개발하겠다고 강조했다. 경쟁사의 약점을 극복하겠다는 모델 방향을 제시했고 모델개발팀으로 서울대 이유재 교수가 함께하는 계획도 주요 포인트로 내세웠다.

심사위원들 중 일부는 공격적으로 질문을 이어갔다. 분위기로 봤을 때 생산성본부를 염두에 둔 심사위원들이 일부 있는 것 같았다. 이미 공기업에 적용하는 모델이 있는데 모델개발을 새롭게 할 필요가 있느냐며 이번 프로젝트에서는 이를 검증하고 부분적으로 조정하는 것이 좋다고 말하는 것처럼 느껴졌다.

PT에 같이 참여한 오진영 이사, 김희철 본부장도 비슷한 분위기를 느끼고 있었다. 우리는 최선을 다해 방어하며 설명했지만, 이런 분위기에 불안할 수밖에 없었고 PT를 마치고 돌아오는 길에 여의도 한강 둔치에 앉아 PT 결과를 기다리며 그런 얘기를 한 것이다.

"우리, 이 프로젝트 수주하지 못하면 여기 한강 물에 빠져 죽자."

이 말처럼 세 사람은 엄청난 책임감과 부담을 느끼고 있었다. 이 프로젝트가 안 되면 우리 책임이라는 생각으로 초조해했다.

그렇게 초조한 시간을 보내고 있을 때 드디어 기획예산처에서 이 프로젝트를 주관하는 과장과 통화가 됐다. 심사위원들과 장시간 미팅을 하며 갑론을박하였는데 KMAC로 최종 선정했다는 것이다. 앞으로 일을 잘 부탁한다고 했다.

말로 표현할 수 없을 정도의 희열이 밀려왔다. 정말 기뻤다. 그때의 기분은 이루 헤아릴 수 없다. 우린 여의도 선착장에서 멀지 않은 회사로 복귀하면서 마치 개선장군이 된 느낌이었다.

이 프로젝트의 수주는 여러 사람의 조직적인 지원과 열망이 합해진 결과이다. 당시 공공 분야 네트워크를 형성해 가며 간접적인 도움을 준 이립 팀장도 그중 한 명이다.

공공시장 진입에 강력한 기반이 되다

준정부기관 고객만족도를 평가하는 조사모델개발은 서울대 이유재 교수팀에 맡겼고 엄정한 학술적 뒷받침을 받아 개발하였다. 그 이름을 PCSI(Public Customer Satisfaction Index)라 명명했다. 모델개발에 이어 바로 77개 준정부기관의 고객만족도 조사에 착수했다.

조사모델과 설문지 표준안을 만들었지만, 77개 기관을 대상으로 각 기관의 특성에 맞게 조사를 설계하고 설문지를 설계하는 일은 여간 힘든 일이 아니었다. 일일이 기관을 찾아다니며 그 기관이 제공하는 서비스의 특성을 파악하고 이를 설문에 반영하며 고객 특성별로 표본을 구성하는 일들이었다. 많지 않은 리서치본부 직원들이 분주히 움직여 주어진 기간에 겨우 맞출 수 있었다.

각 기관과 개별적으로 조사 계약을 체결한 후 전체 예산을 봤더니 25억 원에 이르는 대규모 프로젝트였다. 리서치본부는 이 프로젝트로 한층 성장할 수 있었고 KMAC는 공공시장에 들어갈 수 있는 강력한 기반을 마련했다. 그것은 공공의 사다리였다.

힘든 과정을 거쳐 우리는 첫해 준정부기관 고객만족도 조사를 잘 마무리했다. 그런데 다음 해도, 그다음 해도 정부에서는 이 프로젝트를 매년 경쟁 입찰로 띄웠다. 최초 사업자인 우리는 뺏기지 않아야 했다. 뺏기지 않기 위해서 할 수 있는 최선을 다했다.

주관 부처인 기획예산처, 자문위원을 맡은 교수들, 평가를 받는 준정부기관에 성심성의껏 우리가 할 수 있는 일을 했다. 특히 준정부기관들이 고객만족경영을 보다 잘할 수 있도록 회사의 여러 자원을 동원하며 지원했다.

그렇게 해서 매년 경쟁 입찰에서 우리는 승리할 수 있었다.

생산성본부의 공기업조사를 뺏어 오다

2007년에 들어서 그동안 생산성본부가 경쟁 입찰 없이 8년간 맡아온 공기업에 대한 만족도 조사가 드디어 경쟁 입찰로 나왔다. 공기업과 준정부기관의 고객만족도 조사모델이 PCSI조사로 통합되었기 때문이다.

우리는 은밀하고 신속하게 움직였다. 그때는 평가받는 기관에서 대표자 한 명이 평가자로 참여해서 직접 입찰에 참여한 회사의 제안 PT를 들어 보고 평가하는 방식이었다. 따라서 사전에 KMAC를 잘 모르는 공기업 24개 기관을 대상으로 PCSI를 소개하고 우리가 어떤 회사인지를 알려야 했다.

팀장은 팀장대로, 본부장은 본부장대로, 임원인 나는 나대로 관련된 기관의 사람들을 만나 PCSI의 특성과 KMAC의 역할 그리고 장점을 설명해 줬다. 무엇보다 이들이 우리가 고객만족도 평가 작업을 맡는 것에 부담을 갖지 않도록 해야 했다. 8년간이나 생산성본부의 모델로 평가받아온 만큼 그중에는 생산성본부에 익숙해져 있는 기관들이 많았기 때문이었다.

나는 실무진으로부터 24개의 공기업 리스트를 받아 이 기관들을 방문하였다. 이들에게 KMAC를 알리고 PCSI를 소개하기 위함이었다. 무엇보다도 이들이 KMAC에 호감을 느낄 수 있도록 신경 썼다. 그해 7월 중순부터 8월 중순까지 약 한 달간 거의 모든 기관을 방문하였다.

실무진들이 사전에 대응을 잘해서인지 몇몇 기관을 제외하곤 대부분 내가 굳이 자세히 설명하지 않아도 KMAC에 대한 것도, PCSI에 대한 것도 어느 정도 파악하고 있었다. 그래도 회사의 책임자인 담당 임원이 기관을 방문하는 것은 의미가 달랐다. 궁금한 것에 대해 답해주고 KMAC가 어떤 회사인지 설명해 주면 받아들이는 무게감이 더욱 클 수밖에 없다.

당시 대표적 공기업인 한국전력, 철도공사, 토지공사, 주택공사, 인천국제공항공사, 한국공항공사, 한국관광공사, 한국수자원공사, 한국석유공사 등 20개가 넘는 기관을 방문하며 PCSI와 직접 관련이 있는 실장, 처장, 팀장을 만나며 그러한 활동들을 이어갔다.

일부 기관에서는 그간 좋은 평가를 받아 왔는데 평가모델이 바뀌고 평가기관이 바뀌면 자기들에게 불리해질까 염려하기도 했다. 실제로 이렇게 생각하는 기관이 여럿 있어서 이를 불식시키는 것이 필요했다. 평가모델이 바뀐다고 평가 결과가 달라지지 않는다는 것을 설명해야 했고 새로운 평가모델이 기존 모델보다 좋은 점이 무엇인지도 설명했다.

익숙한 것을 떠나고 싶지 않은 이들을 설득하기가 만만치 않았다.

특히 몇몇 기관은 대놓고 KMAC를 지지할 수 없다고 강하게 얘기하기도 했다. 나는 24개 공기업이 가진 전반적인 생각과 흐름을 설명해 주며 결국 KMAC가 사업자가 될 것이라는 자신감을 보여 주는 것으로 대신했다. 의외로 효과가 있는 방식이었다.

방문과 상담을 통해서 생산성본부의 평가모델과 사업운영에 일부 우호적이지 않은 시각을 가진 기관들도 여럿 있다는 사실도 알게 되었다. 이들이 다른 기관들에 대한 많은 정보를 제공해 줬고 결과적으로 KMAC에게는 큰 원군이 되었다. 이들은 만족도 평가 결과가 좋지 않다는 이유도 있지만, 조사 전체 운영 과정에서 갖는 불만이 더 크게 작용하는 것 같았다.

공기업 방문을 통해 이들로부터 여러 얘기를 듣는 과정에서 평가 사업은 일을 진행할 때마다 고객에게 충분히 설명하고 이해시켜야 하며, 필요할 때는 서로 논의하는 공유의 프로세스를 밟는 것이 얼마나 중요한지를 다시 한번 깨닫게 되었다. 모든 공공기관이 평가에서 다 좋은 결과를 받을 수는 없지 않은가.

드디어 공기업을 대상으로 한 고객만족도 사업자 선정을 위한 PT가 열렸다. 공기업과 진행한 사전 인터뷰를 바탕으로 이들에게 어필할 수 있는 여러 포인트를 제안서에 담았고 이를 중심으로 PT 자료를 구성했다. 이 프로젝트의 실무 팀장인 오세종 팀장과 여러 차례의 미팅을 통해 핵심 내용과 함께 예상 질문에 대비하였다.

공기업 프로젝트는 KMAC에 큰 의미가 있었다. 이 프로젝트를 수주하면 80개에 이르는 준정부기관에 이어 상대적으로 규모가 큰 20여 개의 공기업까지 평가하게 되어 그야말로 핵심 공공기관을 다 아우를 수 있었다. KMAC에게는 명실상부한 공공기관의 파트너로 도약할 수 있는 절호의 기회였다. 그동안 경쟁사가 맡아온 일을 치열한 승부를 통해 '뺏어 온다'는 의미도 있었다.

그래서인지 모든 것이 긴장감 있게 진행되었다. PT를 맡은 나도 마찬가지였다. 회사가 있는 여의도에서 PT 장소인 서초구 반포로 이동하는 차 안에서도 PT 장표를 떠올리며 전략적 포인트를 되새겼다.

사전에 공기업을 방문하여 KMAC를 홍보하고, 제안서도 공기업의 니즈에 맞게 작성하며 예상 질문에 대한 답까지 충분히 준비했는데도 PT는 또 다른 것이다. 현장에서 어떤 일이 벌어질지 모른다. 그래서 긴장감이 도는 것이다.

나는 사전에 계획하고 준비한 대로 했다. 여러 개의 질문도 다행히 예상 질문 범위 안에 있거나 답변이 그리 어렵지 않은 것이었다. 그러나 생산성본부가 5년이나 해 왔던 프로젝트가 아닌가. 그쪽에서도 뺏기지 않으려 얼마나 노력을 했을지는 보지 않아도 알 수 있다. 더군다나 그간 생산성본부와 가까운 인연을 맺거나 우호적인 기관이 여럿 있는 상황이어서 결과는 예단하기 어려웠다.

PT를 마치고 결과 발표에 대한 긴장감으로 저녁 시간을 그냥 보낼 수 없었다. 그동안 준비하느라 애쓰고 마음 졸인 것도 털어내고 싶었다. 회사 앞 여의도 관광호텔 맞은편에 있는 포장마차에서 이 프로젝트를 담당하는 이형근 본부장과 함께 저녁 7시경부터 식사

겸 소주를 한잔하며 결과를 기다렸다.

그 시간 기획예산처에서는 평가 결과를 집계하고 있었다. 술을 마시면서도 마음을 졸일 수밖에 없었고 긴장감은 갈수록 고조됐다.

우리 실무진들의 노력으로 KMAC에 호감이 있는 회사들이 많아 정황상 유리할 수 있다는 생각은 했지만, 만약에 프로젝트 수주에 실패라도 하면 회사가 도약할 큰 기회를 놓치는 것이었다. 한 달여 동안 공들여 준비하고 내심 자신만만하게 출사표를 던진 프로젝트이기에 실패는 큰 상처로 돌아오게 되어 있었다.

담당 사무관과 통화도 안 되고 시간은 자꾸 흘러 밤 10시를 넘기고 있었다. 포장마차에 쌓인 술병은 자꾸 늘어갔고 나와 이형근 본부장은 이미 취기가 올라오고 있었다. 드디어 10시 반이 될 무렵, 평가 집계 결과 우리가 사업자로 선정되었다는 연락을 받았다.

'아, 이 기쁨, 뭐라 표현하기 힘든 이 기분!'

취중에 긴장감으로 가득했던 그 밤에 받은 기쁜 소식은 우리에게 날개를 달아준 듯 하늘로 훨훨 날게 했다.

그렇게 100개 안팎의 공기업과 준정부기관을 대상으로 우리는 고객만족도를 평가하는 사업을 맡았다. 이후 이들 프로젝트는 매년 경쟁 입찰로 나왔으나 2018년까지 한 번도 사업자 선정에서 탈락하지 않고 KMAC가 계속해서 맡고 있다. 중간에 설문 설계와 조사가 분리되는 변화도 있었고 한꺼번에 여러 사업자를 선정하여 기관을 나누어 맡기는 형태로 변했지만, 핵심적인 역할은 여전히 KMAC가 하고 있다.

공기업 PCSI조사의 수주에는 당시 오세종 팀장을 비롯한 본부 구성원들의 실무적인 뒷받침이 크게 작용했다. 이들이 공기업 담당자를 만나며 PCSI조사에 대한 소개며 KMAC를 알리는 등 사전 정지 작업을 해 놨기 때문에 KMAC에 대한 우호적인 분위기가 형성될 수 있었다. 공기업의 니즈를 파악하여 제안서를 경쟁 우위로 작성한 것도 이들의 역량이었다.

PCSI의 성과와 의의

공기업, 준정부기관과 더불어 기타 공공기관까지 200개에 가까운 공공기관에 대한 국가 차원의 고객만족도 평가는 공공기관 서비스의 품질 개선으로 이어졌다. 평가 결과가 공표되고 또 결과가 공공기관 경영평가에 반영되면서 각 기관에서는 좋은 결과를 받으려고 제도나 프로세스를 개선했고 서비스의 질도 개선했기 때문이다.

KMAC는 공공기관 만족도 평가 사업을 원만히 잘 수행함으로써 정부와 각 공공기관으로부터 긍정적인 평가를 받았다. 또 만족도 평가라는 일을 하면서 경영평가와 관련된 팀장이나 실장, 처장 등 업무 관계가 있는 사람들로 접촉 채널의 범위가 넓어졌다.

우리는 또 다른 여러 사업의 기회도 찾을 수 있었고 특히 경영평가에 관련한 전문성을 쌓으면서 공공기관에 대한 리더십을 발휘하기 시작했다.

공공을 대상으로 한 별도의 '공공혁신컨퍼런스'를 매년 개최하면서 공공의 바람직한 혁신 방향을 제시하고 관련된 좋은 사례를 발표했다. 회사 내부에서는 공공 분야를 담당하는 별도의 조직을 만들어 효과적으로 대응했고 대내외적으로도 좋은 성과를 만들어 가고 있다.

PCSI조사 이전엔 KMAC의 매출에서 공공의 비중이 10% 미만이었는데 지금은 50%를 훌쩍 넘고 있다. 공공혁신의 파트너로 시장에서 확고히 인정받는 셈인데 그 기반이 PCSI였다는 것이다.

콜센터 아웃소싱 사업에 진출

망신당한 테니스 시합

2010년 12월 초 어느 토요일, 상계동 주공아파트 단지 내에 있는 테니스코트. 광장동 집을 나와 중간에 친구를 픽업하여 테니스 시합을 하러 갔다. 며칠 전 고객사인 A사의 M실장과 테니스를 함께 치기로 약속했기 때문이다. M실장은 테니스 동호회 회원으로 주말마다 테니스를 즐기고 있고 나 역시 테니스를 좋아해서 약속이 이루어졌다.

보통 테니스는 복식으로 경기를 하기에 각자 한 명씩 대동하기로 했다. 나는 고등학교 친구 중에 테니스를 잘 치는 친구를 섭외했고

M실장은 나이가 좀 있어 보이는 여성 회원과 같이 팀을 이루었다. 동행한 친구가 테니스를 잘 치는 편이고 상대방은 나이가 좀 있는 여성이 파트너로 나와 충분히 승산이 있어 보였다.

1번 코트 바로 옆 라커에서는 우리 직원 두 명을 포함해 그쪽 동호회 십수 명이 그 경기를 지켜보고 있었다. 아마 외부에서 게임을 하러 온다는 얘기를 듣고 그 코트 회원들이 구경 차 거기에 모인 모양이었다.

나는 우리 아파트 동호회에서 테니스를 10년 가까이 치면서 A급 실력은 아니지만 나름 누구와 붙어도 해 볼 만하다고 생각하던 터였고 더군다나 같이 간 친구는 전국 아마추어 대회에 참가할 만큼 나보다도 몇 수위의 실력을 갖추고 있었다.

하지만 결과는 참혹했다. 일방적으로 밀린 끝에 6:0으로 졌다. 몸이 안 풀려서 그런가 보다 생각하고 다시 요청하여 한 번 더 게임을 했는데 이번에도 6:1로 졌다. M실장 팀은 생각보다 실력이 뛰어난 데다 홈그라운드의 이점도 안고 있었는데 그에 비하면 우리는 실력이 미치지 못했고 더군다나 평소 기량도 발휘하지 못했다.

나는 실수를 연발했고 동반한 친구도 긴장했는지 평소와는 달랐다. 너무 일방적인 경기여서 누가 보더라도 확연한 차이가 있었다. 우리 동네 아파트 테니스 동호회의 이름으로 남의 동네 동호회에 가서 망신살이 뻗친 것이다. 같이 간 친구에게도 미안했다.

아웃소싱 사업을 준비하다

A사에서는 그해 12월 말에 전국에 있는 12개 고객센터(콜센터)의 운영 사업자를 선정하는 경쟁 입찰을 준비하고 있었다. A사 고객센터는 1천 명이 넘는 거대 규모로 전국에 12개의 센터를 두고 운영되는데 모두 외부 전문기관에 아웃소싱(Outsourcing)을 주고 있었다. 이 사업의 계약 기간이 2년이어서 2년마다 사업자를 선정하는 입찰을 진행했고 이번 입찰에 KMAC가 참여하기로 한 것이다.

KMAC는 몇 년 전 기업의 일정 업무를 아웃소싱하는 사업에 참여하는 방향으로 신사업의 진출 계획을 세웠다. 이름하여 오퍼레이팅 아웃소싱(Operating Outsourcing) 사업이다. 기업의 아웃소싱 분야가 오퍼레이션(Operation) 업무를 중심으로 갈수록 다양해지고 있어서 오퍼레이션 관련 기업 컨설팅 경험과 역량이 풍부한 KMAC는 이 사업에 기회가 있을 것으로 판단했다.

특히 고객센터 분야는 기업이 가장 활발하게 아웃소싱을 하는 영역으로 이미 시장이 크게 형성되어 있었는데 KMAC는 국내에서 거의 유일하게 고객센터를 대상으로 컨설팅과 교육 훈련을 하고 있었다. 따라서 우리는 다른 분야보다 먼저 고객센터 아웃소싱 시장을 두드렸고 마침 A사의 경쟁 입찰에 참여할 기회가 온 것이다.

A사 고객센터 경쟁 입찰에선 12개 업체를 선정했다. 전국에 12개의 고객센터가 있었기 때문이다. 입찰엔 30개 가까운 고객센터 운영 전문업체들이 대거 참여했다. 그러나 한두 개 업체를 제외하

곧 보통 그간 맡아 온 업체가 계속해서 맡는 형태로 입찰 결과가 나왔다.

KMAC는 전년도에 A사가 새롭게 신설한 고객센터의 사업자를 선정하는 입찰에 처음으로 참여하여 고배를 마신 바가 있었다. 그 후 1년이 지난 올해는 작년보다 승산이 있다고 판단하고 실패를 거울삼아 철저하게 준비하고 있었다.

M실장은 그 사업의 실무 책임자였다. 우리는 사전에 M실장을 포함해 이 사업에 관련된 여러 사람과 접촉하면서 KMAC가 고객센터 운영 대행을 맡으면 어떤 장점이 있는지를 설명해 왔다.

고객센터에 대한 진단과 컨설팅을 하면서 쌓은 노하우를 현장에 직접 접목해 운영 수준을 높이고 이를 다른 11개 고객센터로 확산하여 A사 고객센터의 전반적인 상향 평준화를 끌어내는 역할을 하겠다고 했다.

사실 맞는 말이었다. 우리가 맡아서 그런 역할을 할 수만 있다면 A사는 싫어할 이유가 없었다. A사도 충분히 이러한 내용을 기대할 만했다. 단지 고객센터 운영 대행 경험이 없는 KMAC가 이를 처음 맡아서 제대로 할 수 있을 것인지에 대한 염려가 있었다.

그러나 다행히도 고객센터 아웃소싱 사업은 사업자로 선정되면 기존 인력과 장비를 그대로 이어받는 형태로 진행되기 때문에 사업자 변경으로 인한 리스크는 거의 없었다.

또 한 번의 고비, 경쟁 PT

그해 12월 마지막 주에 사업자 선정을 위한 제안 PT가 열렸다. 참가한 수많은 업체의 PT를 하루 안에 다 진행해야 하므로 한 업체당 PT에 주어진 시간은 10분, 질의응답은 5분이었다. 우리는 짧은 시간에 거의 같은 내용으로 반복해서 PT를 듣는 심사위원을 고려하여 내용으로나, 형식으로나 임팩트 있게 PT 장표를 구성했다.

PT를 위한 파워포인트 장표에 우리만의 차별화된 전략과 운영 방향을 주로 담았다. 누가 봐도 내용상으로 우위에 있었고 PT를 위한 장표도 컨설팅회사답게 수려하게 구성했다.

거기에 마지막 1분 정도를 텍스트 파일이라는 엔딩(Ending) 영상을 만들어 그 안에 우리의 전략을 요약해서 담고 우리의 다짐으로 마무리했다. 나는 여러 번에 걸친 리허설로 내용을 거의 암송하다시피 하였고 사전에 Q&A 리스트를 만들어 대비하였다.

PT도 무난했고 걱정했던 5분의 질의응답도 잘 넘겼다. A사의 내외부 인사들로 구성된 8명의 심사위원의 질문은 예상되는 범위 안에 있었다. 컨설팅회사가 왜 이런 사업에 참여하려 하는지에 관한 질문, 상담원 채용과 관리를 어떻게 할 것인지 그리고 상담 품질을 어떻게 잘 관리할 것인지 등에 관한 것이었다.

준비를 철저하게 한 덕분에 순조롭게 PT를 마쳤지만, 고객센터 운영 경험이 전혀 없다는 근원적인 약점을 얼마나 극복할지는 예상하기 어려워서 결과가 나오기 전까지는 초조하게 기다릴 수밖에 없었다.

작년에 A사 신설 고객센터 입찰에서 떨어지고 이 프로젝트를 주도했던 나와 김희철 본부장, 남상현 팀장이 그날 밤 단골 카페에서 한 시간가량 아무 말 없이 한숨만 쉬며 술을 마셨던 트라우마가 떠올랐다.

결과 발표가 있던 그 날은 마침 회사의 송년회가 있었다. 저녁 무렵에 홍은동 그랜드 힐튼호텔로 직원들이 집결하고 있을 때 소식이 전해졌다. 우리가 A사 고객센터 아웃소싱 사업자로 선정되었다는 연락이 온 것이다. 그것도 전체 1등이었다. 감개무량하기도 하고 또 감격스러웠다. 우리는 송년회에서 이 기쁜 소식을 직원들과 함께했다.

고객센터 운영에 참여하다

연말과 연초에 걸쳐 A사와 계약을 마무리하고 우리는 전국 여러 고객센터 중 광주에 있는 고객센터를 맡았다. 광주 고객센터엔 120명 정도의 직원이 있었고 5개 팀으로 나누어 운영되었다. 실무를 맡은 남상현 팀장은 월 1회 이상 오가며 관리자로서 역할을 하였고 나 또한 분기에 한 번 정도 광주를 오가며 그들을 격려하기도 했고 그들의 고충을 듣기도 했다.

고객센터에 대한 운영 경험을 쌓으면서 상담원들이 얼마나 힘든 여건에 놓여 있는지를 직접 목격할 수 있었다. 얼마 전 정부의 위탁을 받아 수행한 연구에서 상담원 시장이 30만 명을 훌쩍 뛰어넘은 규모로 커졌는데 이들에 대한 처우는 열악한 편이었다. 일 자체도 감정 노동으로 매우 힘들었고 급여 수준도 낮았다. 현장에서 본 이들은 꿋꿋했지만, 아픈 사연들이 많았다.

고객과의 유무선 상담은 예전엔 본사 직원 신분으로 했던 일들이지만 기업이 효율성을 추구하면서 이들의 역할을 분리하여 자회사로 만들거나 외부에 아웃소싱을 주는 형태로 바뀌었다.

마치 LG전자 가전제품의 A/S를 담당하는 사람들이 LG전자 유니폼을 입고 있지만 실제로는 협력업체 직원인 경우와 마찬가지다. 상담원도 본사를 대표해서 고객들과 상담하지만, 이들의 소속은 사실 협력업체(아웃소싱 회사)인 것이다.

이들의 급여는 낮은 편이다. 본사 직원의 평균 연봉과 비교해 보면 절반에도 미치지 못하는 경우가 많다. 최근 최저 임금 영향으로 조금 나아졌는지는 몰라도 고객상담 역할이 갖는 가치를 고려할 때 이들에 대한 처우는 개선되어야 할 것으로 본다.

KMAC는 몇 년에 걸쳐 광주 고객센터를 비롯한 고객센터의 아웃소싱 사업을 운영하면서 이 방면의 경험을 쌓았다. 그러나 KMAC가 기업의 아웃소싱 비즈니스에 컨설팅과 교육 회사로서 장점을 갖고 있지만, 이 사업이 컨설팅업의 정체성에 어울리지 않아 사업의 본질적 확장이 아니라는 판단을 내렸고 따라서 이 사업에서 철수했다.

광주 고객센터에 가면 팀장을 포함하여 10명 정도의 간부급 직원들과 미팅을 하고 회식을 하곤 했다. 이들과 대화를 나누며 고충을 들었고 본사인 KMAC가 고객센터에 많은 관심이 있다는 것을 보여주고자 했다. 회식 자리에서는 같이 술도 마시면서 이들과 어울리고 분위기를 돋우려 노력했다. 본사에 대해서 가질 수 있는 어색함이나 불편함을 없애 주려는 노력의 일환이었다.

2차로 노래방을 가면 나는 웬만하면 노래를 하지 않으려 했지만, 그들의 강권에 한 곡 정도 불렀다. 대신 100점 기준으로 1점당 만원의 벌금을 냈다. 나를 포함해 간부들이 이런 식으로 내는 돈은 이들의 대리 운전비로 쓰였다.

광주 고객센터에 대한 경험과 추억은 특별한 기억으로 남는다. 컨설팅회사에서 아웃소싱 사업을 하겠다고 해서 처음으로 시작한 사업체였고 이 사업의 시작과 끝을 함께했으니 그 기억과 추억이 남다를 수밖에 없다.

25년간의 몰입, KMAC와의 운명에 감사하며

이외에도 개별적인 컨설팅이나 리서치, 교육 프로젝트에서 경쟁사와 전투를 치르며 때론 성공을 거두기도 하고 때론 실패한 경험도 많다.

예를 들어, 한국마사회의 기업이미지 개선 프로젝트는 쟁쟁한 외국계 컨설팅사들과 경합 끝에 수주했는데 그 규모가 7억 원에 달했다. 당시 CS경영본부 내에서 이를 담당한 이립 팀장은 팀장이 된 지 얼마 되지 않아 이를 수주함으로써 '이칠억 팀장'으로 불렸던 기억이 있다. 이 팀장은 이후 공공부문 컨설팅본부장을 거쳐 임원으로 공공부문 혁신에 리더십을 발휘하고 있다.

12억 원 규모의 KT CRM 프로젝트는 경영전략, CS경영, 마케팅 등 3개 본부가 힘을 합해 거의 내정된 유력 외국계 컨설팅사를 제치고 수주한 의미 있는 프로젝트였다. 3개 본부의 콘텐츠를 잘 결합해 경쟁력 있는 제안서를 만들었고 한상록 본부장의 지혜로운 PT와 Q&A로 역전을 일궈냈다. 이 프로젝트는 수행 결과가 좋아 KT로부터 감사패까지 받았다.

KB손해보험과는 수년에 걸쳐 세일즈역량강화 프로젝트를 같이 했는데, 초기에 내부의 영업본부장들이 대놓고 반대하는 일이 있었다. 당시 법인영업총괄을 맡던 김병헌 부사장(이후 대표이사 사장으로 재임)이 뚝심을 가지고 추진했기에 가능한 프로젝트였다. 현장을 혁신

하는 데 가장 저항이 되는 것은 역시나 처음엔 현장이었다. 이 프로젝트는 이주열 프린서플(Principle) 컨설턴트를 중심으로 멤버들이 헌신적으로 4년에 걸쳐 잘 수행함으로써 프로젝트 종료 후 김병헌 대표이사로부터 감사패를 받았다.

리서치 분야도 삼성전자와 현대자동차 등 우리나라를 대표하는 글로벌 기업들과 CSI조사 프로젝트에서 인연을 맺어 이를 넓혔고 나아가 글로벌 시장에서 모니터링까지 확대하는 성과를 거두기도 했다.

금융권과 유통 기업들을 대상으로 CSI조사와 모니터링 등 많은 프로젝트를 수주하며 고객사를 확대했고 때로는 진행하던 프로젝트가 고객사의 사정으로 소멸되는 아픔도 겪었다. 사업의 고비마다 영토를 넓히려 같이 고뇌한 든든한 직원들이 있었기에 전진할 수 있었던 길이기도 했다.

경영 분야의 세계적 석학이자 『미래를 경영하라』(21세기북스, 2005)로 유명한 '톰 피터스(Tom Peters)'를 초청해 서울 그랜드 인터컨티넨탈 호텔과 올림픽공원 역도경기장에서 각각 대규모 강연회를 개최한 것도 잊을 수 없는 일이다. 올림픽공원 역도경기장 강연회엔 일반인을 포함해 4천 명 정도가 참여하는 대성황을 이루기도 했다.

미국 SHRM(Society for Human Resource Management) 컨퍼런스에 200여 명의 국내연수단과 함께 애틀랜타를 방문해 1만 5천 명이

나 참여한 세계적인 컨퍼런스를 보고 배워온 일도 기억에 새롭다. KMAC에서 컨퍼런스를 담당하던 이상윤 팀장, 송광호 팀장 등과 함께한 미국 연수에선 기다란 '캐딜락 리무진' 승용차를 타고 문화 체험을 하는 경험도 공유했다. SHRM 컨퍼런스에 다녀온 것을 계기로 KMAC의 컨퍼런스는 그동안 진행했던 호텔에서 벗어나 일산 킨텍스에서 2천여 명이 참석하는 대규모 행사로 확대, 개최되었다.

와튼 스쿨(Wharton School of the University of Pennsylvania)과 협의하여 국내에 와튼 최고경영자과정을 오픈했던 것은 세계 명문 대학의 최고경영자과정을 국내에 유치하는 시발점이 되었다. 이 일은 실무를 맡았던 지방근 본부장의 뚝심과 함께 회사에 이 사업을 직간접으로 지휘하고 지원한 경영자들의 노력이 있었기에 가능했다.

반면에 뼈아픈 경험들도 있었다. 조직을 겸임으로 맡았는데 이 조직을 키우지 못하고 사업이 어려워지면서 다른 부서에 통합되는 일을 겪기도 했다. 고객과의 관계도 원활하고 사전 정보도 많아 수주에 유리하다고 생각했던 프로젝트에서 일격을 당하기도 했다. 이에 반해 경쟁사가 워낙 막강하여 가능성이 낮은 프로젝트에서 역전의 전략으로 수주한 많은 사례도 여전히 내 기억 속에 남아 있다. 어떤 사업에서도 '방심하면 당하고, 철저히 준비하면 역전할 수 있다.'라는 교훈을 얻는 것이다.

이런 경험에 비추어 볼 때, 사업 성공의 기쁨은 기획부터 실행까지 실무진들과 함께 어우러졌을 때 더 크게 다가온 것 같다. 반대로 실패의 책임은 역할보다는 리더라는 위치에서 비롯되는 것 같다.

성공과 실패의 현장에서 영욕을 같이한 직원들에게 감사한 마음이고 언제나 나에게 든든한 버팀목이 되어준 KMAC에게 감사한 마음이다. KMAC와 함께한 25년간의 몰입은 한마디로 감사이다.

이후 전개되는 제2부에서 제5부까지는 KMAC에서의 소중하고도 특별한 경험을 중심으로 서술했다. '갑질'의 추억을 안긴 고객 이야기, 나에게 특별한 감명을 준 CEO와의 인연이 각각 제2부와 제3부로 이어진다.

제4부에서는 부사장의 직위에서 왜 갑자기 사임했는지를 담담하게 밝혔고 제5부는 KMAC에서 경험한 것 중 기억에 남는 몇 장면을 추려 여담 편으로 '특별한 에피소드'로 묶었다.

KMAC 자회사, KCR 이야기

KMAC에 재직하면서 자회사인 KCR(Korea Consumer Research, 한국소비자평가연구원)의 임원을 겸임하며 KCR의 탄생에서부터 직원들과 희로애락을 함께한 것도 내 직장생활에서 결코 잊을 수 없는 일이다. 별도의 편으로 엮고자 하였으나 지면 관계상 '나의 운명, KMAC' 편 부록으로 그 경험을 짧게나마 정리하고자 한다.

"KMAC 실사센터를 방문하고 싶습니다."

KMAC에 입사한 지 얼마 되지 않아 조사컨설팅(Research&Consulting)팀의 팀장이 되었을 때의 일이다. 사업 기회를 만들기 위해 이전에 근무했던 한국갤럽에서의 리서치사업 경험을 토대로 리서치 비즈니스의 역량을 앞세웠고, 리서치를 기반으로 한 컨설팅 상품으로 차별화하여 시장을 적극적으로 공략했다.

이런 와중에 대우자동차와 대규모 CSI(고객만족도) 조사 프로젝트가 계약되었다. 나는 고객사에 리서치 실행 역량을 강조하기 위해 컨설팅회사인 KMAC 내에도 실사센터가 잘 갖춰진 것처럼 포장을 했다. 하지만 실상은 실사는 전문업체에 외주를 주고 있었다.

그런데 아뿔싸, 문제가 발생했다. 대우자동차의 담당 과장이 프로젝트에 착수하기 전에 우리 실사센터를 방문하고 싶어 했다. KMAC란 이름으로 된 실사센터가 없었기에 당황스러운 일이었다. 어쩔 수 없이 당시 실사 업무를 맡아 하던 외부 실사 회사에 사정을 얘기하고 그 회사 입구에 'KMAC 실사센터'라는 간판을 달아 겨우 해결할 수 있었다.

이 일은 리서치사업을 키우기 위해서는 KMAC의 실사를 전담하는 회사가 필요하다고 판단하게 되는 계기가 되었다. 마침 대우자동차 프로젝트를 같이한 실사 업체의 대표가 별도 법인을 만들어 KMAC를 전담하는 실사 회사의 역할을 하기로 했다.

이렇게 해서 설립된 회사가 KMR(Korea Management Research)이었다. 이후 KMR은 KMAC의 실사를 전담하였고 양사 간에 협력관계를 통해 서로 윈윈하는 구도를 만들어 갔다.

KMAC가 수주한 리서치사업이나 언론 발표를 위해 기획하여 자체적으로 조사하는 모든 소비자 조사를 KMR에 맡겼다. 처음에는 실사를 고민하지 않고 전담으로 맡길 수 있는 곳이 있어서 편하고 좋았다.

하지만 점차 시간이 흐르면서 문제가 발생하기 시작했다. 품질과 실사 비용에 관련된 문제였다. KMAC의 조사 담당 연구원들은 KMR에서 제시하는 실사 비용이 갈수록 비싸다고 불만이 컸고 실사 품질에도 자주 문제가 생겨 KMR의 관리자와 다투는 일이 잦아졌다.

이런 일이 쌓이면서 양사 직원들 간에는 갈수록 감정의 골이 깊어져만 갔다. 서로를 신뢰하지 않게 된 것이다. 하루는 KMAC의 리서치사업 책임자가 KMR의 책임자와 통화를 하다가 욕을 하는 일이 벌어졌다. 그렇지 않아도 양사 직원들 사이에 서로 다투는 일이 많아 골치가 아팠던 KMR의 대표는 이 일로 중대한 결심을 했다. KMR의 운영을 KMAC의 CEO에게 위임한 것이다.

KMAC가 운영을 맡으면서 KMR에는 몇 가지 변화가 생겼다. 역삼동에 있던 KMR을 KMAC가 위치한 여의도와 가까운 마포로 옮기고 회사 이름도 KCR로 바꾸었다.

또한, CEO가 경영권을 가지고 실질적인 경영을 하기 위해 법적인 대표권도 가져왔다. KMAC의 CEO는 이때부터 KCR의 CEO를 겸직하고 있다. 나도 사외이사로 오랜 기간에 걸쳐 KCR의 업무가 안착되도록 도왔다.

KCR로 재탄생한 이후부터 제대로 된 회사의 틀을 갖추기 위한 제도와 시스템을 만들어 가기 시작했다. 새로운 급여 기준 설정에서부터 복지 제도의 마련, 회사의 운영 규정 등을 하나씩 만들어갔다. KMAC의 기준에 따라 모든 것을 만들었고, 직원들의 의식까지 KMAC의 자회사로서 인식될 수 있도록 노력했다.

하지만 외형적인 것들을 KMAC화하는 것은 어려운 일이 아니었지만, 30명 안팎의 직원들의 의식을 KMAC와 하나 된 공동체로 변화시키는 것은 쉬운 일이 아니었다. 그래서 문화적으로나 정서적으로 하나가 되기 위해 체육 대회, 등산, 송년회, 전 직원 워크숍에 KMAC와 KCR은 늘 같이하였다.

KCR의 끼와 꿈

이러한 노력에도 불구하고 KMAC로부터 일을 받아서 하는 구조적 특성으로 인해 KCR에겐 KMAC가 업무상 '갑'이었고 반대로 자신들은 '을'이라는 수세적인 입장에서 일할 수밖에 없었다.

프로젝트에서 품질이나 일정 문제가 생기면 KMAC의 담당 연구원은 KCR을 재촉하거나 압박할 수밖에 없었고 그중에는 좀 심하게 하는 연구원도 있었다. 그 때문에 이러한 스트레스로 힘들어하는 직원들이 많아졌고 심지어는 퇴사하겠다는 직원들도 나왔다.

경영층에서는 KCR을 KMAC의 가족으로 정의하고 분위기를 조성하기 위해 애쓰고 있었지만, 일의 관점에서는 상호 간 수평적 관계가 형성되지 않기 때문에 오히려 더 힘들어하고 실망했다는 얘기들도 들렸다.

이런 상황이 누적되면서 KCR은 스스로를 '서자'로 칭하기도 했다. 아버지를 아버지라 부르지 못하는 홍길동처럼 진정으로 KMAC의 가족이 되었다고 생각하지 않았다. 일을 주고받는 관계에서 느끼는 어려움이나 서러움은 '갑'인 KMAC에서는 쉽게 공감하거나 이해할 수 없는 것이었다.

따라서 KCR의 직원들이 KMAC의 직원들 때문에 업무에 어려움이 발생하거나 속상해하는 일이 생기지 않도록 굉장히 유념했다. CEO가 그러한 관점을 유지했고 한동안 리서치CBO란 직책으로 KCR과 KMAC 간에 실사 업무를 지휘했던 나 또한 그런 기조 속에서 이들의 어려움을 해결하고자 했다.

KCR 구성원에 대한 동기 부여의 일환으로 한때 전 직원 해외연수를 실시한 적이 있었다. 모두 세 번이었는데 일본을 두 번, 홍콩을 한 번 다녀왔다. 국내 사정상 해외연수를 갈 분위기가 아닌 어느 해에는 남해안 한려수도로 여행을 갔다. 나는 네 번의 KCR 연수에 책임자 자격으로 참가했다.

해외연수든, 국내연수든 내가 책임을 맡은 KCR과의 여행에서는 가능하면 모든 과정을 즐겁고 편안한 분위기로 만들고자 했다. 이들의 어려움과 애환을 가까이서 지켜보았기에 이런 기회에 스트레스를 풀고 즐기는 장을 만들어 주고 싶었다.

홍콩으로 3박 4일 동안 해외연수를 갔을 때다. 연수 이튿날에 우리는 홍콩 북쪽에 있는 중국 선전(深圳)시를 방문하게 되었다. 선전시 곳곳을 둘러본 다음 저녁 식사 차 한인 식당에 갔는데 한국을 떠난 지 며칠 지나지도 않았는데 우리는 거기서 나온 한국의 대표적인 음식인 삼겹살과 김치에 열광했다. 해외에서 소주를 곁들여 먹는 삼겹살과 김치의 맛은 좀 특별했던 것 같다.

식사를 마치고 근처에 있는 노래방으로 자리를 옮겼다. 그곳에 한국인이 운영하는 노래방이 있다는 사실이 놀라웠다. 계획에 있던 일정은 아니었다. 밖에서는 갑자기 소나기가 내리고 있었다. 노래방으로 이동하는 짧은 길에 비에 흠뻑 젖으면서도 모두가 즐거운 마음이었다. 거기서 뜻하지 않게 팀별 노래자랑 대회를 열었다. 1등 상금 1천 달러를 포함하여 모두 3천 달러의 상금을 걸었다.

KCR은 당시 3개의 실사팀과 데이터운영팀, 품질관리팀, 지원팀 등 총 6개의 팀으로 구성되어 있었다. 모두가 주어진 작전 시간 10분을 활용해 각기 계획을 세웠고 드디어 경연이 시작되었다.

지원팀과 데이터운영팀을 제외하곤 모두 여자들로 구성된 4개 팀이 압도적인 실력을 발휘했다. 노래에 춤을 곁들여 보여준 이들의 끼와 흥은 정말 대단했다. 1등을 가려내기가 쉽지 않았다. 열정적인 무대에 감동한 CEO는 상금을 대폭 올려 이들을 격려해 주었다.

업무적으로 여러 면에서 늘 스트레스를 받는 KCR 직원들이었지만 회사를 떠나 다른 공간에서 기회가 오면 유감없이 자신들의 끼와 진가를 발휘했다.

한려수도로 2박 3일 동안 여행을 갔을 때다. 첫날 여수에서 저녁 식사를 하게 됐다. '일억조횟집'이란 곳이었다. 30명 남짓이던 우리는 식당을 통째로 빌렸다. 모둠회가 차려지기 전에 해산물이 먼저 나왔는데 커다란 접시에 가득 찬 풍성함은 우리의 식욕을 돋우기에 충분했다. 거기에 바닷가 특유의 싱싱한 맛까지 더해 서울 촌놈들이 이 요리에 반할 만했다.

우리는 해산물을 안주 삼아 잔을 부딪쳤고 30여 명 전원의 건배사를 들으며 조금씩 취해 갔다. 뒤늦게 모둠회가 나왔을 땐 이미 술이 거나하기도 하고 배도 불러서 회를 다 먹지 못하고 많이 남겼다. KCR 직원들도 그날을 생각하면 먹지 못해 남긴 모둠회가 아쉽다며 지금도 웃으며 얘기하곤 한다. 취기에 서로 부둥켜안고 신나게 떠들었던 기억이 아직도 선하다.

KCR 파이팅!

내가 사임을 하고 한 달쯤 후, 한윤희 그룹장을 비롯한 KCR의 일부 전현직 직원들이 별도의 환송식을 마련해 주었다. KCR을 위해 일할 때 이러한 내 마음을 알고 있었던 몇몇 직원들이 아쉬움의 자리를 만든 것이다. 모처럼 이들과 함께 잔을 기울이며 즐거웠던 과거를 회고하기도 했고 이들은 나의 미래를 축복해 주었다. 고마운 일이었다.

KMAC 리서치사업과 KCR은 갈등이 늘 잠재되어 있다. 그래서 회사에선 절대 KMAC가 '갑'의 역할을 하지 못하게 주의시키고 있다. 그럼에도 불구하고 품질과 비용, 일정 문제는 KMAC와 KCR 직원들 간에 갈등의 원인이 될 수밖에 없다. 쉽게 풀기 어려운 문제인 것 같다.

갈등은 발생 원인을 찾아 제거하는 것도 중요하지만, 갈등이 있을 때 이를 처리하는 절차와 방식이 매우 중요한 법이다. 따라서 이해 관계자 간에 커뮤니케이션이 중요하다. 커뮤니케이션 프로세스에 있는 사람들의 문제 해결 의지와 세심함이 필요한 이유다.

기업문화에서도 KMAC가 새로운 변화를 모색하듯, KCR도 같은 방향을 따라간다. 그러나 실제 실행 과정에서 발생하는 어려움으로 그러한 변화의 움직임이 형식화되는 것을 경계할 필요가 있다.

KCR에는 남다른 애정이 있다. 탄생에서부터 성장까지 내가 관여하고 지원하며 희로애락의 과정을 지켜봐 왔기에 더 그렇다. 그래서 KCR의 직원들이 더욱 즐겁고 평안한 마음으로 일할 수 있기를 누구보다 기원하는 것이고 더 잘되기를 바란다. KCR 파이팅!

제 2 부

'갑'이었던 고객 연구

야경2_백미선 作
OIL ON CANVAS, 72.7×60.6, 2019

북한산에서 전라全裸가 된 동지

고성과 욕설이 함께한 중간보고회

오래전 A백화점과 CRM[10] 컨설팅 프로젝트를 했을 때의 일이다. 당시 고객만족경영 기법이 백화점을 비롯한 유통 업계와 은행 등 금융 업계에서 한창이었고 여기에 마케팅 전략의 일환인 고객관리 기법이 더해지면서 CRM이 매출을 증가시켜줄 획기적인 방법으로 알려지던 시점이었다.

당시 나는 KMAC CS사업본부 조사컨설팅팀 팀장으로 CRM의 일종인 DB마케팅[11]을 공개 세미나를 통해 우리 산업계에 소개하였는

---

10 Customer Relationship Management. 고객관계관리. 기업들이 고객과 관련된 내외부 자료를 분석·통합해 고객중심 자원을 극대화하고 이를 바탕으로 고객 특성에 맞게 마케팅을 추진하는 기법.
11 Data Base 마케팅. 고객에 대한 정보를 컴퓨터에 의해 데이터베이스화하고 이를 전략적으로 활용하여 고객 개인의 특성에 맞는 서비스를 제공하는 마케팅 기법.

데 고객들의 반응이 좋았다. 그중 백화점 업계 후발 주자인 A백화점은 고객만족경영을 통해 고객으로부터 인정받으려 했고 DB마케팅이나 CRM 등 고객만족경영의 일환이라 할 수 있는 최신 기법에도 관심이 많았다.

DB마케팅에 대한 공개 세미나 이후 이 세미나에 참석한 A백화점 관리자로부터 즉각적인 제안 요청이 있었고 두세 번의 사내 제안 설명회를 거쳐 컨설팅이 신속하게 확정되었다.

컨설팅이 시작된 당시 CRM은 국내에는 개념이 처음 도입되던 초창기였는데 A백화점이 선제적으로 이 전략을 수립하여 시장을 선도하고자 한 것이다. 당시 A백화점의 컨설팅 파트너는 경쟁 백화점에서 전직해 온 CRM에 목숨을 건 부장이었는데 이 부장이 컨설팅에 적극적이었다.

DB마케팅은 국내에 처음 도입될 때 시스템 구축 중심으로 IT 관점에서 소개하던 상황이라 전략을 수립하는 이 프로젝트의 경우 국내에 참고할 만한 레퍼런스가 없었다. 그 때문에 A백화점이나 KMAC나 모두 고생하며 시행착오를 겪을 수밖에 없었다. 그러나 첫 프로젝트의 성공 여부가 향후 사업을 확대하는 데 매우 중요한 만큼 우리는 관련 분야 박사학위를 취득한 외부 전문가를 영입해 프로젝트 매니저(PM, Project Manager)로 투입했다.

동시에 내부에서는 현장 프로젝트팀을 적극적으로 지원하는 체계를 갖추어 좋은 결과물을 만들기 위해서 최선의 노력을 기울였다. A백화점의 담당 부장도 이 프로젝트의 성패가 회사에 미치는 영향뿐만 아니라 자신의 미래에도 영향을 미치리라는 것을 충분히 짐작할 수 있었다.

프로젝트 기간은 총 4개월이었는데, 2개월이 지난 시점에 담당 임원에게 그동안의 내용을 정리해 중간보고를 하였다.

보고는 임원실에서 진행되었다. 담당 임원은 가운데 자기 자리에서 보고회를 주재하였고 그 앞의 4인 테이블엔 담당 부장을 마주하며 나와 PM 등 모두 4명이 참석하고 있었다. 우리 측 PM이 그간 정리된 내용을 보고하는데 보고가 채 끝나기도 전에 일이 터졌다.

그날을 잊을 수 없다. 임원의 중간 질문에 담당 부장이 답변하였는데 답변이 마음에 안 들었는지, 아니면 프로젝트가 마음에 안 들었는지 갑자기 욕을 하기 시작했다.

"○새○, ○○놈아! ○○끼가 공사판 십장만도 못한 ○○네."

한 시간 내내 상소리가 이어졌다. PM이 여성이어서 조심스러워할 만도 한데, 전혀 아랑곳하지 않았다. 임원은 건설사 출신으로 곱상한 외모와는 달리 입이 매우 거칠었다.

그 임원의 욕설은 담당 부장을 혼내면서 한 것이었지만 곧 우리를 향한 욕처럼 느껴졌다. 논리를 가지고 프로젝트의 문제점을 지적한 것이라면 이해하겠는데 밑도 끝도 없이 욕설과 함께 꾸짖기만 하는 것이었다.

당시 DB마케팅은 내용 자체가 새로운 데다 데이터베이스 개념을 이해해야 프로젝트를 이해할 수 있는데, 이를 잘 모르는 상태에서 이것저것 트집을 잡아서 허공에 대고 내용 없이 욕만 하는 것이었다. 부하에 대한 이런 식의 꾸지람으로 그 임원이 과거에 좋은 성과를 거둔 학습 경험이 있을지 모를 일이었다.

보고를 가까스로 마치고 본사 옥상 흡연실에서 한없이 담배 연기만 뿜어대던 그 부장의 푸념이 또렷하다.

"우리 상무님, 원래 그런 사람이니 너무 신경 쓰지 마세요. 건설 회사 출신이어서 그런지 평소에도 그러십니다. 제가 죄송할 따름입니다. 남은 기간 동안 잘 마무리해서 최종보고 때는 욕 듣지 맙시다."

그 부장이 일견 가엾기도 했지만, 프로젝트를 더 잘해야겠다는 생각이 불끈 드는 밤이었다.

우여곡절 끝에 프로젝트가 끝났다. 프로젝트 최종보고회를 할 당시엔 담당 임원이 다른 부서로 전보되어 최종보고회는 새로 부임한 임원에게 하게 되었고 다행히도 그 임원에게는 별일 없이 보고를 무난하게 마칠 수 있었다.

최종보고회를 마치고 소위 '쫑파티'를 한 날도 기억에 선연하다. 중간에 상욕을 들어가며 어렵게 마친 프로젝트였기 때문인지 여기에 참여한 멤버들도 감회가 깊을 수밖에 없었다. 시작과 중간은 힘이 들었어도 마무리를 잘했으니 '쫑파티'라는 이벤트가 확실히 필요했다.

우리는 그날 그 부장의 주도하에 을지로의 어느 막걸릿집에 갔다. 어둠이 몰려올 무렵이었는데 우리는 술집 안쪽으로 들어가지 않고 골목길에 평상을 펼치고 빛바랜 노란 주전자에 들어 있는 막걸리를 마시며 서로를 격려했다.

보통 프로젝트를 시작할 때는 '킥오프(Kickoff)'란 이름으로, 마칠 때는 '쫑파티'란 이름으로 두 번 정도 고객사와 같이 회식을 하는데 어떻게 하느냐에 따라 비용이 달랐다. 그날은 담당 부장의 주도에 맡겼는데 저렴한 막걸리로 스타트를 하니 그간 고생한 것치고는 조촐한 회식이었다.

고객사와 회식을 하면 예상외로 많이 나오는 비용에 스트레스를 받던 나는 그렇게 저렴하게 회식을 하게 되어 한편으로는 고마운 마음을 갖게 되었다.

북한산 '야밤' 쫑파티

그러나 1차를 마친 그 부장은 2차로 갈 데가 있다고 했다. 구체적인 얘기는 하지 않고 근처 슈퍼에 들러 맥주와 소주를 잔뜩 사더니 택시를 타고 따라오라고 했다. 경복궁을 지나 자하문터널, 세검정을 거쳐 북한산 초입으로 갔다. 택시에서 내린 우리 일행은 영문도 모른 채 부장을 따라 산속으로 10여 분을 걸어 들어갔다.

자리를 잡은 곳은 바위들이 많았지만 그나마 평평한 자리였고 주변엔 작은 웅덩이도 있었다. 부장이 가끔 혼자 와서 술도 마시고 머리도 식히는 자리라고 했다. 부장이 개성이 있는 것은 알고 있었지만, 독특한 취향이었다. 애환을 풀어내는 자신만의 공간이다 싶었다. 불과 얼마 전에 가련한 그의 모습을 보았으니 그런 생각이 들 만도 했다.

지금 생각하면 언젠가 대종상영화제에서 〈해적: 바다로 간 산적〉으로 남우조연상을 받은 배우 유해진 씨의 수상 소감이 떠오른다.

"내가 항상 외로울 때 늘 위로해 주는 국립공원 북한산한테 고맙다는 말을 하고 싶습니다."

기억에 남은 수상 소감이었고 유해진 씨다운 맛이 느껴지는 말이었다.

위로는 사람에게만 받는 것이 아닌 모양이다. 꽃과 나무, 산과 들, 강과 바다 등 자연에서도 받을 수 있고 음악이나 그림, 영화 등 예술로부터도 받을 수 있다. 어떤 사람은 반려동물로부터도 위로를 받을 수 있다. 서울에 있는 가장 큰 산이며 많은 사람이 즐겨 찾는 북한산의 그 무엇으로부터 그 부장도 위로를 받는 것이었다.

밤이어서인지 인적도 없었다. 구름 사이로 달빛만이 어른거리고 있었다. 우리는 맥주와 소주를 종이컵에 따라 과자를 안주 삼아 2차를 시작하고 있었다. 서로 고생했다고 격려하고 프로젝트와 관련된 이런저런 얘기며, 욕쟁이 상무에 관련된 에피소드며 아무도 없는 고요한 그 공간에서 서로를 나누며 유쾌한 시간을 가졌다.

그러던 중 갑자기 부장이 옷을 다 벗고 근처 물이 고인 웅덩이에 들어갔다. 구름 사이로 달빛이 어른거리는 완전한 어둠이 아니어서 아랫배가 튀어나온 중년의 전라(全裸)가 어렴풋이 눈에 들어왔다. 깜짝 놀라기도 하고 당황스러웠지만, 그는 전혀 아랑곳하지 않고 모두에게 웅덩이에 들어오라고 권유하고 있었다.

잠시 '이게 뭐지?'라고 생각하며 멈칫했으나 여러 명이 옷을 벗고 따라 들어갔고 나도 곧이어 옷을 벗었다. 함께 들어가지 않으면 안 될 것 같은 분위기였다. 우물쭈물해서도 안 되겠다 싶었다. 이럴 때는 빠르게 판단해야 한다. 아니면 아니고 기면 긴 것이다. 나는 '을'이 아니던가. '갑'이 강력하게 권유하는 상황에서 죽을 일도 아닌데 까짓것 못 할 게 뭐 있나 싶었다.

북한산 계곡에서 전부 옷을 벗고 2차 회식을 마친 우리는 택시를 잡지 못하고 걸어 내려와 어느 감자탕집에 들렀다. 자정을 넘어 새벽 2시쯤 되었던 것 같다.

금요일 밤에서 이어진 탓인지 그 시각에도 감자탕집은 많은 사람으로 북적였다. 뜨끈뜨끈한 감자탕으로 마지막 마무리를 하면서 몸과 마음이 피곤했어도 오늘의 회식은 가성비가 높은 회식임에 내심 위안하고 있었다. 감자탕으로 속을 달랜 후 나와 부장은 택시를 타고 각자 집으로 갔다. 새벽 3시를 넘긴 시각이었다.

월요일 아침에 출근하니 동석했던 직원이 영수증 한 장을 내밀었다. 금액이 컸다. 깜짝 놀라서 뭐냐고 물었더니 나와 부장을 보내고 나서 그쪽 실무자와 함께 한 차례 더 의미심장한 시간을 가졌던 모양이다.

이미 벌어진 일이라 어쩔 수 없었고 그 뒷수습을 내가 해야만 했다. 그날 '쫑파티'의 가성비가 처음과는 달리 높지 않았음을 뒤늦게 알았다.

이후 우리는 프로젝트 재계약을 하고 2차 CRM 프로젝트를 진행하였으며 이 프로젝트도 성공적으로 마무리했다. 이를 토대로 그

부장은 백화점 업계 최초로 CRM 체계를 구축한 공로를 인정받아 타사 출신임에도 임원으로 승진했다. A백화점은 CRM을 통해 효과적인 마케팅을 진행했고 더 큰 성과를 창출할 수 있었다.

추석이 지나 좀 쌀쌀한 날씨였지만, 달빛 아래에서 고객과 함께 북한산 웅덩이에 전라로 풍덩 빠진 그날은 어떤 경험에 비추어 봐도 흔치 않은 특별한 경험으로 남았다. 물론 PM을 맡았던 여자 박사는 1차 회식이 끝난 후 자리를 떴다.

컨설팅Consulting과
후래자삼배後來者三杯

핸드폰 진동 소리가 호주머니에서 울렸다. 새벽 5시를 갓 넘긴 시간이었다. 머리는 질끈질끈 아팠다. 어제 늦게까지 먹은 술에서 여전히 깨어나지 못했다. 그럴 만도 했다. 새벽 1시 반경까지 술을 마셨으니 정신이 온전할 리 없다. 아내는 내가 집에 들어오지 않은 것을 알고 전화한 것이다.

"당신 어디에요. 집에도 안 들어오고."

고객사 주차장에서 깬 잠

정신을 차리고 보니 차 안에서 잠든 것이다. C그룹 본사 1층 주차장이었다. 살짝 열어놓은 창문 안으로 모기 몇 마리가 윙윙대며 달려든다.

"어제 알다시피 고객사와 회식이 있었는데 밤늦게까지 술자리가 이어진 데다가 비까지 와서 택시를 못 잡았어. 고객사 주차장에 있는 내 차 안에서 잠든 모양이야. 바로 출근할게. 미안해."

취기가 가시지 않았지만, 출근 걱정에 택시를 타고 먼저 회사로 갔다. 회사 지하에 있는 피트니스 클럽에 가서 온탕에 몸을 푹 담갔다. 잠이 부족하고 피곤해선지 탕 속에서 잠이 들었다. 씻고 나니 정신이 들었다. 어젯밤 일이 주마등처럼 스쳐 지나간다. 술기운에 속이 쓰릴 때마다 들르는 여의도의 조그만 분식집에서 순두부 백반으로 해장을 했다. 입천장을 델 정도로 뜨거운 순두부 국물에 밥을 말아 속을 달랬다. '아, 이게 무슨 삶이란 말인가.'를 속으로 되뇌며 전날 고객사와 가졌던 끔찍한 술자리를 떠올렸다.

늦여름이었지만, 여전히 무더운 날이었다. C그룹과 프로젝트 착수 후 공식적인 첫 회식이 있는 날이었다. 우리는 전어구이, 세꼬시 등 다양한 해산물을 안주로 삼아 소맥 폭탄주를 마시고 있었다. 서울 중심가 골목길 입구에 있는 그 횟집은 고급스럽지는 않았지만 술을 마시기엔 분위기가 적당했다.

우리는 C그룹 계열사에 적용할 혁신 모델을 개발하고 있었다. 이를 위해 주요 계열사에서 그룹으로 파견 나온 직원들이 프로젝트팀을 이루고 있었다. 우리에게 꽤 큰 프로젝트였고 그룹을 상대한다는 점에서도 중요한 의미가 있었다.

C그룹에선 혁신실장을 비롯한 7명 전원이 나왔고 우리 쪽에선 프로젝트 관련자 8명 정도가 참석할 예정이었다. 나를 비롯해 5명이 먼저 도착했고 담당 팀장을 포함해 3명은 다른 일로 30분 정도 늦

게 오게 되어 있던 터라 사전에 양해를 구했다.

C그룹 프로젝트 멤버들은 모두가 술을 잘 마셨다. 폭탄주도 제조법이 다양하지만 오리지널 폭탄주는 맥주잔에 소주 한 잔을 채우고 그 위에 맥주를 거의 다 채우는 방식이었다. 그 폭탄주를 30분이 채 되기 전에 서너 잔씩 마셨으니 술이 약한 사람은 취할 만도 했다. 우리 쪽에선 술에 약한 직원들이 있었는데 이들이 잘 마시지 못하면 다른 직원들이 대신 마셔 주거나 해서 보조를 맞춰 줘야만 했다.

아직은 회식 초반이었다. 우리 멤버들은 술을 잘 마시는 C그룹에 맞춰 주거니 받거니 건배를 하며 책임감 있게 자기 몫의 술을 마셨다. 그러던 중 나머지 3명이 뒤늦게 도착했다.

C그룹에서 간사 역할을 하는 J부장은 처음부터 우리와 궁합이 안 맞았다. 그가 밀었던 회사를 제치고 우리가 이 프로젝트를 맡아서인지 힘들게 하는 경우가 있었다. 그 사실을 알기에 그에게 꼬투리를 잡히지 않으려 했다. 간사는 프로젝트 수행사를 얼마든지 힘들게 할 수 있기 때문이다.

"후래자삼배(後來者三杯)입니다. 늦게 오신 분들은 우선 폭탄주 세 잔 쭉 들이키세요."

거의 명령하듯이 J부장은 늦게 도착한 우리 멤버들에게 술을 강권했다. 안주를 입에 댈 겨를도 없이 빈속에 폭탄주를 연속으로 세 잔 마시라는 것이다. 사정이 어떻든 늦게 온 것은 우리 잘못이니 다른 방도가 없었다. 게다가 까탈스러운 간사의 추상같은 얘기 아닌가.

뒤늦게 도착한 3명 중 한 명이 우리 쪽 간사와 같은 역할을 하는 김종운 팀장이었다. 김 팀장은 술을 못 마시는 편이 아니지만 오리지널 폭탄주를 석 잔 연속으로 먹기엔 쉽지 않았던 모양이다. 이런 김 팀장을 두고 J부장이 타박했다.

"아니, 늦게 오고도 술도 못 마시고, 뭐 이런 사람들이 다 있어. 이래서 프로젝트 잘할 수 있겠습니까."

다 들으라는 듯이 큰 소리로 면박을 줬다. 그 말에 참석한 사람들이 상황을 주시하기 시작했다.

"좀 천천히 마시면 안 되겠습니까. 갑자기 세 잔을 마시려니 힘드네요."

김 팀장은 양해를 구했다.

"아, 그렇게 하면 반칙입니다. 여기 있는 사람 다 넉 잔이나 마셨습니다. 늦게 와놓고서 뭔 말이 많아요."

난감한 상황으로 가고 있었다. 마침 옆자리에 있던 내가 나섰다.

"부장님, 제가 대신 마시면 안 되겠습니까? 김 팀장이 연속으로 석 잔 마시려니 힘든 것 같습니다. 제가 마시도록 하겠습니다."

J부장의 횡포에 속에서 부아가 나던 참이었다.

그리곤 김 팀장 앞에 놓인 술잔을 가져와서 한입에 털어 넣었다. 다섯 잔째 폭탄주가 목구멍과 식도를 타고 위장까지 죽 내려가면서 에틸알코올이 온몸에 진하게 전해 왔다.

'음, 벌써 다섯 잔이군. 아직 8시도 안 됐는데 오늘 일정을 잘 마무리할 수 있을까? 1차에서 뻗는 거 아냐?' 순간 정신이 아득해짐을 느꼈다.

"확실히 책임지셔야죠."

밤 9시 30분을 넘어 1차가 마무리됐다. 도대체 얼마나 많은 폭탄주를 마셨는지 모른다. 그러나 고객사 담당자들을 앞에 두고 취할 수는 없었다. 초반에 열심히 대응해 주면서 많이 마시긴 했지만, 8시 반을 넘어설 무렵부터는 폭탄주를 가볍게 제조하거나 마시는 속도를 조절할 수밖에 없었다.

사실 고객사와의 공식적인 회식은 늘 돈도 많이 들어가고 몸도 고단하기도 해서 1차로 끝낼 수 있다면 좋겠다고 생각한다. 이날도 마찬가지였다. 1차에서 많이 마시고 취해서 모두 소위 '꽐라'[12]가 돼서 집에들 갔으면 하는 바람을 가졌다. 나도 많이 마셨지만 모두 비틀거릴 정도로 취했다. 우리 쪽도 주량과 관계없이 한계치를 넘어섰고 C그룹 사람들도 많이 취해 보였다. 내심 계획대로 되는 듯했다.

어떻게 자리를 마무리할까 고민하며 밖으로 나왔다. 일부 우리 쪽 직원들은 비틀거리며 길가에서 택시를 잡는 모습이 보였다. C그룹 실장도 많이 마신 듯했다.

"실장님, 다들 취하도록 많이 마신 것 같은데 어떻게 할까요?"

실장은 눈만 지그시 감고 별다른 답이 없다. 순간 고민이 됐다. '어떻게 하는 것이 최선일까. 알아서 하라는 얘긴데….'

"실장님은 저하고 간단히 맥주 한 잔 더 하시죠."

그냥 헤어지기도 뭣해 뜻을 떠보기도 할 겸 권유한 것이다. "그러

---

12 술에 만취한 상태를 속되게 이르는 말.

시죠."라는 실장의 답이 나오자마자 근처 조그만 카페로 찾아 들어 갔다. 간단한 안주와 함께 맥주로 마무리하려는 순간 전화가 왔다. J부장이었다.

"부사장님, 어디 계십니까? 실장님하고 같이 계신 것으로 아는데, 저희 G호텔 지하 카페에 있습니다. 여기 모여 있으니 실장님 모시고 이쪽으로 오시지요."

근처 호텔 지하에 카페가 있나 싶었다. 룸살롱이 아니면 단란주점일지도 모른다는 생각에 걱정이 앞섰다. 하지만 티를 낼 수는 없었다. 실장과 함께 G호텔로 이동했다. 아니나 다를까, 룸살롱이었다. 10여 층 되는 호텔의 지하에 딸린 고급 룸살롱이었다.

C그룹에선 7명 전원이 모였다. 일부는 집에 갔거니 했는데 사전에 약속이나 한 듯이 다 함께 있었다. 우리 쪽에서는 나를 포함해 3명이 있었다. 프로젝트를 현장에서 책임지는 리더가 있었고 다른 한 명의 직원은 호텔 입구에서 쓰러져 자고 있었다. 다른 직원들은 취해서 집에 간 듯했다. 가지 않았어도 다 같이 올 만한 자리도 아니었다.

휘황찬란한 조명과 인테리어를 오랜만에 보았다. 그 어색한 분위기에 어떻게 할지 몰라 망설였다. 그러나 C그룹 멤버들은 이곳이 익숙한 듯했다.

나는 향후 벌어질 일과 엄청난 경비를 어떻게 감당할까 하는 생각에 걱정부터 앞섰다. 다만 오늘은 우리가 접대하는 날이고 어차피 여기에 들어왔으니 양주에 몇몇 도우미를 부르는 정도까지는 감당해야겠다고 취중에도 이것저것 고민하고 있었다.

"어떻게 하실까요?"

내가 먼저 얘기를 꺼냈다. 상대의 의중이 뭔지를 잘 모르기 때문에 일단은 그들의 뜻을 알아야 했다. 질문에 다들 눈을 감고 있는 듯했고, 간사를 맡은 J부장이 내 팔을 이끌고 복도로 나왔다.

"부사장님, 어떻게 하실 거예요?"

J부장의 단도직입적 질문에 나는 퉁명스럽게 대답했다.

"뭘요?"

J부장은 노골적으로 대답했다.

"아시잖아요. 여기까지 왔는데 확실히 책임을 지셔야죠."

아마도 J부장이 먼저 우리 프로젝트 리더와 얘기를 한 듯한데 그 친구도 감당이 안 되니 나하고 상의를 하라고 말한 것 같았다.

책임을 지라는 J부장의 말에 나는 기분이 상하고 술기운도 더해 속이 메스꺼워졌다.

"어떻게 하는 것이 책임지는 것인지 알려주시면 그렇게 하겠습니다."

나는 갑자기 오기가 발동했지만, 요구를 피하기도 어려웠다. 여기까지 온 것이 애초 그들의 계획이었던 듯한데 그렇다면 그들의 요구가 내가 생각하던 그 수준 이상이라도 피하기 어려운 상황이었다.

"제가 책임을 질 테니 원하는 대로 하십시오."

나는 그렇게 대답하고 있었다.

양주 3병에 도우미 7명이 들어왔다. 1차에 이미 술이 고주망태가 됐을 법도 한데 양주가 금방 동이 났다. 동석한 도우미들도 한몫하고 있기 때문이었다. 2~3병 정도가 추가로 들어왔다. 노래도 부르고 춤도 추며 그들만의 리그가 시작되었다.

밖으로 잠시 나왔다. 비가 오고 있었다. 입구에서 자던 직원은 취기에서 깨어나지 못하고 여전히 잠을 자고 있었다. 벽에 몸을 기댄 채 고개를 떨구고 잠자는 모습이 애처로웠다.

책임을 진다고 호기롭게 말했지만, 어마어마한 비용이 나올까 봐 그 순간에도 걱정이 앞섰다. 프로젝트 전체 비용에 비하면 얼마 되지 않았지만, 경비 관리를 허술하게 할 수는 없었다. 회사에선 접대의 한계와 접대비의 한도를 정해 놓았기 때문이다.

규정을 훨씬 넘어선 이 비용을 해결하려면 또 사내에서 넘어야 할 산이 많다. 그러한 사정을 고객들은 잘 모른다. 알 필요도 없을 것이다. 고객들은 프로젝트 전체 비용 규모에 비하면 지극히 일부라고 쉽게 생각하는 경향이 있다.

돈을 떠나서 그날은 고객과의 자리로 특별한 날이었다. 2000년대 중반 이후에는 이러한 접대가 없었다. 접대의 건전화는 사회적 흐름이기도 했고 기업마다 접대 규정이 강화되었기 때문이다. 다수가 함께하는 접대에서 특별함이 발생하는 것은 술과 탐욕이 만들어낸 불쌍한 '갑'의 횡포다. 그들은 권리로 생각할 수 있지만 말이다.

술자리를 마무리하고 나니 온몸에 힘이 빠졌다. 한편으론 이제 집에 갈 수 있겠다는 생각에 후련하기도 했다. 6시간 넘게 폭탄주에 양주에 알코올로 찌들었으니 그럴 만도 했다. 밖엔 비가 엄청나게 쏟아지고 있었다. 우리 쪽 프로젝트 리더와 호텔 도어 매니저가 택시를 잡아 주려 한참이나 애를 쓰는 모습이 눈에 들어왔다.

새벽 1시 반, 폭우가 퍼붓는 서울 중심가에 있는 호텔 앞의 거리는 택시를 잡기가 거의 불가능했다. 택시 잡기를 포기하고 호텔 도어 매니저가 건네준 우산을 쓰고 터벅터벅 걸었다. C그룹 주차장에 있는 내 차로 가기로 마음먹고 빗길을 걸어갔다.

우산이 있어도 바람을 탄 비가 나를 적셔 왔다. 몸이 흐느끼는 건지, 마음이 비틀거리는 건지 알 수 없었다.

우여곡절을 거쳐서 C그룹과의 프로젝트는 잘 마무리되었다. 우리는 함께 C그룹이 혁신할 수 있는 체계를 만들었고 이를 기반으로 C그룹은 새로운 혁신 활동을 전개하였다.

이후 KMAC는 C그룹과 관련된 후속 프로젝트를 여러 차례 진행하였다. 프로젝트의 관리를 맡은 후래자삼배의 주인공인 김종운 팀장의 역할도 있었다. 같이 일했던 C그룹 직원 중 몇몇은 성과를 인정받아 임원으로 승진하였다. 미소가 지어졌다.

프로젝트 철수를 원하십니까

제23회 평창 동계올림픽을 몇 달 앞둔 2017년 11월 중순 무렵이었다.

"부사장님, 내일 오전 평창에 가실 수 있으세요?"

윤혁상 센터장의 갑작스러운 전화다.

"전에 말씀드렸다시피 평창 동계올림픽 프로젝트 이슈가 실무자 간에 해결되지 않아 그쪽에서 우리 쪽 프로젝트 책임자를 오라고 합니다. 그쪽 본부장 주재로 내일 오전 10시에 미팅이 있습니다."

대강의 사정은 이미 들어서 알고 있었지만, 그런 자리는 피하고 싶은 심정이었다. 그러나 책임자로서 그럴 수는 없었다.

"알았어. 자세한 내용은 내일 가면서 차 안에서 설명해 줘."

동계올림픽을 앞두고 평창올림픽준비위원회에서는 원활한 올림픽 진행을 위한 다양한 준비를 하고 있었다. 국가 차원의 매우 중요한 행사여서 준비해야 할 것도 많았고, 따라서 투입된 사람들도 많았다. 올림픽을 위한 시설물에서부터 운영을 위한 인력 양성 등 준비위원회에서는 올림픽을 석 달여 앞두고 막바지 준비와 점검에 여념이 없을 시기였다.

대표 책임자가 직접 와라

퇴근길에 전화를 받고 강변북로를 달리는 동안 지난 9월에 있었던 이 프로젝트의 프레젠테이션을 떠올렸다. 올림픽준비위원회가 발주한 올림픽 자원봉사자에 대한 교육 프로젝트였다. 전국에서 몰릴 자원봉사자들에 대한 체계적인 교육으로 올림픽 관전을 위해 찾는 외국인이나 내국인 관광객들에게 제대로 된 안내 서비스를 하기 위한 목적이었다.

대개는 센터장 주재로 경쟁 프레젠테이션을 소화하고 있었기 때문에 내가 참여하는 경우는 많지 않았다. 하지만 이 프로젝트는 규모가 작지 않은 데다 마침 내가 참여할 수 있는 여건도 되어 대전 정부청사에서 열리는 프레젠테이션에 참여하게 되었다.

제안서를 기획하고 작성한 채선영 팀장 그리고 센터를 총괄하는 윤 센터장과 함께 KTX를 타고 대전으로 향했다. 서울역에서 대전역까지는 KTX로 50분도 걸리지 않았다. 윤 센터장은 따로 앉아 프레젠테이션을 준비했고 채 팀장과 나는 옆자리에 나란히 앉게 되었다.

채 팀장은 초등생인 아이를 두고 있는 컨설턴트로서 오래전 출산과 육아를 위해 휴직하고 복귀한 바 있는 워킹맘이다. 책임감도 강했고 능력도 인정받고 있었다. 회사 안에서는 채 팀장과 주로 업무 얘기만 했었는데 대전으로 가는 기차 안에선 사적인 이야기도 들을 수 있었다.

대개는 초등생 아이를 둔 엄마로서 겪는 고충이었다. 새벽 출근에 잦은 야근, 간혹 주말에도 회사에 나와서 일하는 상황을 알기에 참으로 대견하다는 생각과 애처로움이 동시에 들었다.

사건의 발단은 어처구니없었다. 프로젝트가 시작된 지 얼마 되지 않은 11월 초 무렵에 터진 일이었다. 고객으로부터 강력한 클레임이 들어왔다.

이 프로젝트의 매니지먼트를 맡는 채 팀장과 주말에 연락이 안 됐다는 것이다. 또 계약서상 프로젝트에 대해 하도급을 주어서는 안 되는데 하청을 주었다는 것이다. 사정을 들어보니 올림픽 사무국 직원들이 좀 과하다 싶었다. 아니면 이런 프로젝트가 처음인지도 몰랐다.

이 프로젝트의 첫 번째 과제는 자원봉사자 교육을 위한 매뉴얼 제작이었다. 우리 쪽에서 보낸 매뉴얼이 마음에 들지 않으면 수시로 연락해 수정해 달라고 요구했고 채 팀장이 이에 대응하고 있었다. 사무국 직원은 밤늦은 시각에도 잦은 카톡으로 뭔가를 요청하거나 지시하고 있었다. 채 팀장은 그들의 지시나 요청에 시간과 관계없이 응해야 했다.

문제가 터진 것은 토요일 늦게까지 그들의 요구에 대응하다 다음 날인 일요일 늦은 오후에 장을 보기 위해 마트에 갔던 시간부터 카톡으로 연락이 안 된 것 때문이었다. 그들은 채 팀장이 알면서도 소위 '생깠다.'는 것이다.

그리고 매뉴얼에 필요한 일러스트레이션 디자인 작업을 직접 하지 않고 하청을 주었다는 것을 문제 삼았다. 교육 자료의 핵심 콘텐츠는 우리 전문가가 만들었고 단지 자료의 효과를 높이기 위해서 전문기관에 디자인 작업을 맡긴 것인데 이게 하도급에 관련된 계약 위반이라는 것이다.

채 팀장은 억울해했다. 고객은 밤낮으로 시간을 가리지 않고 계속 카톡으로 뭔가를 요구하고 지시하고 있었다. 짧은 기간에 여러 차례 매뉴얼 수정이 반복되었다. 그동안 이에 잘 대응하고 있었는데 일요일 늦은 시간에 연락이 안 된 부분을 가지고 지나칠 정도로 채 팀장을 몰아댔다.

그리고 디자인 작업에 하청을 준 것을 계약 위반으로 몰아가는 것은 수많은 정부 프로젝트 경험에 비추어 봤을 때 말이 안 되는 것이었다. 그럼 매뉴얼 인쇄나 사은품 제작도 직접 하란 말인가. 설명해도 소용이 없었다.

그간 우리 쪽에서는 잘 대응하다가 지나치다 싶은 몇 건의 요구를 들어주지 않았다. 이에 이들이 화가 나 있었던 것 같았다.

이렇게 시작된 '갑'과 '을'의 갈등은 이후 사사건건 부딪치는 시발점이 되었다. 사실 '갑'이 마음먹고 '을'을 물 먹이고자 한다면 괴롭힐 일은 수없이 많다. 교육 매뉴얼이 수정에 수정을 거듭하는 사이에 계획된 교육 일정은 눈앞에 다가오고 있었다.

이번엔 교육 매뉴얼 인쇄비 건으로 문제 삼았다. 인쇄비 예산이 과다하게 잡혀 있다는 것이 그들의 주장이었다. 우리는 사전에 인쇄소로부터 받은 견적을 보여 주면서 왜 이런 비용이 나왔는지를 설명했다. 그러나 이들은 인정하지 않았다.

그 바쁜 와중에도 2명이 서울로 출장을 와서 충무로 일대의 인쇄소를 여러 군데 돌아다니며 우리가 제시한 금액보다 훨씬 싼 견적을 구해 와서 우리의 견적에 심각한 문제가 있다며 몰아세웠다.

실무진들은 인쇄소로부터 받은 견적서를 근거로 디자인, 칼라 인쇄, 용지 등 여러 인쇄 옵션에 따라 달라지는 인쇄 비용을 설명했다. 그러나 그들은 들으려 하지 않았다. 그들은 옵션을 최소화한 견적서를 구해 온 것이었고 우리의 견적은 디자인비 등을 포함하여 그들과 10배 이상 차이나는 최고가의 인쇄비였기 때문이다.

이렇게 갈등은 불거지고 있었다. 그러다 결정적인 사건이 터졌다. 자원봉사자들을 위한 웹사이트를 만드는 것도 업무의 범주였는데 이를 개발하여 시험 테스트하는 과정에서 사이트가 일반인에게 잠깐 오픈된 것이다.

모든 계약서엔 비밀준수에 대한 사항이 들어 있다. 사실 웹사이트 개발도 외부 전문기관에 맡겼는데 이를 테스트하는 과정에서 정식 오픈되기 전에 이틀 정도 일반인에게 오픈되었고, 이를 사무국 직원이 우연히 알게 되었다.

이들은 엄청난 비밀이 사전에 누출된 것처럼 우리 실무진에게 해

명을 요구했다. 윤 센터장과 채 팀장이 여러 번 사과하며 양해를 구해도 전혀 해결되지 않았다. 이들은 이 건을 계기로 팀장, 실장, 본부장에게 현 상황을 심각하게 보고하였고, 이에 대한 추궁과 더불어 해결책을 모색하기 위해 긴급히 책임자가 참여한 미팅을 요구한 것이었다.

갑甲 대 을乙, 강 대 강으로 맞서다

평창으로 가는 차 안에서 이러한 얘기를 들으면서 목이 쭈뼛쭈뼛하게 뻐근해 오는 것 같았다. 평소에 대화로 많은 것들을 해결할 수 있다는 상식적인 생각을 가졌지만, 이런 상황에서는 어떻게 지혜롭게 헤쳐 갈까 고민했다. 과거에 숱한 일을 겪어 봤어도 이번 건은 더 부담스럽게 다가왔다.

평창에 도착하니 휑하니 아직도 여기저기가 공사판이었다. 날씨는 영하로 떨어져 있었고 차가운 바람과 함께 눈발이 날리고 있었다.

회의는 10시에서 30분을 넘겨 시작되었다. 대기실에서 30분 정도를 기다린 것 같다. 나와 윤 센터장, 채 팀장이 왼쪽 테이블에 앉았고, 그쪽에선 본부장이 중앙 좌석에 앉았으며 그 아래 오른쪽으로 우리를 마주 보며 실장, 팀장이 배석하고 더 아래쪽으론 사무국 직원들이 배석하였다.

간단하게 인사를 나누고 사무국에서 회의를 위해 준비한 문서를 나눠 주었다. 그쪽 팀장이 문서를 중심으로 그들 관점에서 본 우리의 문제를 나열하기 시작했다.

업무 협의를 위한 연락이 잘 안 되는 것부터, 인쇄비가 과다 책정되었고 그래서 자기들이 서울 인쇄소를 돌아다니며 아주 싼 가격으로 견적을 받은 부분, 계약서상 하도급 규정을 어긴 점, 그리고 가장 심각한 것으로 비밀을 유지해야 할 웹사이트 초안이 며칠 동안 오픈되어 비밀준수 규정을 어긴 점 등 '을'이 잘못했다고 여기는 부분을 결기에 찬 모습으로 설명했다.

요약하자면 우리가 '을'로서 태도가 안 되었으며 계약을 심각하게 위반했다는 것이다. 덧붙여 사전에 내로라하는 법무법인 소속 변호사에게 이 건에 대한 자문을 받아서 우리의 책임을 어디까지 물을 것인지 검토하고 있다는 것이다.

얘기를 듣는 동안 머리가 아팠다. 이미 벌어진 사안에 대해 양쪽에서 해석하는 것이 어쩌면 이렇게 다른 것인가. 먼저 나는 책임자로서 사과를 하였다. 프로젝트를 문제없이 잘 진행해야 하는데 경위야 어쨌든 심려를 끼친 것에 대해서 미안하다는 말을 했다.

그리고 여러 사안에 대해 우리가 보는 관점으로 설명을 했다. 다만 웹사이트 오픈 건은 명백한 우리 잘못이어서 책임을 지겠다고 했다. 그러나 나머지 사안에 대해서는 우리가 보는 관점은 그렇지 않다는 점을 명확히 했다.

사무국 팀장의 얘기를 듣노라니 어처구니가 없었다. 사실 모든 문제의 핵심은 그 팀장인 것 같았다. 프로젝트를 진행하면서 자신의 요구사항을 실무자를 통해 우리에게 전했는데 우리 쪽에서 무리한 요구에 대해선 난색을 표명한 경우가 몇 건 있었다. 그럴 때마다 그는 기분 나빠했고 우리를 직간접적으로 압박했다.

한 시간 정도는 서로의 잘잘못을 두고 양측 실무진 간에 설전을 벌였다. 자기의 상관이 앞에 있으니 서로 물러서지도 않았다. 그쪽 팀장은 자기의 주장이 맞다는 것을 강조하려는 듯 목소리가 커졌고 더욱 강경해졌다. 윤 센터장은 그간 이들과 회의 때마다 기록해 둔 회의록 등의 여러 근거를 가지고 반박했다. 실무자 간 공방을 조용히 듣고 있던 그들의 상사들도 부하직원 편을 들어 가세했다.

어쨌거나 그 자리는 '갑'의 요청으로 만들어진 '을'을 추궁하는 자리이고 이를 통해 그들의 요구를 관철하겠다는 자리였다. 변호사의 자문을 받아 우리의 책임을 묻겠다는 것을 재차 강조했다.

그 말을 두 번이나 듣는 순간, 화가 치밀었다. 하지만 화를 낼 수는 없었다. 가만히 그들의 얘기를 듣다가 내가 나섰다.

"좋습니다. 모든 것을 계약을 준거로 판단할 때 비밀준수에 대한 부분은 전적으로 우리 책임입니다. 이에 대한 책임을 묻겠다고 하니 책임을 지겠습니다. 그러나 내용을 들어보면 책임 여부를 떠나서 우리가 하는 일을 이쪽 실무진이 신뢰하지 않는 것 같은데, 우리도 사무국 직원들이 상식적이지 않은 자기주장만 하고, 말도 안 통해서 너무 일하기 힘듭니다. 책임을 묻겠다고 하셨는데, 우리가 프로젝트에서 철수하길 원하십니까? 철수하라면 하겠습니다."

나는 더 이상 물러서선 안 된다고 판단해서 강하게 말했다. 순간 정적이 흘렀다.

"아니, 그런 얘기가 아니고요. 우리가 오늘 더 잘해보자고 모인 자리 아닙니까. 서로 이해할 것은 이해하고 양보할 것은 양보하여 좋은 해결책을 모색해 봅시다."

그쪽 본부장이 나섰다.

갑작스레 강수를 둔 것인데 사실 그게 해결 방향이 아닌 것을 알면서도 뭔가 확실히 하지 않으면 앞으로 프로젝트를 하는 데 수많은 어려움이 있을 것 같았다. 다행히도 대화를 통해서 모색해 보자는 답변이 돌아온 것이다. 지금 우리가 프로젝트에서 철수하면 서로 난감해질 수밖에 없다.

회의는 점심시간을 지나서야 마쳤다. 눈발은 계속 날리고 있었다. 실무진을 나가게 하고 나와 그쪽 책임자인 본부장이 별도로 정리하고 해결책을 모색했다. 서로 조금씩 양보하기로 했다. 근본적인 해결책은 아니었다. 올림픽은 다가오고 프로젝트는 진행해야 했으므로 문제를 덮는 선에서 마무리한 것이다.

서울로 돌아오는 길에 고속도로 휴게소에서 윤 센터장, 채 팀장과 늦은 점심을 했다.

"참, 고생이 많다."

그 한마디와 함께 그들을 위로했다. 얼마나 위로가 될지는 모르는 일이었다. 밖에는 가는 눈발이 여전히 날리고 있었다.

평창 이야기는 이게 끝이 아니다. 프로젝트 진행과 완수를 위해 서로가 조금씩 양보하며 갈등을 봉합하였지만, 그들이 요구한 대로 프로젝트 관리자를 센터장과 팀장에서 다른 사람으로 교체했다. 그래서인지 그들도 프로젝트가 끝날 무렵까지는 앞서 제기한 사안들을 크게 문제 삼지 않았다.

채 팀장도, 윤 센터장도 프로젝트 공식 채널에서 빠진 것을 다행스러워했다. 나중에 안 사실이지만 채 팀장은 이 프로젝트로부터 불거진 문제로 그들로부터 시달림을 당하다 퇴사까지 고려했던 모양이었다. 대신 투입된 두 명의 컨설턴트가 그 고생을 이어받아야만 했다.

우리는 당시 모든 회의를 회의록으로 남겨 모든 자료와 기록된 내용을 기반으로 그들을 대응했다. 논리적으로 자료와 근거로 대응하니 우리를 당할 수 없었다. 단지 '을'이 그럴 수 있느냐는 정서적인 문제는 다른 차원이다. 오죽하면 직원들이 회의록을 남기고 녹음하는 등 근거를 남기고자 했을까.

이후 문제는 다른 곳에서 터졌다. 어렵게 프로젝트를 종료하고 난 이후, 프로젝트 최종보고서를 사무국으로부터 승인을 받아야 했다. 올림픽도 잘 끝났고 자원봉사자 교육과 지원을 통해 계획했던 프로젝트의 기본 목적도 충분히 달성했다. 그러나 이들은 차일피일 최종보고서 승인을 미루었다.

보고서 승인이 이루어져야 잔금 청구가 가능했다. 더군다나 비용 결산에서 우리가 제시한 내역을 인정하지 않고 자기들 기준으로 재계산하여 계약금액의 상당액을 인정하지 못하겠다며 제동을 걸었다. 우리는 난감했다.

조달청과 기획재정부를 통해 공문을 주고받으면서 우리가 청구한 내역에 문제가 없음을 확인하였다. 나아가 그간 있었던 어려움 중에 공식적으로 문제 제기가 가능한 내용을 정리하여 국가기관에 민원을 제기했다. 그들이 무리하게 우리를 압박하는 것들에 대응하여 '을'이 할 수 있는 마지막 방법을 택한 것이다.

이 프로젝트도 참으로 특별났다. 프로젝트 범위와 내용으로 볼 때는 단순했으나 매우 특별한 고객을 만난 것이다.

'을'도 그런 고객과 고객의 요구로부터 교훈을 얻었다. 고객이 어떻든 소통하며 신뢰를 쌓는 것이 중요하다는 것을, 그리고 가장 본질인 프로젝트의 목표를 잘 달성하는 것이 어떤 상황이 전개되든지에 상관없이 그 무엇보다도 중요하다는 것을 깨달았다.

시작은 갑질, 끝은 큰 성과

첫 공공 고객, 어처구니없는 사연들

"컨설팅 파트너인 경영혁신실 직원들이 도와주지 않아 컨설팅을 진행할 수가 없습니다. 아무래도 우리에게 뭔가 서운해하는 것 같습니다. 프로젝트 킥오프(착수보고회)를 아직 안 했으니 킥오프도 할 겸, 내려와서 회식도 좀 하십시오."

대전에 나가 있는 프로젝트 리더인 수석 컨설턴트의 하소연이 전화기를 타고 흘러왔다.

우리와 몇 년간 계속해서 컨설팅을 해 왔던 B기관이 대전으로 내려간 지 얼마 되지 않은 시점이었다.

대부분의 프로젝트는 시작될 때 착수보고회를 하고 종료되면 최종보고회를 한다. 착수할 때는 서로 잘하자는 의미에서, 종료 시에는 그간 수고했다는 의미에서 양사의 주요 멤버들이 참여한 가운데 보고회를 하고 이어서 회식을 할 때가 많다.

B기관이 서울에 있을 때는 프로젝트 시작과 끝에 늘 회식이 있었다. 1년 가까운 프로젝트 기간이라 중간에도 간혹 식사 자리가 있었다. 그런데 대전으로 이전한 후 새로운 프로젝트가 시작되었는데도 이러저러한 이유로 여전히 착수보고회를 하지 않고 있었고 따라서 회포를 풀고 우의를 다질 기회를 아직 마련하지 못했다.

이 기관의 혁신사무국과는 벌써 여러 해째 컨설팅을 진행하면서 미운 정, 고운 정이 들 정도가 되었기에 이번 한 번 정도는 킥오프를 생략하더라도 이해해 주지 않을까 기대했다. 우리 쪽이 다른 일로 좀 바쁘기도 했고 대전에서 킥오프를 마치고 저녁에 회식하면 거의 1박 2일이 소요될 것이 염려되기도 했다. 하지만 판단 착오였다. 대전으로 사옥을 이전했기에 더욱 챙겨야 했다.

그렇지 않아도 서울을 떠나 뭔가 허전함을 느낄 이들에게 킥오프는 좋은 기회였다. 그런 기대가 있을 터인데 프로젝트를 이미 시작했는데도 불구하고 킥오프 일정을 잡지 않고 차일피일 미루는 KMAC에 서운했던 모양이다.

수년 전에 B기관과 처음 컨설팅을 진행했을 때가 생각났다. B기관은 당시 경영혁신실을 만들어 공공기관에서는 드물게 조직 전체의 경영혁신 활동을 설계하고 전개했다. 현장혁신에 대해 전문성이 있던 우리와 여러 번의 접촉을 통해 혁신의 방향성을 잡은 경영혁신실에서는 컨설팅을 받기로 하고 용역 발주 절차를 거쳐 우리와 계약을 체결했다.

그러나 컨설팅 프로젝트는 처음부터 많은 어려움에 봉착했다. 현장혁신 컨설팅이 처음인 이 기관의 경영혁신실에서는 컨설팅 프로세스를 잘 이해하지 못했고 게다가 현장의 직원들은 컨설팅 자체에 대한 저항도 있었다.

현장에 있는 업무와 이를 실행할 사람들이 컨설팅의 대상이었는데 이들은 이러한 변화와 혁신을 달갑게 받아들이지 않았다. 직원들의 절대적인 참여와 지원이 있어도 혁신 컨설팅은 성공하기 쉽지 않은데 처음부터 난관이었다.

업무에 불합리한 점이나 개선사항을 찾기 위해선 B기관의 주요 직원들과 심층 인터뷰를 해야 했는데 인터뷰를 하지 않으려 했다. 이들의 주장은 컨설턴트가 회사의 자료를 살펴보면서 개선점을 찾아야지, 바쁜 자신들을 통해서 물어보지 말라는 것이었다. 이런 경우 경영혁신실이 나서서 도와줘야 하는데 크게 기대할 수 없었다. 경영혁신실이 현장을 제어할 힘이 없었기 때문이다.

프로젝트 중간에 여러 현장 직원들이 참석하는 워크숍을 기획했다. 워크숍을 통해 현장의 문제를 찾고 개선 방향을 논의하고자 했다. 그런데 워크숍 진행도 수월하지 않았다. 직원들은 별도의 장소에서 진행하는 워크숍에 참여하면 출장비가 나오는 것으로 생각했다.

워크숍에 참여한 일부 직원들은 자기들은 출장을 나온 것이니 회사에서 출장비를 주지 않는다면 우리라도 달라고 했다. 우리는 일일이 설명하고 사정해 가며 겨우 워크숍을 마칠 수 있었다. 민간기업의 컨설팅만 하다가 공공기관 컨설팅을 처음 하며 생긴 어처구니없는 일이었다.

나중에 안 사실이지만 컨설팅 파트너인 경영혁신실 직원들도 이런 프로젝트가 처음이라 우리가 처음부터 끝까지 다 알아서 해 주는 줄 알았다고 한다. 그래서 처음엔 인터뷰할 직원들을 우리보고 설득하라고 했고, 개별 인터뷰가 어려우면 업무에 대한 개선사항 파악도 업무지침서나 각종 서류를 보면서 찾으라고 한 것이다. 돈을 주었으니 전문가가 알아서 해 주는 줄로 착각한 것이다.

당시 이 프로젝트를 위해 외부에서 경험이 많은 전문가를 데려왔는데 이 컨설턴트는 B기관의 이해하지 못할 행동에 지쳐서 포기하고 결국 프로젝트 중간에 회사를 그만두는 일도 발생했다.

그는 공공기관 컨설팅이 처음이었는데 민간과는 너무 다른 행태에 프로젝트를 못 하겠다며 두 손을 들고 떠났다. 갑작스럽게 벌어진 난감한 상황에서 우리는 이를 해결하기 위해 그야말로 피똥을 싸야 했다.

우여곡절 끝에 1차년도 프로젝트가 마무리되었고 이후 매년 계약을 하면서 B기관은 KMAC의 주요 고객사가 되었다. 이듬해부터 시작된 재계약 프로젝트는 첫해의 다양한 경험 덕분인지 진행이 전보다 수월해졌다. B기관도 컨설팅 프로젝트에 익숙해졌고 우리도 B기관의 특성을 이해하고자 노력했다.

고객의 성공은 우리의 성공

대전으로 이전한 후 첫 번째 프로젝트에서 혁신사무국이 건건이 시비를 걸고 잘 도와주지 않아 프로젝트 진행이 어렵다고 하니, 예전에 첫 프로젝트에서 고생한 기억이 났다. 이 문제를 풀려면 키를 쥐고 있는 경영혁신실장의 니즈가 무엇인지를 알아야 했다.

실장과 통화하여 우리 사정으로 그간 일정을 잡지 못한 킥오프에 대해 미안함을 표시했다. 대전으로 이전한 후 인사를 가지 못한 것도 마찬가지였다. 컨설턴트에게 좀 심한 어투로 다그쳤다는 그는 나하고는 벌써 오랜 인연이었다.

"우리가 사옥을 대전으로 옮겨서 처음 맞이하는 프로젝트인데 본사에서 그렇게 홀대하면 되겠습니까? 많이 섭섭합니다."

실장은 솔직하게 말했다. 나는 거듭 미안하다는 말과 함께 곧 일정을 잡아서 대전에 내려가기로 했다. 그리고 프로젝트가 잘 진행될 수 있도록 경영혁신실 차원에서 도와달라고 부탁했다.

이 통화로 실장이 좀 누그러졌던 모양이다. 며칠 지나 수석 컨설턴트로부터 다시 연락이 왔다. 경영혁신실의 태도가 바뀌어 프로젝트 진행이 원활해졌다는 보고였다. 다행이었다.

나는 직원을 시켜 언제 내려갈 거며 내려가면 착수보고를 끝내고 어떻게 회식을 할지, 어떤 장소에서 하는 것이 좋은지를 그쪽 실무진과 협의하라고 했다. 사옥 이전 후 처음 있는 프로젝트 킥오프이고 회식이어서 신경을 쓰지 않을 수 없었다.

B기관이 서울에 있을 때 회식은 대개 일식집이거나 고기를 굽는 한식당에서 했다. 우리는 술을 대결하듯이 마시며 서로 누가 술이 더 센지 겨루기도 했다. 언젠가는 재떨이에 술을 담아 마시며 위용을 과시하기도 했다. 몇 번 이런 과정을 거치면 전쟁터를 같이 누빈 전우도 아닌데 술이라는 전장에서 어깨동무한 전우가 되는 기분이었다.

그러나 술자리를 통해 아무리 친분이 생겨도 일에서는 서로 양보가 없었다. B기관은 공공기관 최초로 경영혁신의 타이틀을 달고 관련 조직도 만들어서 대대적인 혁신을 추진하는 상황이었다. 그 때문에 성과를 내지 못한다면 크게 부담이 될 수 있었다.

게다가 외부에 컨설팅까지 받고 있으니 성과가 나지 않으면 일차적인 책임이 경영혁신실로 돌아올 게 뻔했다. 반대로 기관장이 의지를 갖고 추진하는 이런 일이 성공을 거두면 이들에겐 앞날이 장밋빛이 될 수도 있었다.

우리도 B기관이 공공기관에선 처음으로 혁신 컨설팅을 받는 고객사여서 좋은 성과를 내야 했다. 다른 공공기관으로 유사 컨설팅을 확대하는 데 B기관에서의 성과가 중요하기 때문이다. 그러니 우리도 어떻든지 간에 좋은 성과를 만들어내야 했다.

B기관 경영혁신실엔 에이스급 직원들이 배치되었고 우리도 베스트 멤버를 투입했다. 진행이 미진하면 계획된 인력보다 더 많은 인력을 투입하기도 했다. 서로 이를 악물고 일하는 과정에서 이들이 까다롭게 굴수록 우리는 힘들었고 어려움이 가중됐다.

처음에 하청 업체 부리듯 하는 이들을 참아내는 게 쉽지 않았다.

때론 다투기도 했고, 무리한 요구에 컨설턴트를 철수시키기도 했다. 그런 만큼 1년에 두 번 있는 공식적인 회식은 이러한 회포를 풀어내는 자리가 되기도 했다.

대전에서의 회식은 또 다른 특별한 의미가 있었다. 컨설팅 프로젝트라는 것이 아무리 비용을 받고 진행한다 해도 고객사의 성공을 돕는 일인데 파트너인 경영혁신실이 도움을 주지 않고 사사건건 시비를 붙을 정도라면 화가 단단히 나 있다는 표시였다. 이들의 요구에 확실하게 대응해 주어야 함을 느꼈다. 우리에게 가진 불만이 무엇이며 그리고 킥오프 후에 어디에서 식사하면 좋을지를 알아봤다.

실무적으로 협의한 결과 유성에 있는 일식집에서 1차를 하고 단란주점에 가서 2차를 하는 것으로 준비됐다. 그때까지 B기관과는 공식적으로 단란주점을 가 본 적은 없는데 대전에서의 킥오프라는 각별한 의미가 있는 회식이어서인지 2차를 단란주점으로 하는 것을 공식화했고 이에 맞추어 우리 쪽에서 예약도 했다.

오후 4시에 시작한 착수보고는 계획대로 잘 진행하였고 내내 화기애애했다. 이후 우리는 식사 장소로 이동했다. 유성 지역에는 많은 음식점에 유흥업소가 즐비했다. 우리는 미션을 수행하러 온 사람인 만큼 고객사가 불편해하는 요인들을 파악해 이를 해결해 줄 의무가 있었다. 대체로 프로젝트 진행 내용에 대한 불만도 있었지만, 이보다는 그동안 대전에 내려오지 않은 우리 수뇌부를 향한 섭섭함도 원인 중 하나였다.

그래서 대전까지 내려간 김에 그들의 요구를 충족시키고자 노력했다. 1차는 많은 사람이 참석한 가운데 일식집에서 했으니 비용도 만만치 않았다. 그리고 2차로 이동할 때는 그쪽 핵심 멤버 4명과 우리 핵심 멤버 5명 등 총 9명이 함께했다. 2차에서는 비용이 더 커질 가능성이 있었고 그렇게 많은 인원이 들어갈 장소도 없었기 때문이다.

서울을 떠나 처음 맞이하는 프로젝트 회식이어서인지, 유성의 화려한 네온사인 때문인지, 그간 서운함을 풀어내기 위해 술잔을 많이 주고받아서인지는 몰라도 서울에서보다 술을 더 많이 마시게 되었고 취기는 더 올랐다. 1차에서는 소주로, 2차에서는 양주와 맥주로 술을 마시니 너도나도 취할 수밖에 없었다.

단란주점에선 술도 마시고 노래도 부른다. 이들과 어울려 술을 마시고 노래하며 유성의 밤은 깊어 갔다. 그들과 그렇게 오랜만에 회합했다. 대전과 서울의 지역적 거리로 인해서 자주 보기 쉽지 않으므로 기회가 주어질 때 확실히 하는 것이 좋다.

B기관은 오랜 기간에 걸쳐 경영혁신을 추진하면서 우리와 파트너가 되었고 그들의 혁신은 놀랄 만큼 성공적이었다. 경영혁신실에서 핵심 역할을 했던 직원들은 이후 현업에 배치받아서도 승승장구했다.

팀장을 거쳐, 처장, 본부장으로 진급하고 회사의 중추적인 자리로 승진한 사람도 나왔다. 축적된 혁신 경험이 이들을 성장시켰고 업무 성과를 내는 데도 도움이 됐다.

B기관은 꾸준한 경영혁신 추진으로 나중에는 민간기업을 능가

하는 혁신역량을 갖추어 민간기업의 벤치마킹 대상이 되기도 했다. KMAC도 이런 경험을 바탕으로 공공기관 혁신의 물꼬를 텄고 다른 여러 기관에 진출할 기회를 만들었다.

처음에 대화도 안 되고 '갑질'로 일관하던 이들을 설득하고 같이 어울리며, 프로젝트를 완수하기 위해 고생했던 보람을 느낄 수 있었다. 같이 일한 직원들이 혁신역량을 갖추어 다른 자리에서도 성과를 내는 것을 보면서, 또 혁신이 거의 불가능해 보였던 B기관에 놀라운 혁신역량이 축적됨을 보면서, 보람을 느꼈다.

컨설팅업(業)에서 일하는 뭔지 모를 뿌듯함이 이럴 때 솟구치는 것인가 보다.

왜 '을'인 나를 접대하려 할까

중복을 갓 지났으니 한참 무더운 여름이었다. 오전 11시를 넘길 무렵, 지글지글 타는 뜨거운 햇살에 이마에 맺힌 땀방울을 연신 훔치고 있었다. 대전 수자원공사 정문에서 본사 건물까지는 약간 언덕진 길이었다.

전날 먹은 술의 취기가 여전히 남아 있었다. 속은 쓰리고 갈증이 더해졌다. 생수를 연신 들이켜는데 주머니 속의 핸드폰이 울렸다. 바로 전날 함께 술을 마신 고객사의 K본부장이었다. 나는 순간 멈칫했다.

어제 일을 비밀에 부쳐야 하는 이유

어제 일이 떠올랐다. 고객사와 1차 회식이 끝난 후 K본부장 제안으로 단둘이서 2차를 갔다. 양주가 세 병째 들어올 때쯤 내가 일방적으로 술집에서 나왔기 때문이다. 물론 "너무 취해서 먼저 가겠습니다."라고 양해를 구하기는 했다. 그러나 K본부장의 만류에도 이를 뿌리치고 자리를 나온 것이다.

애초에 '을'인 우리가 '갑'인 고객사를 모시려 우리 측 요청으로 만들어진 술자리여서 마지막까지 최선을 다해야 했다. 그러므로 나에게 잘못이 있었다.

여전히 술기운이 남아있었지만, 씩씩하게 받았다.

"본부장님, 어제 잘 들어가셨습니까? 어제는 제가 죄송했습니다. 너무 취했고 속도 안 좋고 해서 결례를 무릅쓰고 혼자 나왔습니다. 죄송합니다."

거듭된 사과에 K본부장은 다소 의아한 말을 했다.

"아닙니다. 어제는 저도 술이 과해서 죄송하게 되었습니다. 죄송하지만 어제 술자리는 없던 일로 해 주시고 비밀에 부쳐주셨으면 합니다."

이 고객사는 우리 회사의 최대 고객사 중 하나였다. 비즈니스 관계가 많이 있었고 우리로선 항상 좋은 관계를 유지할 필요가 있었다. 그래서 적정 시점을 택해 복날을 빌미로 회식을 제안한 것도 우리였다. K본부장은 여름엔 민어가 제맛이라며 민어회를 제안했다.

여름철 민어는 보양식으로도 귀한 생선이고 인기도 높아 소위 가격표에 '싯가'라고 쓰이는 몇 안 되는 생선회다. 회식에 동행할 직원들이 고객사 근처에 있는 괜찮은 민어회 맛집을 예약했다.

고객사에서 6명, 우리 쪽에서 5명 등 총 11명이 1차에서 민어회를 안주 삼아 회식을 했다. 두 시간 반 정도 먹었으니 다들 적당히 마시지 않았을까 싶었다. 얼큰히 취기가 올랐고 자연스레 2차 분위기가 조성되었다.

2차는 맥주로 입가심을 하는 것이 일반적이었다. 오래전 한때는 룸살롱이니, 단란주점이니 하는 곳을 가기도 했지만, 시대적 분위기가 많이 달라진 지 오래였다.

그런데 갑자기 K본부장이 다가와 귓속말로 속삭이듯이 얘기했다.

"부사장님, 2차는 우리 둘이 가시죠. 오늘은 제가 쏘겠습니다."

그리고는 같이 회식했던 직원을 불러서 "나는 부사장님을 모시고 둘이 2차를 갈 테니 자네들끼리 따로 알아서 2차를 가게."라고 말했다. 나의 기대는 무색해졌다.

K본부장은 생각해 둔 곳이 있는 것처럼 망설이지 않고 성큼성큼 걸어갔다.

"오늘 2차는 제가 책임질 테니 제가 하자는 대로 해야 합니다."

거듭 본인이 사겠다는 말을 들으니 살짝 겁이 나기도 했다.

깊어 가는 서울 중심가의 밤거리는 밝고 화려했다. 더 취하고 더 느끼고 싶은 사람들로 북적댔다. 취한 눈이어서인지 대부분 먹이를 찾아 어슬렁거리는 하이에나처럼 보였다. 찾아간 곳은 룸살롱이었다. 얼마만의 룸살롱인가. 음주 문화가 바뀌면서 룸살롱에 가지 않은 지 꽤 오래였다.

'아, K본부장이 오늘 작정했나 보다.'

나는 걱정이 앞섰다. 고객이 술값을 책임진다지만 어떻게 그럴 수 있단 말인가. 결국은 '을'이 먼저 계산할 수밖에 없다. 경험이 그걸 말해 준다. 게다가 룸살롱 아닌가. 양주를 최소 두 병은 마실 테니 술값이 얼마란 말인가. 직급이 부사장이지만 회사엔 규정이 있어서 룸살롱 영수증은 처리해 주지 않는다. 부담이 클 수밖에 없다.

"2차는 제가 잘 모시겠습니다."

편치 않은 마음으로 자리에 앉았다. 술자리가 길어질 걸 생각하니 내일 일정도 걱정되었다. 대전 수자원공사 본사에서 오전 미팅 후 점심 약속이 있었기 때문이다. 그러려면 아침 일찍 출장길에 나서야만 했다.

취기에, 술값 걱정에, 또 내일 일정 걱정에 머리가 혼미한데 K본부장이 말을 건넸다.

"부사장님, 오늘 맘껏 드셔 봅시다. 제가 끝까지 잘 모시겠으니 걱정하지 마시고 편안하게 드시지요."

순간 당황했다.

'어, 얼마나 술을 많이 마시려 하는 거지. 가볍게 한잔하고 가면 좋겠는데, 이거 큰일 났구먼.'

전혀 예측하지 못한 상황으로 전개된 것이다. 그러면서 생각을 정리해 봤다. 단순하게 끝나는 일정이 아니라는 결론에 걱정이 더욱 커졌다. 룸살롱에서 마음껏 마시겠다는 것인데 어떻게 지혜롭게 해결해야 하나. K본부장의 기분을 상하지 않게 하면서 술자리를 무리하지 않게 마무리하는 방법이 없을까? 그러나 머리만 아득해질 뿐 그 어떤 좋은 생각도 떠오르지 않았다.

양주와 함께 술잔, 음료와 얼음, 안주가 세팅되었다. 우리는 서로 생각나는 대로 떠들어대며 계속 마셨다. 스트레이트로 마시기도 하고 얼음을 섞어서 마시기도 했다. 무슨 말을 주고받는지는 별로 중요하지도 않았고 기억도 나지 않는다.

한 시간이 채 안 되어 양주 한 병을 더 시켰다. 두 번째 나온 양주가 동이 날 무렵 이미 K본부장의 혀는 꼬부라지고 있었다. 나도 한 계치를 넘어가는 술로 몸에 이상증세가 왔다. 속이 울렁거리고 토할 것 같았다. 술이 술을 먹는다는 것이 바로 이런 것인가.

K본부장은 양주를 한 병 더 시켰다. 이번엔 발렌타인 21년산이다. 마실 만큼 마셨는데 한 병을 더 시키니 덜컥 겁이 났다. 그것도 비싼 술이다. 마실 자신도 없었고 몸이 그것을 받아주지도 않았다. 이후엔 또 다른 것이 있지는 않은지 걱정도 되었다. 너무 힘든 상황이었다. 가능하면 그 자리를 빠져나오고 싶었다. 돈은 돈대로 걱정이 됐다.

"본부장님, 제가 술을 너무 많이 마셨나 봅니다. 너무 힘들어서 몸에서 술도 안 받고 토할 것 같습니다. 정말 죄송한데 먼저 좀 일어나겠습니다."

갑자기 그렇게 말하곤 벌떡 일어났다. K본부장도 이미 많이 마신 터라 눈이 혼미한 상태에서 당황하고 놀란 듯 만류했다.

"부사장님, 갑자기 혼자 가시면 어떡합니까?"

K본부장이 뭔가를 말하는 소리가 귓전에 들렸지만, 무시하고 눈을 질끈 감고 그대로 나왔다.

룸을 나오면서도 짧은 순간이었지만 계산은 '을'인 내가 해야 한다고 생각했다. K본부장이 책임지겠다고는 했지만, 고객에게 술값 계산을 맡기기가 꺼림칙했고 또 술자리에서 먼저 일어서는 불경죄를 지은 입장에서 술값이라도 내야 할 것 같았기 때문이다.

적지 않은 술값이었다. 술집을 나오면서 고객과 끝까지 같이하지 못한 책임에서 자유로울 수 없다는 생각을 했다. 과한 술에 몸도 비틀거렸고 이런저런 걱정에 마음도 뒤숭숭했다.

그 이후 K본부장이 술집에서 바로 나왔는지, 발렌타인 21년산을 다 마셨는지는 모른다. 아직도 K본부장의 어젯밤 얘기가 귓전을 때린다.

"저에게 술을 접대하려고 많은 사람이 줄을 섭니다. 그러나 오늘은 제가 부사장님을 특별히 모시도록 하겠습니다. 그러니 제가 하자는 대로 해야 합니다."

왜 나를 접대하고자 했을까? 수자원공사 본사 건물로 가는 짧은 그 시간에 여러 생각이 스쳤다. 어젯밤 일은 비밀에 부쳐달라는 그의 부탁에 "먼저 자리를 일어선 제가 송구스러울 따름입니다."라며 "제가 너무 힘들어서 그랬으니 널리 양해해 주십시오."라고 말했다.

K본부장은 "술값을 부사장님이 계산하셨던데, 계좌번호 알려 주시면 제가 보내드리겠습니다."라고 전해 왔다. 자기 말에 대한 책임

을 지고자 하는 뜻은 가상했지만, 그럴 수는 없었다.

나는 몸에서 여전히 술기가 빠지지 않아 뜨거운 햇살에 자꾸 헛구역질이 났다. 힘들지만 씩씩하게 건물 입구로 들어섰다. 또 다른 고객을 만나기 위해.

제 3 부

CEO를 만나다,
CEO를 배우다

하모니_백미선 作
OIL ON CANVAS, 116.8×72.7, 2017

언제나 보고 싶은 품격,
한화 김관수 사장

"보고 싶었어.", "저도요."

"유 부사장, 보고 싶었어."

김관수 사장은 나를 꼭 안아 주었다. 2013년 이른 봄이었다. 서울 구로구 천왕동에 위치한 서울남부구치소의 특별 면회실이었다.

2주 전쯤에 한화리조트의 전직 임원으로부터 연락이 왔다. 구치소에 수감 중인 김관수 사장이 KMAC 경영진을 보고 싶어 한다는 것이다. 김종립 대표와 나 그리고 한국능률협회인증원의 김승엽 전무를 지목하여 면회를 와 주면 좋겠다는 전갈이 왔다.

김관수 사장과 포옹을 하며 보고 싶었다는 얘기를 듣는 순간 눈물이 나오려는 걸 간신히 참으며 속삭였다.

"저도 보고 싶었습니다. 고생 많으시죠."

김 사장은 한화그룹 김승연 회장의 비자금 사건에 연루되어 재판을 받는 도중에 2012년 8월에 실형을 선고받고 법정 구속됐다. 구치소에 들어온 지 7개월째다.

김관수 사장은 2002년에 한화리조트 대표이사로 선임되었다. 한화리조트는 한화그룹에서는 드물게 소비자와 밀접한 서비스 기업이었는데 그즈음에 그룹 계열사 중 고객만족(CS, Customer Satisfaction) 경영혁신운동을 제일 먼저 시작했다.

삼성에버랜드 등 동종업계 회사들이 앞서서 서비스혁신을 주창하고 이러한 혁신 활동이 서비스 산업의 큰 흐름으로 자리 잡아가면서 한화리조트도 김 사장 부임과 함께 서비스혁신과 고객만족경영을 강력하게 추진하기 시작한 것이다.

혁신을 주도할 관련 조직도 만들었고 추진력이 강한 임원에게 그 역할을 맡겼다. 한화리조트와 밀접한 관계를 맺고 혁신을 지원하고 있던 KMAC는 한화리조트의 그러한 움직임을 예의주시하였다. 한화리조트는 KMA CS위원회의 회원사로 참여하면서 KMAC에서 나오는 관련 혁신 정보들을 받고 있었다.

김 사장이 고객만족경영에 큰 관심을 보이고 한화리조트의 혁신 활동이 활발해질 무렵, 실무진을 통해 김 사장을 CS위원회 부위원장으로 위촉을 타진했다. 김 사장은 흔쾌히 수락했고 KMAC와의 인연이 시작되었다.

구치소에 있으면 매일 한 차례씩 면회가 허용되는데 주로 한화그룹 경영진이나 직원 또는 가족들이 대부분이었다. 구치소 생활 6개월을 넘기면서 회사와 가족 외에 최근 10년간 가장 밀접하게 만나고 정들었던 사람을 회고했는데 지금 면회 온 세 사람이 가장 생각 났고 보고 싶었다는 것이다.

그러고 보니 김 사장이 2002년도에 CS위원회 부위원장에 위촉된 이후부터 나하고는 오랜 인연이었다. 1년에 평균 네 차례 정도 CS위원회의 공식 활동이 있을 때마다 만났고 그 인연이 10년을 넘고 있었다. 매년 별도로 찾아가 혁신에 관한 얘기도 나누며 조언도 했으니 이를 포함하면 실제로는 더 잦은 만남이었다.

김 사장은 2007년까지 한화리조트 대표이사를 지내면서 서비스 혁신을 강력하게 추진하여 회사의 전반적인 문화와 업무를 고객 중심으로 탈바꿈시켰다.

CS위원회 부위원장 활동과 더불어 한화리조트의 혁신 성과를 바탕으로 한화그룹에서는 보기 드물게 CS혁신을 가장 잘하는 최고경영자의 위상을 갖게 되었다.

이후 한화S&C, 한화손해보험의 대표이사를 거치며 탁월한 조직 관리와 커뮤니케이션 능력을 발휘해 맡은 조직을 고객 중심으로 변화시키는 데 크게 기여했다.

한화이글스 대표이사를 마지막으로 현직에서 퇴임했는데 한화이글스의 본사가 대전인 데다 그해 한화이글스의 성적이 너무 좋지 않아, 2011년에 들어서는 CS위원회 부위원장직의 활동을 고사했다.

김관수 사장이 한화리조트 대표이사로 재직할 때 이 회사의 사업장인 용인 '프라자CC'에서 몇 차례 양사 임원 간에 골프 교류회를 갖곤 했다. 한화리조트의 혁신 활동에 많은 도움을 준 KMAC에 감사한 마음을 전하는 자리로 시작된 이 모임은 한화리조트와 KMAC가 서로 번갈아 초청하며 몇 번의 모임을 더 가지는 방향으로 나아갔다. 양사의 대표이사를 비롯해 업무상 관련 있는 임원들도 참석했다.

첫 모임을 가졌던 어느 더운 여름날이었다. 무더위에 라운딩을 마친 일행은 클럽하우스에서 생맥주로 먼저 목을 축였다. 이어 '한화식'으로 술을 마셔야 한다고 해서 마신 술이 소주와 맥주를 섞은 '소맥폭탄주'였다. 나는 그날 소맥폭탄주를 처음 접했다.

한화 측에서 먼저 생맥주잔에 소주를 섞어 마시기 시작했고 이게 한화 방식이라며 우리에게도 권유하였는데 분위기상 이를 피하기가 어려웠다. 생맥주잔이 비워진 후에는 맥주잔에 소주와 맥주를 섞은 폭탄주를 만들어 돌아가며 건배하는 식으로 여러 잔을 마셨다.

그때만 해도 양주와 맥주를 섞어 마시는 것을 폭탄주로 알았기에 소주와 맥주를 섞어서 먹는 것을 보고 새롭다고 생각했는데 나중에 그게 직장인의 '국민주'가 될 줄 누가 알았겠는가? 다이너마이트라는 폭탄을 제조하는 그룹답게 폭탄주에 대해서도 일가견이 있었다.

우리 쪽에서 참석한 임원 중에 김승엽 전무는 술에 좀 약한 편인데 그걸 다 받아 마시고선 힘들었던 모양이다. 돌아오는 길 중간에 차를 세우고 먹은 것을 확인해야 했다.

나는 그때 고객사로부터 최근에 배웠다며 '드라큐라주'를 소개했다. 마침 김 사장이 그게 어떤 술인지 궁금해하여 내가 배운 대로 술을 제조해 시범을 보였다.

맥주와 양주 또는 소주를 섞어 폭탄주를 만든 다음 그 위에 와인으로 마무리한 것이 드라큐라주이다. 마실 때 양 입가로 술을 조금 흘려보내 마치 드라큐라가 피를 흘리는 모양새로 술을 마셔야 한다.

누가 그런 주법을 만들어내는지, 우리나라 직장인들은 참으로 위대하다. 그날 드라큐라주를 마신 김 사장은 하얀색 와이셔츠에 와인색 얼룩을 남겼고 그 상태로 오후에 귀국한 딸을 맞이하러 공항에 갔다는 후문이 있었다.

풍성한 삶의 향기 기대

한화그룹은 2007년 초에 'New CI(Corporate Identity)'를 선포하면서 지금의 로고인 타원형 동그라미 세 개를 겹친 모양의 '트라이서클'로 교체하였고 아울러 브랜드경영을 선포했다. 이 브랜드경영의 일환으로 한화그룹은 고객중심 경영혁신활동인 CS혁신을 추진하기로 했다.

한화그룹은 CS혁신 모델을 만들어 계열사에 전파하고자 그룹 차원에서 CS TF팀을 구성하였고 주요 계열사로부터 인력을 파견받았다.

TF팀은 그룹의 CS혁신을 어떻게 이끌어갈지에 관해서 먼저 밑그림을 그리고 비전을 만들어야 했다. 이를 위해 앞서 그 길을 간 삼성, LG 등 다른 대기업의 추진현황을 스터디했다.

KMAC는 삼성이나 LG의 CS혁신 현황을 잘 알고 있었고 일부 관련 프로젝트에 참여도 해 왔기에 이런 사례들을 정리하여 그룹 TF팀에 제공했다. 한화그룹이 어떻게 하면 CS혁신을 효율적으로 잘 추진할 수 있을지도 제시했다.

이때 한화그룹에서는 우리 외에도 생산성본부 등 여러 회사와 비슷한 상담을 하고 자료를 받고 있어서 컨설팅회사 간에 경쟁이 이루어지는 상황이었다. 예견한 대로 한화그룹에서는 그룹의 중장기 CS혁신 프로젝트를 맡길 컨설팅회사를 공개경쟁 형태로 입찰에 부쳤다.

그룹 차원의 대규모 프로젝트여서 나를 비롯한 관련 인력들이 대거 참여하여 제안을 준비했다. 우리는 한화그룹 TF팀 인력을 비롯하여 그룹 내에 조금이라도 영향력이 있을 수 있는 사람들을 만나며 프로젝트 수주를 위한 사전 활동을 펼쳤다. KMAC의 관련 역량이나 그룹 프로젝트라는 상징성을 보더라도 반드시 수주하고 싶었다.

나는 김관수 사장을 찾아갔다. 김 사장이 한화리조트를 떠나 그룹 IT 회사인 한화S&C의 대표이사로 있을 때였다. 그동안 그룹과 진행되었던 과정을 설명하고 경쟁 입찰에 도움을 요청했다. 김 사장은 KMAC의 실력과 다양한 경험을 믿는다고 말했다. 그리고 한화그룹의 CS혁신을 위해 애써 달라는 당부도 덧붙였다.

경쟁 입찰은 항상 변수가 많다. 많은 유사 사례를 보유하여 경험에서 앞서고 또 제안서를 설득력 있게 제시해도 프레젠테이션 현장에서는 어떤 일이 일어날지 알 수 없다. 수주되리라고 확신했던 프로젝트에서 물을 먹기도 하고, 반대로 수주 가능성이 떨어져서 좀 더 공격적으로 제안을 진행했는데 결과가 좋은 경우도 간혹 있기 때문이다.

KMAC는 여러 곡절 끝에 어렵사리 한화그룹 프로젝트를 수주했다. 김희철 본부장을 비롯한 관련된 직원들이 모두 함께 열심히 준비한 덕분이었다. 변수가 될 수 있는 것을 예측하여 사전에 컨트롤하고 예기치 않은 문제엔 신속히 대응하면서 좋은 결과를 만들었다.

그 이후 우리는 한화그룹의 CS혁신 파트너가 되어 오랜 기간을 같이 일했다. 우리는 혁신의 1단계로 먼저 계열사를 평가할 수 있는 한화그룹의 고유 HCSI(Hanwha CSI)조사모델을 만들었다.

조사결과 약점으로 드러난 항목들에 대해선 개선점을 제시하고 개선 활동의 방향을 제시했으며 매년 조사를 통해 그 항목이 얼마나 개선되었는지를 평가했다. 나아가 VOC(Voice Of Customer, 고객의 소리)에 기반한 혁신 활동을 제안하고 이를 구현하기 위한 VOC시스템도 함께 구축했다.

언젠가 김관수 사장이 한 말이다.
"한화그룹 CS혁신에 KMAC가 정말 좋은 역할을 했어. 늘 KMAC에 고맙고 또 유 부사장에게 고마워."
이 말에 나는 머리를 숙이며 대답했다.

"아닙니다. 저희는 할 일에 충실했을 뿐입니다. 사장님께서 도와주셔서 가능했던 것 같습니다. 늘 사장님께 감사한 마음입니다."

"그렇지, 나도 조금은 그런 역할을 한 것 같긴 해."

김 사장의 온화한 미소가 입가를 타고 흘렀다.

"구치소에 6개월여를 있으면서 많은 책을 읽었습니다. 특히 인문학과 관련된 책들인데, 이 책들을 읽고 여러 생각을 하면서 많은 깨달음을 얻었습니다. 그동안 40년 가까이 직장생활을 하느라 제 삶을 돌아볼 기회가 없었는데 여기서 독서와 사유를 통해 다행스럽게도 저를 돌아볼 수 있게 되었습니다. 하늘에 계신 분이 그동안 치열하게 살아온 삶의 궤적을 성찰하고, 앞으로 어떤 삶을 살 것인지 생각할 기회를 주었다고 생각하며 감사한 마음으로 모든 상황을 받아들였습니다. 얼마나 여기에 더 있을지, 재판 결과가 어떻게 나올지 모르지만, 이제 담담합니다."

그 얘기를 하는 순간, 정말 김 사장의 얼굴이 너무나 평온해 보였다. 부드러운 미소와 함께 조용히 말씀하시는 모습은 마치 세상의 또 다른 이치를 설파하는 성자와도 같았다.

김 사장은 얼마 후에 진행된 2차 공판에서 집행유예를 받고 출소했다. 나는 김 사장이 한화그룹 비자금 사건에 연루되어 재판을 받고 있다는 것 외에 이 사건의 구체적인 실상은 잘 몰랐다.

당시 언론 기사를 살펴보면 '한화그룹 비자금 조성에 가담한 혐의'라고만 짧게 언급되었는데 아마도 한화그룹을 위해 헌신하고 일하다 불가피하게 생긴 일이 아닌가 싶다. 안타까운 마음이다.

  김 사장 출소 후 서소문에 있는 사무실로 찾아가서 몇 번 인사를 했다. 얼굴은 세월의 흐름을 거스를 수는 없지만, 평온함이 감돌았고 온후함도 여전했다. 현재 김 사장은 한화손해보험 고문의 자격으로 한국능률협회에서 매달 개최하는 최고경영자 조찬 세미나에 거의 빠짐없이 나온다.

  조찬 세미나는 김 사장에게 경영, 경제의 글로벌 흐름을 파악할 수 있고 최고경영진 네트워크를 자연스럽게 이어갈 수 있는 좋은 자리일 수 있다. 김관수 사장에게 CS위원회 부위원장으로서 해 온 역할과 KMAC에 도움을 줬던 것을 생각하면 평생 조찬 세미나에 참여할 수 있는 무료회원권을 증정해도 부족할 것 같다.

  김 사장은 이제 일흔 가까이에 접어든다. 처음 만났을 때 프랑스 영화배우인 '알랭 들롱(Alain Delon)' 같은 멋진 배우를 연상시키는 50대 초반의 중후한 얼굴이었는데 세월의 흐름과 함께 주름진 얼굴로 바뀌었다.

  굴지의 대기업에서 최고경영자로서 10년을 보낸 화려한 이력이고 성공한 인생이다. 회사생활을 하는 이 땅의 회사원들에게 엄청난 롤 모델이고 로망이다.

  무엇보다도 대기업의 CEO인데도 늘 겸손하고 온화했던 그의 품격을 기억하고자 한다.

  김 사장의 얘기대로 구치소 생활에서 얻은 깨달음으로 삶의 향기가 풍성하고 더욱 건강하며 행복한 삶이 되길 빈다. 무대에서 내려왔어도 여전히 멋지게 살아가는 모습을 그려 본다.

'지智'와 '덕德'의 리더십을 배우다, 신한은행 조용병 행장

2015년 7월 초, 낮에 여의도공원을 산책하려면 등줄기를 타고 흐르는 땀을 감내해야 했다. 점심을 간단히 해치우고 일일 목표 중 하나인 1만 보를 채우기 위해 더위를 무릅쓰고 여의도공원 산책에 나섰다.

여의도공원 둘레길은 약 2.5㎞로 가볍게 돌면 30분, 속보로 돌면 25분 정도 걸린다. 점심을 마치고 산책하기에 적당한 코스다. 산책은 나만의 독립된 시간이라 이런저런 생각을 정리하기에 좋다. 나는 때때로 점심을 마치고 여의도 산책을 즐겨 왔다.

"행장님이 식사 한번 하자고 그라시네예."

여의도 순복음교회 쪽에 있는 CCMM빌딩에서 시작된 산책은 KBS 본관 방향으로 시계 반대 방향으로 순환하여 다시 제자리로 돌아오는 코스였다.

더위를 피해 그늘진 공간이 있는 생태숲 길로 접어드는데 전화가 왔다. 신한은행 소비자브랜드 그룹을 총괄하는 왕태욱 부행장이다.

"부사장님, 안녕하신교? 식사는 하셨고예."

부산 출신인 왕 부행장의 친근한 사투리다. 이 시간에 직접 전화를 한 것으로 보아 뭔가 분명히 용건이 있다. 업무적이고 실무적인 얘기는 웬만하면 부서장 라인을 통해서 주고받는 경우가 일반적이기 때문이다.

"네, 부행장님. 안녕하시죠? 뭐 좋은 일 있으십니까?"

"그게 아니고예, 저희 행장님께서 지난번 말씀하신 대로 부사장님하고 식사를 한번 하자 그라시네예."

왕 부행장은 신한은행 내에 몇 명 안 되는 구(舊) 조흥은행 출신의 부행장이다. 그만큼 성실성과 능력을 인정받고 있었다. 특히 오랜 기간 홍보담당을 하면서 언론계에 구축한 네트워크가 특별했다.

신한은행 조용병 행장은 2015년 3월에 부임했는데 업무적인 일로 그해 상반기에만 공식적인 자리에서 세 차례 정도 본 것 같다.

조 행장은 첫 만남부터 서로 서먹할 수 있는 분위기를 편안하게 이끌었고 이후의 만남부터는 놀라운 친화력으로 마치 가까운 사람처럼 느끼게 했다.

세 번째로 만날 때 언제 식사 한번 하자고 제의했는데 대부분 의례적인 인사치레인 경우가 많아 마음에 두지 않고 있었다. 그런데 일주일도 채 지나지 않아 정식으로 식사 요청이 온 것이다.

은행장이 주야로 얼마나 바쁜지 대략 알고 있던 나로서는 그 바쁜 최고경영자가 시간을 내어 우리와 식사를 하겠다고 하니 잘 믿기지 않았다. 그것도 저녁 식사 자리다. 내가 임원이 된 이후로 은행의 부행장과는 여러 번 저녁을 함께한 적은 있어도 은행장과는 처음 갖는 개별적인 저녁 식사 자리였다.

바쁜 일과로 시간을 쪼개 쓰는 은행의 CEO와 자리를 가지려면 그 자리가 주는 가치와 명분이 있어야 한다. 행장이 우리와의 관계와 만남에 그만큼 가치와 의미를 부여한다는 것인데 대단한 정성이 아닐 수 없었다.

KMAC는 컨설팅을 비롯해 진단평가, 리서치, 교육, 미디어 등 다양한 사업을 하고 있다. 기업의 경쟁력을 강화할 수 있는 이런 제반 사업들을 내부에선 광의의 컨설팅으로 정의하고 있다. KMAC 사업의 대부분은 고객사에서 발주한 프로젝트의 수주를 통해 이루어진다.

다만 진단평가사업은 KMAC가 독자적으로 조사하여 결과를 언론에 발표하고 기업들과 함께 연합광고를 집행하거나 조사결과 리포트를 고객사에 제공하고 피드백하는 형태로 비즈니스가 이루어지는 경우가 많다.

KMAC는 이런 방식으로 고객만족도나 브랜드파워, 존경받는기업 등에 대해 고유의 조사모델을 가지고 기업의 상품이나 서비스 또는 기업 전체를 평가하고 산업별 순위를 공표한다.

이런 조사에서 산업 내 1위를 한 기업이 사내 축하 세리머니(Ceremony)를 원하는 경우, 조사결과의 피드백과 함께 인증식을 통해 이를 지원해 준다.

산업계와 학계에 명망이 있는 리더들로 구성된 분야별 위원장이 인증수여자가 되어 해당 기업 대표자에게 인증패를 수여해 주는 형태이다. 나는 이 인증식에 KMAC 부사장으로 참석하여 행장과 인사를 나눴다.

신한은행은 당시 고객만족도와 존경받는기업 순위에서 은행권 1위였는데 브랜드파워 조사에서는 KB국민은행을 한 번도 앞선 적이 없었다.

그런데 2014년경에 KB금융 회장과 은행장이 전산시스템 교체를 두고 심각한 갈등으로 사회적 논란을 빚은 끝에 회장과 행장 둘 다 감독 당국의 징계를 받고 물러나는 소위 'KB금융사태'가 터졌다.

이 일로 KB국민은행에 대한 국민의 시각이 부정적으로 작용했고 이듬해 브랜드파워 조사에서 KB국민은행이 신한은행에 밀리는 결과가 나왔다. 이 조사결과로 신한은행 관련 부서는 환호했다. 조용병 행장이 재임할 때다.

소통과 통합의 리더십

조용병 행장은 전임 서진원 행장이 2015년 초에 갑작스레 지병으로 물러나면서 신한은행 행장이 되었다. 조 행장은 은행 부행장을 거쳐 신한BNP파리바자산운용이라는 신한금융 계열사 대표이사로 재직하던 중 행장 후보로 추천을 받았고 최종후보자 4명에 이름을 올렸다.

신한금융에는 몇 해 전에 발생한 지주사 회장, 사장, 행장 간 고소·고발로 촉발된 소위 '신한사태'로 인해 내부 갈등 요인이 잠재해 있었고 따라서 내부를 통합할 수 있는 리더십이 요구되는 상황이었다.

조 행장은 자회사경영관리위원회의 면접과 검증 과정에서 역량과 리더십을 인정받았고 평판 또한 좋았던 것 같다. 다음은 당시 언론에 비친 기사의 일부다.

> 한동우 신한금융 회장은 "조 내정자의 글로벌과 리테일(소매영업)에서의 경력을 자회사경영관리위원들이 높이 평가한 것 같다"며 "특히 리테일 부문에서의 경력은 굉장히 중요하다"고 말했다. 신한은행은 그동안 영업에 일가견이 있는 사람들이 행장을 맡아 왔다. 지점장 시절 '영업왕' 상을 받았던 조 내정자도 이 점을 높이 평가받았다는 의미다.[13]

여기에 '신한사태'로부터 가장 중립적이고 자유로웠으며 직원들과 잘 어울리는 소탈한 리더십을 가졌기에 은행통합의 적임자로 낙점된 것으로 언론에선 분석하였다.

---

13 『한국경제』, 2015년 2월 25일 자 기사.

저녁 식사 자리엔 총 8명이 참석했다. 신한은행에서는 행장, 부행장, 본부장, 부장이 나왔고 우리 쪽에선 나, 담당 임원, 팀장, 치프 컨설턴트로 양쪽에서 숫자를 맞췄다. 테이블을 두고 네 명씩 마주 앉은 모습이 뭔가 대결 구도로 보였는지 서로 섞어 앉았다.

자연스럽게 호스트인 조 행장이 술 먹는 방식이나 대화에 이르기까지 자리를 주도했다. 나는 그날 조 행장이 제안한 '의리주'라는 것을 처음 경험했다. 그리고 의리주의 묘미에 빠졌다. 술에 취하기보다는 의리주의 음주 방식과 전체 분위기에 빨려 들어간 것이다.

그 식당에서 가장 큰 그릇을 가져오게 하여 거기에 소주와 맥주를 여러 병 섞어 담았다. '의리주'는 처음 마신 사람을 기준으로 오른쪽이나 왼쪽으로 술잔을 돌리는데 마실 만큼만 마시고 옆 사람에게 돌리는 방식이어서 뒤로 갈수록 남은 술의 양에 따라 남은 사람들이 많이 마시게 되기도 하고 조금만 마시게 되기도 한다. 앞사람이 뒷사람을 생각해서 많이 마셔 주면 뒷사람의 부담이 적어지기 때문에 의리주로 불린 것이다.

커다란 그릇이 10여 분 정도면 한 순배 도는데 '의리주'는 마시는 속도도 빠르고 한번에 마시는 양도 많다. 술그릇을 든 사람은 마시기 전에 하고 싶은 얘기를 할 수 있다는 점도 매력이다. 대화를 주도하는 사람 외에 나머지 참석자들도 하고 싶은 말을 충분히 할 수 있는 기회가 주어지기 때문이다.

참석자 중에 술이 약하거나 잘 마시지 못하는 사람이 있으면 나누어서 감당해야 한다. 그날은 다들 잘 마셨던 것 같다. 신한은행은 물론이고 우리 쪽도 책임감인지, 긴장감인지 다들 잘 마셨다. 조 행장은 두 시간여 동안 진행된 술자리를 내내 매우 유쾌하게 주도했다.

경영철학부터 시작하여 지내온 삶의 얘기며 여러 에피소드 등으로 참석자들과 교감을 나누고 자리를 편안하게 이끄는 데 부족함이 없었다.

술자리에선 공식적인 자리에서 하지 못하는 여러 이야기도 함께 나눌 수 있어서 서로 교감하고 친근감도 생길 수 있다. 최고경영진 중에는 이런 식사 자리나 술자리를 통해 조직 구성원을 챙기며 리더십을 발휘하기도 하고 외부 고객이나 오피니언 리더 계층에 대한 네트워크를 쌓기도 한다.

같이 참석한 본부장, 부장은 행장과는 단체 회식을 함께한 경험은 있지만, 이런 술자리는 처음인 듯했다. 자신들의 업무 파트너를 행장이 초대한 것이니 그들에겐 큰 의미가 있었다. 일에 대한 로얄티는 물론이고 행장의 리더십에 대해서도 긍정적인 시각을 더하는 자리가 되었을 것 같다.

조 행장과 나는 지방 명문고 출신이란 점과 시골 출신으로서 서울의 대학에 진학하여 학교 근처에서 하숙한 경험을 공유할 수 있었기에, 내게 좀 더 특별한 모습으로 다가왔다. 시험을 통해 치열한 경쟁 끝에 고등학교에 진학한 같은 배경과 대학가 근처 막걸리와 파전집의 가게 이름을 함께 나눌 수 있는 경험의 공유는 서로를 더 친근하게 만드는 듯했다.

저녁 6시 30분에 시작된 술자리는 밤 9시가 조금 못되어 끝났으니

2시간 반 가까이 '의리주'를 마시며 함께한 셈이다. 술을 꽤 마신 것 같다. 그러나 자리가 자리인 만큼 누구도 취한 모습을 보이지 않았다.

우리 직원들은 평소 주량에 비해 다들 잘하고 있었다. 동석한 이기동 팀장과 방지현 치프컨설턴트는 평상시엔 거의 술을 먹지 않는데도 자기에게 돌아오는 술을 주저하지 않고 잘 받아주고 있었다.

두 명 다 일할 때도 그렇고 술 마실 때도 강단이 있다. 부사장인 나도 은행장과 술자리를 갖는 것이 처음 있는 일인데 하물며 이들에게는 더 어렵고 귀한 자리가 아니었나 싶다.

신한은행에서도 행장을 비롯해 모두가 처음 모습 그대로일 정도로 정자세를 유지했다. 조 행장은 시종일관 유쾌했고 시원시원했다. 타고난 호스트였다.

우리에게만 유쾌함을 주는 게 아니라 신한은행 임직원들도 즐거워할 수밖에 없는 그런 얘기들로 자리를 리드했다. 이처럼 격의 없는 모습이라면 직원들에게 친밀감과 신뢰감을 주기에 충분할 것 같았다.

'엉클Uncle조'인 전략가

2016년, 신한금융지주 회장이던 한동우 회장이 물러나고 후임 회장으로 조용병 행장이 선임되었다. 그 자리엔 전현직 신한금융 계열사 CEO 여러 명이 회장 후보에 올랐다. 계열사 중에서 가장 큰 신한은행장으로서 이점도 있겠지만, 직원들에게 소탈하면서 친근감 있게 다가서는 그 모습도 큰 장점으로 작용하지 않았을까 싶다.

물론 조 행장은 다른 은행과는 차별화된 글로벌 시장진출에의 리더십과 디지털금융에서의 선도적인 역할로 안팎에서 인정받은 것은 두말할 나위 없다. 이러한 조 행장의 리더십을 보여주는 언론 기사는 여럿이다.

조 행장은 "아무리 뛰어난 전략도 인화가 없으면 무용지물이고, 인화를 이끌어 내기 위해 가장 중요한 것은 소통 능력"이라며 "리더는 감정적 대응을 자제하고, 솔선수범으로 용기와 신뢰를 심어줘야 한다"고 말했다. **14**

추진력과 리더십을 갖추고 있으며 전략가 기질이 있다는 평을 듣고 있다. 소탈한 성격과 삼촌같이 친근한 이미지를 지니고 있어 '엉클(Uncle)조'라는 별명을 얻었지만 일을 할 때는 신중하고 꼼꼼하며 기회를 잡으면 저돌적으로 밀어붙이는 추진력을 보여주고 있다.**15**

조 내정자는 직원들 사이에서 '최고의 상사'로 꼽힌다. 한 직원은 "격의 없이 소통하는 성격이라 부하 직원들의 업무 아이디어를 잘 받아들여 결과물이 나올 때까지 추진한다"고 말했다.**16**

---

14 『이데일리』, 2016년 7월 6일 자 기사.
15 『비즈니스포스트』, 2019년 7월 29일 자 기사.
16 『한국경제』, 2015년 2월 25일 자 기사.

조 행장과는 그 이듬해 같은 시기에 한 번 더 비슷한 회합을 했다. 역시 '의리주'였다. 우리는 한 번 경험이 있었기에 더 분위기 좋게 자리를 가질 수 있었다. 조 행장은 언젠가 가볍게 던진 "유 부사장, 술 한잔해야지."라는 약속을 이번에도 어김없이 지킨 것이다.

그때는 미리 준비한 와인으로 시작하여, '오늘은 가볍게 하나 보다.'라고 생각했는데 아니나 다를까, 와인을 마시던 중 조 행장은 "폭탄주를 안 하니 좀 싱거운 것 같네. 유 부사장, 우리 '소폭'으로 바꿀까?"라고 제의했다. 역시 한국에서 음주 회식할 때는 특별한 경우를 제외하곤 이제 소맥폭탄주가 대세였다.

그날 후반부엔 식당에서 가장 큰 대접이 들어왔고 소주와 맥주를 섞어 폭탄주를 만들어 또 '의리주'를 마셨다. 역시 조 행장의 그 유쾌함은 어디 가지 않았다. 두 번의 의리주 회합을 통해 뭔가 서로 가까워진 느낌이 드는 것은 어쩔 수 없었다.

신한금융은 2019년 들어 지주사 순이익 실적에서 3분기 누계기준으로 KB금융에 앞서는 성과를 내고 있다. 조 회장이 작년에 비은행 분야 강화를 위해 과감한 M&A를 한 것이 올해 실적에 반영되며 좋은 경영성과를 내고 있다.

조용병 행장은 이제 우리나라에 가장 큰 금융그룹인 신한금융지주를 이끌어가는 회장이 된 지 3년째다.

막중한 자리에서 금융으로 세상을 이롭게 한다는 '따뜻한 금융'이라는 신한금융의 비전을 잘 실현해 나가리라 믿는다.

글로벌과 디지털이라는 양 날개를 활짝 펄럭이며 그 고유의 소탈하고 따뜻한, 그리고 전략가다운 리더십이 더욱 빛나길 빈다.

열정과 혁신으로 영감을 준, 삼성 허태학 사장

열정과 에너지를 확인한 애정 어린 노기

"유 부사장, 우리나라 CS혁신을 끌고 간다는 당신들이 이래서 무슨 혁신을 할 수 있겠어. 그따위로 하려면 다 집어치워. 요즘 능률협회 하는 일이 이상해."

핸드폰 스피커폰을 타고 들려오는 노기 어린 음성이다. 회사를 나와 마포대교를 건너 공덕동 로터리를 지날 무렵, 갑작스럽게 화를 내는 허태학 CS위원회 위원장의 음성에 나는 할 말을 잃었다. 동행한 이상윤 팀장에게도 면목이 없었다.

그날은 허태학 위원장에게 보고할 내용이 있어서 3주쯤 전에 미리 약속했던 날이다. 그런데 허 위원장이 우리와의 미팅 사실을 잊고 다른 약속을 잡았던 모양이다. 어른들과 미팅을 잡으면 전날 확인 전화를 드리는 것이 관례였고 허 위원장에게도 늘 그래 왔는데 이번엔 깜빡하고서 약속 장소로 가면서 전화한 것이었다.

우리와의 선약을 잊고 다른 약속을 잡은 터라 그 미안함이 겹쳐 고성으로 나타나는 듯했다. 오랜만에 들어보는 허위원장의 노기에 찬 고성에 가슴이 철렁하면서도 기분이 그리 나쁘지만은 않았다.

허 위원장은 1993년 삼성 에버랜드로부터 호텔신라, 삼성석유화학을 거치며 무려 16년을 대표이사 사장으로 재직하다 2009년 초에 현직에서 물러났다. 은퇴 후엔 삼성으로부터 오랜 기간 고문으로 예우를 받았다. 직업이 CEO라 불릴 정도로 삼성그룹에서 CEO로 재직기간이 길었고 그만큼 탁월한 경영능력을 발휘했다.

허 위원장은 현직에 있을 때 강력한 카리스마와 혁신에 대한 리더십으로 숱한 업적과 스토리를 남긴 경영자이다. 은퇴 후 시간이 흐를수록 예전의 카리스마와 에너지를 접할 기회가 많지 않아 세월의 무상을 느끼던 터였다. 그날 그의 노기는 여전히 열정과 에너지가 잠재해 있음을 확인한 순간이기도 했다.

허 위원장(이하 사장)은 1993년에 중앙개발 대표이사로 부임하여 당시까지 자연농원이었던 '용인자연농원'을 지금의 '에버랜드'로 환골탈태시킨 혁신가이다. 이름만 바꾼 것이 아니라 에버랜드 내의 놀이시설과 조경이나 환경 등 인프라를 세계적 수준인 디즈니랜드 급으로 선진화시켰으며 업무 프로세스와 직원들의 서비스를 획기적으로 개선했다.

에버랜드의 서비스혁신은 국내 다른 기업이나 공공행정기관의 모델이 되었고 그 내용이 하버드 대학 경영학 교재에 실릴 정도로 놀라운 혁신이었다.

허 사장은 에버랜드에 부임한 이후 많은 직원을 도쿄에 있는 디즈니랜드에 시찰단으로 파견했다. 시설 환경, 업무 절차, 서비스가 에버랜드와 얼마나 다르고 무엇이 잘되어 있는지를 직접 배우고 오라는 것이었다. 현지에 가서 선진 기업의 현장을 직접 보아야 깨달을 수 있다는 강력한 지론이었다. 도쿄 디즈니랜드에 다녀온 에버랜드 직원들은 무엇을 어떻게 변화시킬지 고민하고 논의하여 에버랜드 혁신의 밑그림을 그렸다.

그 무렵 KMAC는 국내 기업을 대상으로 일본 주요 기업에 시찰단을 보내는 해외연수사업을 많이 하고 있었다. 대부분 삼성, LG, 현대자동차 등 제조업체들이 앞다투어 일본에 엔지니어를 보내 일본 기업의 제조기술을 배우고자 했다.

단순한 시찰이 아니라 기술적인 면도 봐야 하기에 우리 기업들의 요구는 단순하지 않았다. 당시 에버랜드 직원들과 함께 도쿄 디즈니랜드 시찰단을 꾸리는 일을 이런 쪽에 노하우가 있던 KMAC가 맡았다.

한 번은 도쿄 디즈니랜드의 현장 물류 시스템을 집중적으로 견학할 목적으로 시찰단이 꾸려졌다. 디즈니랜드의 여러 현장은 고객을 가장하여 다 볼 수 있다지만, 내부의 물류체계는 디즈니랜드에서 공개할 리 만무했다. 우리는 일본 쪽에서 우리 일을 도와주는 업체와 협의하여 디즈니랜드에 식자재를 납품하는 협력업체 직원을 가장하여 디즈니랜드의 식자재 물류를 시찰할 수 있었다.

그때는 에버랜드뿐만 아니라 일본의 제조기술을 배우러 많은 시찰단을 보냈던 삼성전자에서도 공장을 견학할 때 각자 구역을 나누어 맡게 하여 암기한 후 나중에 이를 조합하여 공장 도면을 완성했다는 전설적인 이야기도 있었던 시절이었다.

CS위원회로 시작된 인연

1999년, KMAC는 고객만족(CS), 마케팅, 경영품질, 기업문화, 생산혁신, 인재경영 등 경영 활동의 주요 분야별로 산업계 최고경영진이 참여하는 분과별 '위원회'를 발족했다. 1천여 개에 가까운 한국능률협회 회원사들이 관심 영역에 따라 자유롭게 참여할 수 있었다.

분과별로 구성된 위원회는 한국 산업계의 발전을 위한 제안, 학계와의 공동연구, 우수기업의 사례공유 등의 활동을 목표로 했다. 위원회는 분과별로 KMA 또는 KMAC가 사무국 역할을 맡았고 위원장과 위원들은 기업의 CEO들이 맡았다.

당시 분야별 위원회 발족을 위한 초기 밑그림은 고(故) 신영철 한국능률협회 회장이 그렸는데 위원회를 중심으로 KMAC가 산업계와 공동으로 분야별 혁신을 선도하고자 했다. 이때 나는 CS, 마케팅, 기업문화위원회(이후 전략경영위원회로 명칭 변경) 발족의 실무적 역할을 맡았다.

허태학 사장을 직접 대면한 계기가 된 것이 바로 CS위원회였다. 에버랜드는 앞서 언급했듯이 허 사장 부임 이후 철저한 혁신을 통해 세계적 수준의 고객중심 혁신기업으로 거듭났고 CS의 요람과도 같은 회사가 되었다. 허 사장은 CS경영에 강력한 리더십을 발휘하는 최고경영자였다.

따라서 허태학 사장이 CS위원회의 위원장을 맡으면 좋겠다고 생각했다. 에버랜드 실무진을 통해 위원회의 주요 취지와 활동계획을 설명하고 위원장의 역할을 수락해 주면 좋겠다는 공문을 보냈다. 허 사장은 이를 긍정적으로 받아들여 우리에게 직접 내용을 들어보겠다고 하여 미팅 기회가 마련됐다.

허 사장은 1944년생이니 그해 만 55세였다. 2019년 현재 75세이니 감회가 그지없다. 나는 그전까지 허 사장을 대회의장이나 행사장에서만 멀리서 봐 왔는데 가까이서 보니 눈빛부터 예사롭지 않았다. 경상도 사투리가 묻어나는 말투는 중저음이었지만 단호했다.

CS위원회의 설립 취지부터 조직 구성, 활동계획까지 보고했다. 자신이 위원장을 맡을 자격이 있느냐며 더 좋은 다른 사람이 있을 것이라고 겸양한 모습을 보였다. 우리는 허 사장이야말로 가장 적임자임을 설명하고 다시 한번 앙청해 위원장직을 수락받았다.

그날 허 사장의 당부가 지금도 또렷하다.

"기왕에 하는 것, 똑바로 합시다. 우리나라 CS혁신을 위해 할 일이 너무 많습니다. 능률협회가 나서서 한다면 저도 역할을 마다하지 않겠습니다."

반듯함과 따듯함

허 사장은 위원회의 형식적인 활동을 매우 싫어했다. CS위원회를 개최하여 여러 CEO의 의견을 청취하거나 때로는 우수 사례를 배우러 다른 기업에 벤치마킹을 갔는데 성과가 미진한 경우엔 마치 자기 직원들 혼내듯이 나를 혼내곤 했다.

허 사장의 직원 혼냄은 잘 알려져 있다. 보고가 마음에 들지 않았거나 일을 잘못하여 문제가 생기면 다리가 후들후들 떨릴 정도로 무섭게 혼냈다고 한다. 서류뭉치를 던지거나 재떨이를 던지는 것도 예사였다고 한다.

언젠가 허 사장이 삼성석유화학 사장으로 재임할 때 허 사장으로부터 신임을 받던 남상억 상무에게 조심스럽게 물은 적이 있다.

"허 사장께서 직원을 혼내실 때 엄청 무섭게 한다던데 남 상무님도 혼나본 적이 있습니까?"

"말도 마세요. 저는 수시로 혼납니다. 하루라도 편할 날이 없습니다."

"그래요? 그럼 어떻게 사세요, 힘드실 텐데."

"그런데, 허 사장님은 애정이 없는 사람에겐 화를 내지 않습니다. 화낼 일이 있는데도 화를 내지 않으면 그 사람에 대한 기대가 없기 때문입니다. 그리고 화를 심하게 내셨을 땐 나중에 별도로 불러서 격려를 해 주십니다. 사실 따뜻하고 인간적이시죠. 그래서인지 사장님을 따르는 직원들이 많습니다."

남 상무는 허 사장으로부터 혼도 많이 나지만 사실은 매우 신임받던 임원이었다.

허 사장이 에버랜드 사장으로 일할 때 있었다는 일화다. 허 사장은 당시만 해도 가끔 임원들과 술자리를 가졌다고 한다. 정례적이던 술자리는 1차에서 끝나지 않고 2차까지 갔다고 한다.

허 사장은 술에서도 리더십을 발휘했던 모양이다. 양주와 맥주를 섞은 폭탄주를 맥주잔에 가득 채워 '원샷'으로 마셨을 것으로 짐작된다. 이런 폭탄주 서너 잔이면 보통은 녹다운된다.

그렇게 늦은 시간까지 마셨는데 다음 날 아침 6시 30분이면 허 사장이 출근하여 꼿꼿한 자세로 업무를 시작했다고 하니 다른 임원들도 아무리 술을 많이 마셨어도 허 사장이 출근하는 시각 전엔 출근해야 했다.

보통 엄격한 회사에서는 전날 술을 아무리 많이 마셨어도 조금이라도 늦게 출근하는 것을 용납하지 않는 분위기가 있다.

지금 생각해 보면 대한민국의 사장, 임원들은 왜 그렇게 술들을 많이 마셔댔는지, 대단하기도 하고 측은하기도 하다. 나도 그랬던 것 같다. 허 사장은 젊은 시절에 술을 많이 마셨다는데 지금은 와인 한 잔 정도 가볍게 하는 것으로 알고 있다.

요즘은 술자리가 많이 줄어 예전과는 다르지만 얼마 전까지만 해도 한국 사회에선 최고경영자나 임원들은 직원들과 교감하기 위해서나 그들을 격려하기 위해서 술자리를 많이 가졌다. 허 사장도 마찬가지였다.

임원들과의 술자리는 물론이고 직원들과도 잦은 자리를 만들어 그들의 노고에 공감해 주고, 화내고 혼냈던 임직원들에겐 어깨를 두들겨 주기도 했을 것이다. 또 그런 자리에서 직원들의 솔직한 얘기도 들었을 것이다.

젊어서 임원이 되었고 만 49세에 CEO가 되어 에버랜드에서 7년 정도를 최고경영자로 있었으니 당시에 얼마나 많은 술자리가 있었는지 모를 일이다.

질책과 격려 그리고 영감

허 사장은 국내에서 고객만족경영의 전도사로 알려져 있다. 그만큼 에버랜드는 물론 호텔신라, 제조업체인 삼성석유화학에 이르기까지 초지일관 고객지향의 혁신 활동을 통해 많은 성과를 일궜다.

에버랜드와 삼성석유화학의 두 개 회사를 '고객만족경영대상 명예의전당'에 헌액시킨 혁신 열정은 대한민국에 유례가 없는 성과이다.

그러나 허 사장이 기회가 있을 때마다 고객만족보다 훨씬 중요하게 강조한 것이 있다. 바로 '직원만족'이다. 직원의 만족 없이 고객의 만족은 있을 수 없다는 것이다.

허 사장이 현직에서 퇴임한 이후 CS위원장 자격으로 외부 강의를 할 때마다 가장 강조하는 것도 직원만족이었다. 고객만족은 그다음이라는 것이다.

허 사장의 직원만족경영은 유명하다. 에버랜드 CEO로 재직할 때 현장에서 고생하는 직원들을 위한 기숙사를 지었는데 고객에게 제대로 서비스하려면 직원들이 일하지 않는 시간엔 편안하게 쉴 수 있는 공간을 마련해 줘야 한다고 주장했다. 그것이 당시엔 획기적인 1인 1실의 기숙사였다.

에버랜드에서 경기도 용인 본사 근처에 1인 1실 기숙사를 지으려 할 때 그룹 비서실에서 반대했다는 소문도 있는데 뚝심으로 그룹을 설득했다고 한다.

그리고 보통은 VOC(Voice of Customer)라고 하여 외부 고객의 소리를 우선으로 중시하는데 허 사장은 직원들의 소리, 즉 VOE(Voice of Employee)를 먼저 들으려고 노력한 최고경영자였다. 술자리는 보통 격려의 자리이기도 하지만, VOE를 듣는 자리이기도 했다.

나는 허 사장이 재직하던 에버랜드, 호텔신라, 삼성석유화학 등 세 개 회사의 사장실에 일 년에 두세 차례씩 CS위원회 일로 보고를 갔다. 연초에 위원회의 연간 계획을 보고했고, 위원회 이름으로 언론에 보도되는 한국 산업의 고객만족도(KCSI) 조사결과가 나오면 언론 공표에 앞서 이를 미리 보고했다.

허 사장은 나를 볼 때마다 변함없이 변화와 혁신을 설파하고 열정을 강조했다. 20년에 이르는 기간 동안 허 사장으로부터 많은 질책과 함께 격려도 받았으며 때로는 영감을 받기도 했다.

이미 현역에서 은퇴했어도 삼성이라는 큰 기업에서 16년을 CEO로 재직한 경험과 지혜로 나에게 질책과 격려를 겸해서 들려주는 얘기여서 감사한 마음으로 받아들였다.

엄격하면서도 마음 깊은 곳에 따뜻함이 자리한 허 사장은 내게는 늘 고마운 분이었다. 내가 KMAC를 떠날 때도 매우 안타까워한 경영자였다.

허 사장은 건강을 위하여 매일같이 신라호텔 피트니스 클럽에서 땀을 흘리고 있다. 군살 없이 건강한 몸매를 유지하고 있고 가끔 해외여행을 다니며 성공한 CEO의 노후를 지내고 있다.

허태학 사장의 육체의 건강뿐만 아니라 마음의 평안도 기원한다.

감사와 겸손의 리더,
현대해상 이철영 부회장

"나는 요즘 하루하루가 너무너무 감사해요. 다시 맡은 회사 일도 잘되고 있고, 자녀들도 분가해서 다들 잘 살고 있지, 그러니 크게 걱정할 일이 없잖아요. 욕심 크게 부리지 않고 남에게 피해 끼치지 않으며 성실하게 살려고 노력했는데, 다 복인 것 같아요."

커피를 마시며 자신의 근황을 들려주는 현대해상 이철영 사장이 사실 부러웠다. 성공한 CEO의 여유 있는 모습에서 그 길로 가고자 치열하게 살아가는 나의 모습을 투영해 보기도 했다.

"이 커피는 내 연금으로 사는 거야."

2014년 새해가 되면서 연초에 매년 인사를 했던 이철영 사장과 예년과 다름없이 약속을 잡았다. 보통 현대해상 대표이사실 옆에 있는 접견실에서 차를 마시곤 했는데 그날은 점심을 같이하자는 전갈이 왔다.

광화문 현대해상빌딩 건너편에 있는 파이낸스센터빌딩 지하 1, 2층에는 맛집으로 소문난 식당이 여럿 있다. 그중 멕시칸 레스토랑에서 식사를 마치고 바로 옆 커피숍에 갔다. 우리는 등받이가 특이한 의자에 서로 마주 보며 앉아 케이크 한 조각과 함께 커피를 마시며 담소를 나눴다.

"유 부사장, 이 커피는 말이야, 내 연금으로 사는 거야. 국민연금 알지. 그거 마누라와 협의해서 내 용돈으로 쓰기로 했거든. 그러니 맛있게 드셔."

특유의 온화함과 마음의 넉넉함이 동시에 묻어나는 말이었다. 이 사장은 평소에도 친절하고 온화했으며 만날 때마다 늘 긍정적인 얘기를 해 주곤 했었다. 이철영 사장이 전무였던 시절에 처음 만났으니 벌써 그 인연이 10년을 훌쩍 넘어가고 있었다.

이철영 사장(현재는 부회장)은 2007년부터 3년간 서태창 영업총괄 대표와 함께 각자 대표이사(이철영 사장은 경영총괄)를 맡다가 2010년에 현대해상에서 퇴임하고 현대해상 5개 자회사의 이사회 의장으로 물러났었다.

예순을 넘어 대표이사를 마치고 자회사 이사회 의장으로 가게 되어 다들 명예로운 퇴임 수순으로 생각했는데 2013년에 다시 현대해상 대표이사로 복귀한 것이다.

그때만 해도 이미 퇴임한 이철영 대표이사의 갑작스러운 복귀는 후배에게 안정적으로 최고경영자 자리를 넘겨주기 위한 역할이 아닐까 하는 추측도 있었는데 2019년에 3년 임기의 대표이사에 세 번째 연임되었다. 복귀 후 7년째 대표이사를 맡고 있는 것이다.

2016년 말에는 경영성과를 인정받아 부회장으로 승진했다. 동종 업계에서 유례없는 부회장 승진이었다. 1950년생으로 우리 나이로 일흔에 이른 현재에도 대기업의 대표이사 부회장으로 재직하고 있으니 이만한 성공도 없다.

이철영 부회장의 승승장구는 여러 요인이 있지만, 우선 경영실적이 뒷받침된다.

2013년에 대표이사로 복귀할 당시 손해보험 업종은 호황기의 끝물이라는 말들이 많았다. 현대해상을 비롯한 손해보험사들이 과거 몇 년 동안 대폭 성장하면서 영업이익 규모를 매년 경신했는데 금융 환경의 변화로 인해 더는 이익을 확대하기가 어렵다는 전망이 많았다. 그러나 이철영 사장 부임 이후에도 현대해상은 영업이익 규모를 지속해서 확대하면서 성장하였다.

이익목표 달성률에 따라 지급하는 임직원 성과급도 해마다 좋은 성과로 500%니, 600%니 하는 얘기들이 심심찮게 들렸다. 말이 600% 성과급이지, 대한민국 직장인 중에서 어느 누가 성과급 600%를 받아본 적이 있을까. 아마 1%도 안 될 것이다.

이철영 사장은 재임 중 기업의 가장 중요한 경영성과인 이익에서 좋은 업적을 지속해서 만들어 냈다.

그러나 기업은 겉으로 보이는 매출과 이익 등 양적인 것으로만 재단하지 않는다. 성과를 만들어 내는 내부의 역량과 문화가 어찌 보면 더 중요한 것이다.

현대해상은 고객으로부터 인정받는 것을 제일의 가치로 여기면서도 더불어 직원들이 만족하는 회사, 직원들로부터 인정받는 회사를 중시하는 오래된 기업문화를 갖고 있다. 이철영 부회장은 이러한 가치에 더해 직원들을 따뜻하게 챙기는 스타일이다. 2013년에 이철영 사장이 최고경영자 자리로 복귀했을 때 축하를 겸해 인사를 하러 갔을 때 나에게 들려준 얘기다.

"CEO로 복귀한 내가 해야 할 일이 무엇인지를 곰곰이 생각해 봤어요. 첫째는 현대해상이 금융회사니까 회사를 더 성장시키되 철저하게 리스크를 관리하여 위험요인을 줄이는 것이고, 둘째는 직원들의 역량이 더 커지도록 지원하는 것이며, 마지막은 이들이 마음 편히 일할 수 있는 구조와 문화를 만들어 주는 것이라고 봐요. 어때요, 그렇게 하면 되겠어요?"

무엇보다도 직원들을 먼저 생각하는 현대해상과 CEO인 그의 철학이 부럽게 느껴졌다.

CEO 인사는 일급비밀

이 사장의 복귀 바로 직전인 2012년 12월에 이철영 사장이 몇몇 사람을 초대하여 저녁 식사를 같이한 적이 있다. 현대해상 임원으로 재직하다 자회사 임원으로 가 있는 황규진 상무와 현직 현대해상 부서장 한 명, 서울대 경영학과 이유재 교수 그리고 나였다.

시기가 시기인 만큼 이철영 사장의 현대해상 자회사 이사회 의장으로서 임기 종료를 앞두고 이제 마지막으로 인사를 나누는 자리가 될 수도 있겠다 싶었다. 이철영 사장을 제외하곤 다들 비슷한 생각을 가졌을 것이다.

하지만 그런 내색을 드러내지 않고 연말이니 서로 고생했다고 격려하기도 하고 즐겁게 담소를 나누며 유쾌한 시간을 보냈다. 그런데 한 달쯤 지나 이 사장이 현대해상 CEO로 복귀한다는 기사가 언론에 나왔다. 현대해상 내부에서도 발표 직전까지 이 사실을 몰랐던 모양이었다.

이 사장이 CEO로 복귀하고 인사하러 갔을 때 물어봤다.

"사장님, 저희 작년 말에 마포에서 식사할 때 이미 CEO로 내정된 것 아니었어요?"

그러자 웃으며 대답했다.

"훨씬 전에 내정이 되었지. 그런데 그걸 어떻게 내가 얘기하나요. 기업의 CEO 인사는 그것을 오픈하기 전까지는 철저하게 지켜야 할 일급비밀인데요."

이미 CEO를 지낸 사람이 다시 현업으로 복귀하는 사례는 거의 없다. 오너라면 몇 번이라도 그렇게 할 수 있어도 전문경영인인 사장은 물러나면 그게 곧 은퇴로 이어지기 때문에 다시 복귀하는 것은 쉬운 일이 아니다.

이 사장의 복귀는 사실 우리 기업 경영사에 몇 안 되는 사례다. 누구는 관운이라고도, 누구는 복이라고도 말할 수 있다. 그러나 관운이든, 복이든 가장 중요한 것은 그가 지닌 내재적인 성품과 역량, 리더십 등 이철영 사장만이 가진 차별적인 능력이 있었기에 가능한 것이다.

이 사장이 현대해상 자회사 이사회 의장으로 재직할 때 명동 중앙우체국 뒤편에 있는 현대해상빌딩에 있는 이 사장의 집무실로 인사차 몇 번 찾아간 적이 있었다.

CEO로 재직할 땐 무거운 책무감에 때론 중요한 의사결정도 해야 해서 늘 긴장과 스트레스의 연속인데, 이사회 의장일 때는 상대적으로 편안하고 행복한 얼굴이었다.

퇴임에 대한 서운함보다는 최고경영자 자리에서 퇴임한 사람에게 회장의 배려로 그 자리를 신설해서 맡긴 것에 대해 감사한 마음을 갖고 있었다. 이 사장이 조직에 갖는 애정과 겸손의 마음을 확인할 수 있었다.

대기업은 대개 임원 이상의 직급을 가진 사람이 퇴임하면 일정 기간 고문이나 자문역으로 예우해 주는 제도가 있다. 직급에 따라 일정 급여를 주기도 하고 고위직일 경우 차량을 제공하기도 하는데 이는 기업마다 다르다. 그러나 특별한 경우를 제외하고는 퇴임 경영자에게 개인 사무실을 제공하는 경우는 없다.

이철영 사장의 경우가 그래서 특별했다. 40년 이상 가까이 재직하며 회사의 성장에 공헌한 최고경영자에게 퇴임 후 자회사 이사회 의장이라는 일정의 역할로 위상을 높여 준 최상의 예우였다.

후배 경영자들이 이어가야 할 역할

날씨가 춥고 바람도 매섭게 부는 연초였다. 이철영 이사회 의장과 점심 약속을 잡고 명동 사무실로 찾아갔는데 자회사 대표들과 회의가 늦어지고 있었다. 격주에 한 번씩 자회사 의장으로서 자회사의 대표들과 티타임을 겸해 경영 동향을 보고받는 자리였다.

티타임이 끝난 시각이 점심 무렵이어서 자회사 대표들과 자연스럽게 점심을 동석하게 되었다. 명동 어느 복집이었는데 이 사장과 후배 격인 현대해상 자회사 대표들이 서로 격의 없이 편하게 대화를 주고받으며 식사하던 모습이 정말 훈훈했던 기억으로 남아있다.

자회사 이사회 의장이란 자리가 신설되었고 지위와 역할이 명문화되었다고는 하지만, 후배 최고경영자들을 일일이 관리 감독하려 들었다면 아마도 그들과 편안한 관계가 되기는 쉽지 않았을 것이다.

이 사장은 이사회 의장이란 위치에서 어떤 역할을 해야 하는지 선배다운 지혜로움을 보였다. 겸손과 함께 후배들에 대한 믿음과 배려가 바탕이 되었기에 가능했다.

CEO로 다시 복귀하고 언젠가 이철영 사장이 신입사원 채용 최종 면접에 들어간 일화를 들려줬다.

고졸 여직원에 대한 채용 면접이었다. 이 사장은 면접에 들어온 사람들에게 현대해상에 지원한 이유를 물었다고 한다. 그중에서 아주 마음에 드는 답변을 한 사람이 있어서 합격시켰다고 했다. 고졸 여직원이 답변한 현대해상 지원 사유다.

"제가 아는 언니가 여기 회사에 다니는데 평소에 그 언니로부터 회사 얘기를 많이 들었습니다. 그런데 얘기를 들을수록 현대해상이 좋은 회사라는 생각이 들었고 그래서 이 회사에 너무 들어오고 싶었습니다. 언니가 일부러 좋은 얘기만 한 것이 아닐 텐데 여기에 다니는 직원이 스스로 좋다고 얘기하는 이 회사, 현대해상은 정말 좋은 회사임이 틀림없을 것으로 생각합니다. 그리고 제가 혹 이 회사에 들어온다면 더 좋은 회사를 만드는 데 최선을 다하겠습니다."

이 말을 들으며 이 부회장은 아주 흡족했다고 한다. 현대해상은 전통적으로 직원들에게 좋은 회사를 지향해 왔기 때문이다. 그래서 직원들이 만족해하는 회사를 만들어가는 것이 가장 중요한 경영목표 중 하나였다.

그런데 신입사원 면접에 응시한 지원자에게 그 얘기를 들었으니 최고경영자로서 얼마나 기분이 좋았겠는가. 게다가 현재 근무 중인 직원의 입을 통해서 자발적으로 퍼진 그 얘기가 되돌아와 피드백되었으니 이 사장은 매우 뿌듯했다고 한다.

현대해상은 기업문화를 중시한다. 직원들을 중시하는 경영을 한다. 직원들이 좋아하는 회사를 만들고자 노력한다. 그래서 상하좌우로 소통이 잘되는 회사를 지향한다.

상사라고 해서 부하들을 정도 이상으로 심하게 다루거나 갑질하는 것을 인정하지 않는다. 회사가 지향하는 기업문화에 반하는 일들이 벌어지면 지위고하를 막론하고 엄격하게 다룬다고 한다.

나는 오랜 기간에 걸쳐서 현대해상 최고경영자부터 임원, 관리자에 이르는 다양한 사람들을 접촉할 기회가 있었는데 이들의 표정이 늘 환하고 밝았던 것으로 기억한다. 어떤 회사는 방문하면 직원들의 얼굴이 굳어있거나 찌푸린 채로 있는 경우를 종종 볼 수 있는데 뭔가 안 좋은 일이 있어서 그럴 수도 있지만, 대개는 경직된 기업문화에 기인하는 경우가 많다.

수평적이기보다는 수직적인 의사소통에 권위를 앞세우는 기업일 경우 직원들의 얼굴이 밝지 않다. 많은 기업이 여기에 속하는데 현대해상은 달랐다. 그 저변엔 회사와 최고경영자가 좋은 기업문화를 만들기 위해 노력해 온 역사가 있을 것이다.

기업은 이윤창출을 목표로 한다. 좋은 기업문화를 주창하는 기업일지라도 이익이라는 대명제 앞에선 두 번째다. 그러려면 좋은 기업문화를 직원들의 일에 대한 열정과 동력으로 이어지게 해야 한다.

좋은 기업문화를 구축하는 것도, 이를 경영의 성과로 만드는 것도 최고경영자의 몫이다.

이철영 부회장이 지금껏 해 온 역할이 그것이었다면 앞으로 이를 이어갈 이 땅의 다른 최고경영자들에게도 이와 같은 것을 기대하고 싶다.

지식으로 날고 품격으로 살다, 서강대 고故 박내회 교수[17]

2018년 말, 크리스마스를 며칠 앞둔 날인데도 겨울답지 않게 포근한 날씨가 연일 계속되고 있었다. 나는 올림픽대교 북단에 있는 광장동 집을 나와 한강 다리를 건너가고 있었다.

바로 이틀 전에 박내회 교수가 작고했다는 기별을 받고 올림픽대교 건너편에 있는 아산병원 장례식장에 가는 길이었다.

25년 인연에 흐르는 눈물

아산병원이 내려다보이는 올림픽대교를 터벅터벅 걸어가면서 늘

---

17 고(故) 박내회 교수는 CS경영에 대한 통찰력을 가르쳐준 것 외에도 오랜 기간 KMAC를 자문하며 회사의 성장에 큰 도움을 주었고 개인적인 가르침도 많이 받았기에 상대적으로 글이 길다. 작고한 박 교수를 회고한 내용이 미진해 혹여 누가 될까 봐 송구스러운 마음에 조심스러웠지만, 꼭 전하고 싶은 감사의 마음을 담아 이 글을 게재한다.

따뜻하게 대해 주셨던 박 교수의 인자한 모습을 떠올리며 25년간의 인연을 회고하였다.

25년 전 KMAC와 처음 인연을 맺은 때부터 바로 지난 초여름의 모습까지 하나씩 회상하며 나도 모르게 눈물을 흘리고 있었다.

그렇게 건강하고 정정하던 박내회 교수가 어느 날 갑자기 췌장암이라는 청천벽력 같은 진단을 받고 항암 치료를 받다가 고인이 되었으니 애통하기 그지없었다. 박 교수는 1940년생으로 만 78세에 영면한 것이다.

박 교수는 KMAC의 오랜 사외이사였고 자문교수였으며 KMAC가 주관하는 한국의경영대상의 심사위원장이자 KMAC가 사무국으로 있는 한국고객만족경영학회 회장이었다. 항암 치료를 받기 전인 상반기까지는 공식적인 활동을 왕성하게 했고 그중엔 KMAC와 관련된 일도 꽤 있었다.

서강대학교 경영학과에서 오랜 기간 교수로 재직하다가 정년퇴임했으며 이후 서강대 명예교수, 숙명여대 경영전문대학원장, 가천대 경영위원장, 카자흐스탄 키맵(KIMEP) 대학교 재단이사장 등 퇴임 후에도 여러 대학의 발전을 위해서 큰 역할을 해 오던 중이었다.

작고하기 몇 달 전에는 세계 3대 인명사전의 하나인『마르퀴스 후즈후』2018년 판에 이름이 등재되기도 했다. 박 교수는 조직 행동론과 리더십, 고객만족경영에서 탁월한 연구 성과를 내고, 산업계와 국가 경제 발전에도 기여했다는 평가를 받았다.

무엇보다도 박내회 교수와는 미국의 컨설팅회사를 두 번이나 함께 돌아본 것이 가장 기억에 남는다. KMAC의 중장기 발전계획을 수립하기 위한 목적이었다. 처음 같이 간 것이 2002년 11월 추수감사절 무렵이었고 그로부터 12년 후인 2014년 5월이 두 번째였다.

박 교수는 한국인으로서는 보기 드물게 세계 3대 컨설팅회사인 보스턴컨설팅그룹(BCG)의 글로벌 어드바이저(Advisor)로 오랜 기간 활동했고 1990년대 초에는 BCG 한국지사의 설립을 주도하기도 했다.

학계에서는 인사조직 전문가로서 명성을 날리면서도 BCG의 어드바이저로 활동할 만큼 산업계의 경영전략과 혁신에도 안목이 높았다. 컨설팅회사로 더욱 성장하려는 KMAC는 이러한 경륜과 역량이 있는 박 교수의 도움과 자문이 필요한 상황이었다.

2017년 가을이 깊어갈 무렵, 박 교수가 샌드위치를 들고 이른 아침 시간에 회사에 들렀다. 매일 아침 8시에 주요 간부들이 '모닝 스터디(Morning Study)' 시간을 갖는다는 것을 알고 용산 미군 부대에 있는 '서브웨이(Subway)'에서 샌드위치와 애플파이 14인분을 사 가지고 온 것이다.

여기에는 사연이 있었다. 2014년 5월 초에 10일 정도의 일정으로 미국에 함께 갔을 때다. 우리는 박 교수와 함께 회사의 중장기 발전계획 수립을 위해 BCG, ADL(Arthur D. Little), 미국품질협회(ASQ), 보스턴 대학, 피터 드러커 아카데미, 갤럽(Gallup) 등 관련 기관을 둘러볼 계획이었다.

인천공항에서 출발해 저녁 7시 반경에 뉴욕 케네디 국제공항에 도착한 우리는 밤 9시에 보스턴으로 출발하는 비행기 편으로 환승 예정이었다.

그러나 예약과정에서 문제가 생겼는지 11명의 일행 중 7명은 문제가 없었으나 4명의 예약은 취소되어 있었다. 그 4명이 바로 박 교수, 김종립 대표, 나를 포함한 부사장 두 명이었다. 공교롭게도 일행 중 직급이 높은 순으로 4명만 문제가 생긴 것이다.

다음날 예정된 일정 때문에 우리는 어떻게든 그날 밤에 보스턴으로 가야 했고, 현지에서 우리를 데려다줄 차량을 긴급히 섭외했다.

보스턴 도상에서 서브웨이의 추억

뉴욕에서 밤 12시 무렵에 출발한 차편은 폭우 속에 고속도로를 달려 새벽녘에야 보스턴에 있는 힐튼호텔에 도착했다. 먼저 출발한 본부장 7명은 새벽 6시경에 우리가 도착한다는 연락을 듣고 잠을 제대로 못 잤는지 부스스한 얼굴로 죄송스러워하며 호텔 입구에서 우리를 맞았다.

우리 4명은 보스턴으로 오는 도중에 새벽 3시경에 고속도로 휴게소에 잠시 들렀고 그 시간에 문을 연 서브웨이가 있어서 샌드위치를 먹게 됐다. 서브웨이 샌드위치는 야채, 고기, 소스 등의 주문을 받아 즉석에서 만들어 주었는데 박 교수 외에는 처음이라 생소하였다.

이를 눈치챈 듯 박 교수는 알아서 주문해 주었다. 폭우 탓에 쌀쌀한 데다 허기진 상태였기에 샌드위치는 더욱 맛있게 느껴졌다.

한국에 돌아온 이후에 그날 비행기를 타지 못해 고생했던 얘기를 간혹 했는데 새벽에 먹었던 서브웨이 샌드위치와 그 맛도 대화의 단골 소재였다.

그럴 때마다 박 교수는 용산 미군 부대에 있는 서브웨이가 고유의 맛을 가지고 있다며 언제 한번 같이 먹자고 말했다. 지나가던 말이거니 했는데 이를 심중에 두고 있다가 진짜 실행에 옮긴 것이다.

우린 박 교수가 가지고 온 샌드위치와 애플파이로 배를 한껏 채웠다. 미국에서 맛본 바로 그 맛이었다. 나는 이미 아침을 먹고 왔지만, 박 교수의 정성과 성의를 생각해서라도 남기지 않고 다 먹어야 했다.

그날 박 교수는 샌드위치를 함께 먹으며 모닝 스터디를 직접 주관했다. 마침 당시 강의를 메모해 둔 게 남아있어 추모하는 의미에서 정리해 보았다.

토마스 콜리(Tomas Corley)라는 미국의 경제 분석가가 성공한 부자들의 습관을 5년간 연구한 후 펴낸 『Rich Habits』(한국어판 『인생을 바꾸는 부자습관』, 봄봄스토리, 2017)란 책에 나온 5가지 핵심적인 습관을 소개해 주었다.

1. Exercise : 1주일에 3~4회 이상, 30분~1시간 정도 숨차도록 운동하는 것으로 건강에 대한 자기관리를 의미.

2. Relationship : 좋은 사람들과 관계를 잘 맺고 유지하는 것으로 혈연, 학연, 지연 등 연고에 의한 인맥을 떠나 좋은 사람들과 우호적인 관계를 형성하는 것.

3. Goal Setting : 저녁에 잠들기 전에 다음 날 할 일을 정리하고 5~7개의 일일 목표 항목을 세우고 이를 측정하고 관리하는 것으로 도전적인 목표를 세우는 것을 포함.

4. Reading : 새로운 트렌드, 자기계발, 리더십 등에 대한 지식 습득을 위해 책을 자주 읽는 것으로 독서를 습관화하는 것.

5. Confidence(Self Respect) : 자존감, 자신감, 자기 스스로에 대한 칭찬, 긍정 마인드 등을 의미.

그날 모닝 스터디 말미에 박내회 교수는 5가지 핵심 습관을 통해 우리들의 성공 인생을 기원했다.

"Me Too."

미국에서 컨설팅회사 방문 외에도 보스턴에 있는 하버드대, MIT를 견학했고 로스앤젤레스로 건너와서는 피터 드러커 아카데미가 소재한 UCLA도 둘러봤다. 의외로 학생들이 밝았고 캠퍼스는 활기찼다. 외모를 꾸민 사람도 별로 없어 보였다.

고요하면서도 '열공'의 분위기가 느껴지는 도서관의 아늑함은 너무 부러웠다. 이런 곳에서는 절로 공부가 잘될 것만 같았다.

세계적인 명성을 가진 대학 캠퍼스와 주요 시설들을 보면서 30여 년 전에 시골에서 올라와 웅장한 건물이 있는 대학 캠퍼스에 첫발을 디딜 때가 생각났다. 나에게도 교환학생, 방문학생 등 외국의 대학에서 공부할 기회가 있었다면 얼마나 좋았을까?

박 교수는 대학을 마치자마자 미국으로 유학을 왔다. 1960년대 중반 무렵이니 한국에서는 대학에 가기조차 쉽지 않던 시절이었다. 박 교수는 미국에 건너와 저명 사립대학에서 석사와 박사과정을 마치고 국내에 돌아왔다.

인사조직 분야를 공부한 박 교수는 한국에서 이 분야의 학문을 개척하고 전수하는 데 선구적인 역할을 했다. 미국 유학생의 거의 원조나 다름이 없었다. 박 교수의 아버지가 당시 큰 사업체를 일궈 경제적인 뒷받침이 가능했기에 미국으로 유학을 갈 수 있었고 무엇보다 박 교수의 학업에 대한 열망이 컸다.

박 교수는 간혹 미국 유학 생활 시절에 있었던 얘기를 해 주었는데, 이건희 삼성그룹 회장과 같은 기숙사를 썼던 시절이 있었다고 한다.

언젠가 방학을 맞이해 이건희 회장과 함께 여행을 했는데 미국 동부에서 서부까지를 차를 타고 횡단하였다고 한다. 이건희 회장이 차를 좋아한다는 것은 널리 알려진 얘기다.

여행 중에 차가 고장 나기도 하고 타이어에 문제가 생기기도 하는 등 많은 어려움이 있었는데 이건희 회장과 고락을 같이한 그 여행은 젊은 시절의 소중한 추억으로 남았다고 한다.

당시 삼성은 지금처럼 큰 기업이 아니었다고는 하지만, 그래도 이건희 회장과 함께 차를 나누어 운전하며 미국을 동에서 서로 횡단했다고 하니 특별한 경험임엔 틀림없다.

우린 로스앤젤레스에서 머무르는 동안 박 교수와 명소 몇 군데를 들렀다. 로스앤젤레스 인근 롱비치에 정박해 있는 유람선 퀸즈메리호, 트럼프 내셔널 골프클럽, 랍스터 요리로 유명한 중국식당 등이었다.

박 교수는 퀸즈메리호를 보면서 비운의 메리 여왕 얘기를 재미나게 풀어 주었고, 푸르른 태평양을 끼고 도는 멋진 골프클럽에선 기억에 남을 만한 라운딩도 함께했다. 그땐 그 골프장 소유주인 트럼프가 부동산 재벌로 알려졌는데 나중에 대통령이 될 줄이야 누가 알았겠는가.

중국식당의 랍스터 요리는 박 교수가 미국을 오가면서 간혹 들렀던 식당의 요리였다. 가게는 조금 허름했어도 랍스터 튀김 요리만큼은 일품이었다.

로스앤젤레스로 건너오기 전에 박 교수의 추천으로 보스턴 인근 플리머스 항구에서 맛본 랍스터도 기억에 남았지만, 중국식으로 나온 랍스터는 또 다른 깊은 맛이 있었다.

미국에서 여정을 같이하면서 아침을 제외하곤 점심과 저녁 식사는 레스토랑에서 먹는 경우가 많았다. 음식도 잘 모르고 선택에도 어려움이 있어 주문이 난처할 때면 나는 박 교수를 따라 "미투(Me too)." 하는 식으로 주문하곤 했다.

한 번은 박 교수가 그런 나를 보고 장난스럽게 먼저 직접 주문해 보라고 했다. 내가 어떻게 주문하나 보고 싶었던 모양이고 혹시 실수라도 하면 놀려 주고 싶은 마음도 살짝 발동했던 것 같다.

박 교수는 틈나는 대로 영국의 헨리 7세, 미국의 조지 워싱턴 등 역사적 인물에 대해서도 재미나게 얘기해 줬다. 그리고 주변에 잘 아는 유명인사와의 인연을 소개해 주기도 하는 등 연륜이 깊은 교수답게 역사며 사람 얘기를 들려주길 즐겼다.

인품을 보고, 배우다

박내회 교수는 어떤 사람에 대해서 말할 때 늘 좋은 점만 보았다. 어떤 누구에 대해서도 부정적으로 말하지 않았다. 누군가 도움을 요청하면 그냥 지나치지 않고 가능하면 도와주려고 애썼다. 몸에 밴 후덕한 인품이었다. 그러니 주변의 많은 사람이 그를 따랐고 인격을 존경했다.

KMAC와 업무적 관련성이 많아 관련된 직원들이 직접 박 교수에게 연락하는 일이 잦았다. 예를 들어, KMAC의 각 위원회 위원장을 맡은 전현직 CEO에게 전화할 일이 있으면 어느 정도의 상위 직급자가 예의를 갖춰서 연락하는 것이 보통인데, 박 교수는 그런 걸 개의치 않았다.

언젠가 여러 직원이 수시로 연락하면 불편하지 않은지, 창구를 일원화하는 것이 어떤지를 물은 적이 있다. 박 교수의 말은 이랬다.

"나는 모든 사람과의 인연을 중시하네. 직급이 낮은 사람도 마찬가지네. 내게 연락하는 실무자가 내용을 가장 잘 알지 않겠는가. 그리고 유 부사장도 그렇지만 실무를 거쳐서 성장하는 것 아닌가. 나는 그들의 미래를 응원하네."

이 얼마나 아름다운 품격인가.

박 교수는 서강대에서 퇴임한 이후 숙명여대 호스피텔러티(Hospitality) 경영전문대학원장과 가천대 경영위원장을 동시에 맡기도 했는데 이는 거의 전례가 없는 일이었다. 이경숙 숙명여대 총장과 이길녀 가천대 총장이 박 교수와 오랜 친분이 있기도 했지만, 대학 운영에 대한 박 교수의 탁월한 경영능력을 알아보고 도와달라는 앙청이 있었기 때문이었다.

카자흐스탄에서 가장 저명한 대학인 키맵 대학의 이사를 거쳐 이사장을 맡기도 했는데 이는 이 대학을 설립한 한국인 방찬영 총장과의 미국에서부터의 인연과 친분이 작용했다. 키맵 대학은 카자흐스탄에서 미국식 교육을 통해 인재를 양성하려고 나자르바에프 대통령이 1990년대 초에 샌프란시스코 대학교수였던 방찬영 총장을 초빙하여 세운 대학이다.

나는 경영학을 전공한 아들의 대학 졸업을 앞두고 석사과정에 진학하려는 아들에게 조심스럽게 키맵 대학 MBA과정을 알아보라고 권유했다. 키맵 대학에서 공부하고 카자흐스탄 등 중앙아시아의

CIS18 지역 전문가가 되는 것도 앞으로 차별화된 방향일 수 있다며 아들의 의사를 타진했다.

사전에 박 교수를 만나 아들의 키맵 대학 MBA코스 입학에 대해 상의하고 조언을 들었다. 아직 개발도상국인 사회주의국가에 유학하는 것이 아무래도 마음에 걸렸기 때문이다. 그곳 실상을 누구보다 잘 아는 박 교수가 장단점에 대해 소상히 설명해 주고는 자신 있게 키맵 대학을 추천했기에 나도 아들에게 입학을 권할 수 있었다.

박 교수는 1년에 서너 차례 이사회 참석차 키맵 대학에 다녀왔는데 입학 초기에 현지에서 아들을 만나 식사를 함께하며 격려해 주었고 학교생활과 미래에 관한 조언도 해 주었다.

앞서 언급한 2014년 연수와 마찬가지로, 2002년 11월의 미국 연수 일정도 비슷했다. 그때는 모든 프로그램의 구성과 통역, 가이드 역할까지 박 교수가 다 맡았다. 나는 간사로 박 교수를 도왔다.

KMAC가 컨설팅회사로서 더욱 성장하기 위해서 미국의 글로벌 컨설팅회사를 배우러 간 것이 연수의 가장 큰 목적이었다. 당시 박 교수가 BCG의 글로벌 어드바이저였기 때문에 BCG를 섭외할 수 있었고 BCG를 집중적으로 탐구할 수 있었다.

보스턴 중심가에 있는 BCG 본사는 입구에서부터 뭔가 분위기가 달랐다. 마치 공항에서처럼 신분을 확인하고 검색대를 통과했고 안

---

18 독립국가연합(Commonwealth of Independent States). 구(舊)소련 연방에서 분리 독립한 중앙아시아 국가들의 연합체.

내자의 인도에 따라 중간에 한 번 엘리베이터를 갈아타고서야 본사 회의실에 당도했다.

박 교수는 BCG 수석부사장과 친분이 있는지 서로 반갑게 인사를 나누고 우리를 소개했다. 그 부사장은 BCG의 성장전략부터 마케팅 전략, 인재경영에 이르기까지 직접 브리핑했다.

우리는 이날 BCG라는 선진 컨설팅회사의 성장 스토리를 듣고 질문과 대답을 주고받으며 KMAC의 미래 밑그림을 그렸다. 박 교수는 통역부터 질의응답, 그리고 KMAC에 적용할 방안까지 전체 토론을 주도하며 우리의 고민에 답을 찾아주려 했다.

당시 컨설팅의 역사가 짧은 한국에서는 교육과 해외연수를 주축으로 미국이나 일본의 혁신 기법을 도입해 주로 제조기업을 중심으로 이를 보급하며 컨설팅사업을 시작하던 초기 무렵이었다.

KMAC는 BCG에서 배우고 깨달은 내용을 바탕으로 새로운 성장전략과 비전을 수립했고 인재를 채용하고 육성하는 방법에서도 BCG의 방식을 참고했다.

KMAC는 이후 제조기업 중심에서 금융, 통신, 유통 등 서비스업으로 컨설팅의 영역과 범위를 확장하였고 2004년 공공기관 고객만족도(PCSI) 조사를 맡게 된 이후엔 공공과 행정기관으로 사업의 범위를 한층 더 넓혀서 성장의 기반을 닦았다.

예전에는 경쟁 프레젠테이션에서 생산성본부나 일부 로컬(국내) 업체들을 주로 만났는데 요즘은 딜로이트, PWC, 어니스트&영(EY) 같은 글로벌 기업들이 주 경쟁사가 되었고 베인이나 BCG, 맥킨지 등 세계 3대 컨설팅회사와도 자웅을 겨루는 경우도 간혹 있게 되었다.

이는 그간 KMAC가 컨설팅 업계에서 군건한 위치로 성장했고 시장에서도 이제 그 지위를 인정받고 있다는 증거다. 박 교수와 함께한 미국 글로벌 컨설팅회사 연수와 지속적인 자문과 자극이 발전의 촉매제가 되었음은 물론이다.

당시 보스턴에 처음 방문한 날, 박 교수는 우리 일행을 호텔 근처 카페로 데려가 맥주와 와인을 마시며 젊은 시절부터 미국에서의 유학 생활, BCG와 인연을 맺은 계기 등 인생 전반에 걸친 얘기를 들려줬다.

박 교수의 아버지는 '대선제분'이란 기업을 일군 사업가이다. 1960년대의 우리나라 기업은 목재회사, 제분회사, 제당회사 등이 주류였던 시절로, 대선제분은 지금으로 치면 대기업이나 다름없었다.

9남매의 장자인데 아버지로부터 기업을 물려받아 경영자로 나서지 않고 학자의 길로 접어든 삶에 대해서도 담담하게 들려줬다.

박 교수는 1970년대 초반에 미국에서 박사학위를 받고 귀국하여 서강대 교수로 재직하며 전국경제인연합회 회장이던 고(故) 정주영 회장의 간곡한 요청에 따라 전경련 자문교수로 산업계를 위해 활동했다고 한다.

컨설팅회사가 존재하기 전에 기업경영의 자문은 대개 역량이 있는 대학교수들이 맡아서 하던 시절이었다. 경영컨설팅의 시초였던 셈이다.

박 교수는 온화하고 자애로운 성품을 지녔다. 내면에서부터 젠틀맨이었다. 자신을 내세우는 경우가 없고 물질적으로도 탐하지 않았다. 받으려고 하기보다는 베풀려고 했다.

그러니 주변에서 따르는 사람이 많았고 또 맡은 역할과 위치로 인해 사회적 저명인사들과의 교류도 많았다. KMAC 사외이사뿐만 아니라 여러 기업의 사외이사를 역임했고 산업계 혁신과 발전을 위한 별도 조직을 구성해 활동하기도 하였다.

박 교수가 얘기해 주는 주변 지인들은 학계뿐만 아니라 기업가, 경제관료를 망라했고 국내를 넘어 미국에도 친분을 나누는 많은 교수와 기업인이 있었다. 얘기를 듣다 보면 소위 '마당발'처럼 보이지 않는데 언제 그런 인사들과 교류하고 지냈나 싶었다.

누군가를 만나더라도 그 사람의 지위고하를 가리지 않고 성심성의껏 대하는 스타일이 사람을 사로잡는 것 같다. KMAC의 젊은 주니어 컨설턴트들에게도 정성스럽게 시간을 할애해 자문해 주고 경청해 주는 진지함은 꾸며낸 것이 아니라 몸에 밴 그의 품성이었다.

KMAC는 박 교수와 함께 1998년쯤에 한국고객만족경영학회를 창립했다. 고객만족경영 기법을 국내에 처음으로 보급하기 시작한 KMAC는 고객만족경영에 대한 이론적 연구의 중심체가 있으면 좋겠다고 생각했고 마침 이 분야에 관심이 깊었던 박 교수가 뜻을 같이해 학회가 설립될 수 있었다.

KMAC가 매개가 되어 산업계 혁신 자료와 사례를 제공하고, 학회는 이러한 실증적인 데이터와 자료로 연구 활동을 함으로써 상호에게 도움이 되는 관계였다. 일반적인 학회에는 드문 산학연계 연구 활동이다. 이 학회에 박 교수가 초대 회장을 맡아 작고할 때까지 약 20년을 회장으로 봉직하며 헌신하였다.

매년 3월쯤이면 학회 정기 이사회가 열리는데 대개 10명 안팎의 이사들이 참여했고 회장인 박 교수의 주재하에 이사회는 1시간 정도 진행되었다. 인사말부터 안건 의결, 마지막 마무리에 이르기까지 물 흐르듯 자연스럽게 이사회를 주재하는 모습이 지금도 눈에 선하다.

간혹 안건에 대해 이견이 있는 경우에는 자칫하면 분위기가 예상치 않은 방향으로 흘러갈 수 있는데 이를 조율하고 처리하는 것도 무척이나 부드럽고 스마트해서 늘 서로 웃으며 결론을 낼 수 있었다.

간절한 기도와 마지막 인사

업무 보고를 위해 여의도에서 원효대교를 건너 숙명여대 원장실로 간혹 찾아가곤 했는데 미팅을 마치고 나면 가천대 경영위원장이나 키맵 대학 이사, 대선제분 이사회 의장으로서 어떤 활동을 하는지 근황을 설명해 주기도 하였다. 그럴 때면 아들의 안부를 묻기도 하고 향후 진로에 대해서 조언해 주기도 했다.

점심때면 박 교수가 즐겨 가는 숙명여대 근처 갈비탕집이나 설렁탕집을 가곤 했는데 특히 용산고등학교 교차로에 있는 '정감어린'이란 갈비탕집을 자주 찾았다. '정감어린'의 갈비탕은 일반 갈비탕과 달리 맛과 양에서 특별했다. 이후 나는 갈비탕이 생각나면 가족과도 여러 차례 '정감어린'을 찾았다. 박 교수는 여러 곳에 맛집을 단골로 두고 있었다.

명절 때 회사에서 선물을 보내거나 하면 웃으시며 "가족끼리 왜 이래."라며 말씀하시곤 했는데 김종립 대표는 "가족이니까 보내는 것입니다."라며 웃으며 얘기할 정도로 20여 년을 KMAC의 가족으로 보낸 것 같다.

자문교수이자 사외이사로, 또 한국의경영대상 심사위원장으로, 한국고객만족경영학회 회장으로 든든한 버팀목이 되어 KMAC를 지원해 준 것이다.

나는 회사를 떠나며 박 교수에게 따로 만나서 인사를 하지 못해 병중에 있는 박 교수에게 문자로 대신 인사를 했다.

박 교수님, KMAC 유인상입니다. 제가 8월을 끝으로 KMAC를 떠나게 되었습니다. 1994년에 입사할 때부터 교수님을 뵈었는데 그간 아껴주시고 많이 격려해 주신 부분, 특별하게 기억하고 있습니다. 교수님께 여러 모로 늘 감사한 마음이었습니다. 교수님, 정말 건강하셔야 되고요…. 더욱 평강하시기를 기원합니다. 근간 찾아뵙고 인사드리겠습니다. 유인상 올림.

이에 대한 박 교수의 답신이다.

유 부사장~ 갑자기 들은 소식이라 놀랐어요. 지난 25년 동안 서로 나눈 정과 인연, 맘속에 항상 갖고 있어요. 아직 활동할 수 있으니 어디에 가든지 최선을 다하시고 서로 도움이 될 수 있도록 언제든지 연락해요. 그동안 많은 배려에 감사해요.

이때가 8월 31일이었는데 박 교수는 대외활동을 다 중단하고 그 고통스러운 항암 치료를 받던 와중이었다. 이것이 마지막으로 주고받은 문자가 될 줄이야 어떻게 알았겠는가. 회사를 떠난 후 박 교수의 병환이 더 깊어지고 있다는 얘기를 듣고 한 번 더 문자를 보냈다.

모든 것을 가능케 하는 전지전능하신 하나님, 박 교수님께서 치료의 힘든 과정을 이겨내게 하시고 그래서 온전히 회복시켜 주십시오. 부디 건강한 모습으로 재회할 수 있으면 좋겠습니다. 힘내십시오. 유인상 올림.

지금도 박 교수의 자애심 가득한 눈빛과 부드러운 격려의 말이 내게 어른거리는 것 같다.

학문적 지식의 깊이, 기업활동과 경영에 대한 이해와 경험을 바탕으로 이미 학계와 산업계에 그 역할을 다 하였건만 거기에 더해 그 고귀한 인품은 내 가슴에 분명하게 새겨져 있다.

학문적 전문성과 특별한 통찰력, 서울대 이유재 교수

뜻밖의 선물

"아드님이 지금 어떻게 되죠? 대학생은 아니겠고, 중학생인가요, 고등학생인가요?"

관악산 자락에 가을이 멋스럽게 걸러있던 어느 날, 서울대 경영대학 3층에 있는 연구실을 나오면서 이유재 교수가 묻는 말이다.

"예, 내년이면 고등학생이 됩니다."

지나가는 투로 가볍게 물은 것 같아 나도 가볍게 답했다.

"그럼, 식사하기 전에 저하고 잠깐 학생회관에 갑시다. 제가 아드님께 줄 게 있어요."

이 교수는 나의 손을 이끌고 학생회관 방향으로 갔다. 나는 무슨 영문인지 몰라서 잠자코 따라갔다.

"고등학생이면 이제 본격적으로 입시 준비를 해야 할 텐데 공부 열심히 해서 서울대에 들어오라는 의미로 제가 아드님께 선물을 드리려고 해요."

이렇게 말하며 학생회관 문구점에서 서울대 로고가 새겨진 노트며 필기구, 기념품 등을 선물 봉투에 한가득 담아 건네는 것이었다.

생각지도 못한 깜짝 선물에 나는 어쩔 줄 몰랐다. 이 교수가 감성이 풍부하고 자상한 스타일인 것을 알긴 했지만, 이렇게까지 세심하게 배려할 줄은 몰랐기 때문이다. 너무나 고마웠고 그 마음과 정성이 깊게 느껴졌다. 일을 통해 많은 사람을 만났지만, 이런 경우는 처음이었다.

이 선물이 아들에게 동기부여가 되고 공부에 매진하는 계기가 되어 서울대에 들어오면 좋겠다는 생각도 잠시 해 보았다.

KMAC에서 일하면서 나는 학계의 교수들을 접할 기회가 많았다. 컨설팅과 교육, 진단평가 등 주로 지식서비스와 관련된 일을 했기 때문에 그 방면에 전문성이 있는 교수들과 폭넓게 만날 수 있었다.

교수들은 정부의 연구용역이나 민간기업 프로젝트에 KMAC와 함께 참여하기도 했고 KMAC가 주최하는 컨퍼런스나 세미나에서 특강을 하기도 했으며 때로는 '한국의경영대상' 등을 통해 기업경영 활동에 대한 전문심사도 맡았다.

이유재 교수와도 인연의 출발은 비슷했다. 특히 이 교수가 주력으로 연구하는 내용과 발신하는 메시지들이 KMAC가 산업사회에 이슈화시키고 활동하고자 하는 것과 방향이 맞아 이 교수에게 자문을 받거나 도움을 받는 경우가 많았다.

이런 인연은 오래도록 이어지고 있었다. 만남이 거듭될수록 나는 이 교수의 놀라운 통찰력과 온유한 성품에 빠져들었고 늘 존경의 마음을 갖게 되었다. 이 교수는 마케팅 분야에서 국내외적으로 권위 있는 학술지에 발표한 논문을 통해서 학계에서 인정받고 있었다.

이 교수는 스탠퍼드 대학교에서 한국인 최초로 경영학 박사학위를 취득하였다. 이후 미시간 대학교에서 정년을 보장받은 교수로 재직하던 중 1993년에 귀국해 서울대 경영학과 교수로 재직하며 많은 업적을 남기고 있다.

특히 서비스마케팅 분야에선 국내 효시라 할 만큼 이 분야를 개척하고 발전시켰으며 이와 연관된 분야인 서비스품질을 진단하고 평가하는 조사모델개발에도 독보적인 역할을 했다.

내가 KMAC에 경력으로 입사한 1994년, 이 교수는 『서비스 마케팅』(학현사, 1994)이란 책을 발간하여 산업계에 바람이 일던 CS(Customer Satisfaction)경영의 흐름에 불을 지폈다. 이를 통해 경영혁신의 큰 흐름인 고객만족경영을 학계에서 이론적으로 이끌어가는 선도역할을 했고, 따라서 자연스럽게 CS경영의 주류를 자처한 KMAC와 같이 일하는 계기가 만들어졌다.

무엇보다도 공공기관(정부산하기관) 고객만족도를 평가하는 조사모델개발 프로젝트에 KMAC가 사업자로 선정되고 이 교수가 프로젝트의 연구책임자를 맡게 되면서 더 가까이서 그를 접할 수 있게 되었다.[19]

---

19 자세한 내용은 제1부 '나의 운명, KMAC' 편에서 서술.

공공기관 고객만족도(PCSI) 조사모델개발 프로젝트는 KMAC의 향후 운명이 걸려있을 정도로 중요한 의미가 담긴 프로젝트였는데 제안서 제출 전에 이 교수가 흔쾌히 개발책임자의 역할을 해 주겠다고 약속한 것이 프로젝트 수주에 크게 도움이 되었다.

모델개발과정에서도 기획재정부의 간간한 자문 교수진들의 다양한 공세가 있었지만, 논리와 근거로 다 커버하며 모델개발을 완수했다.

이후 PCSI조사모델은 여러 번에 걸쳐 모델 재편과정이 있었고 이 교수는 그럴 때마다 최초 개발자로서 재편작업에도 참여하여 PCSI모델의 A/S까지 책임지고 있다. PCSI조사의 영원한 자문교수인 것이다.

국가 차원에서 PCSI를 통해 공공기관의 고객만족도를 평가하고 공표하면서 공공기관 서비스품질은 몰라보게 달라지기 시작했다. 국민을 대상으로 하는 공공서비스가 좋아진 것이다. 그래서 정부에서는 지금도 이 조사를 시행하고 있다. 이 교수와 KMAC는 이 일을 통해서 국가발전에 공헌한다는 자부심을 공유하고 있다.

현재진행형인 연구, 산업계를 리드하다

고객만족경영이란 화두를 10년 넘게 산업사회에 메인 이슈로 주창하며 이끌어가던 KMAC는 열기가 한풀 꺾일 무렵, 시장에 이슈로 던질 새로운 고객 관련 혁신 프레임에 대해서 고민했다.

이러한 생각을 나는 이유재 교수에게 상의했는데 그때 마침 이 교수가 삼성의 허태학 사장과 함께 '고객가치'를 주제로 한 책을 발간한다는 것이다. 『고객가치를 경영하라』(21세기북스, 2007)란 제목의 책이었다. 마침 KMAC가 새롭게 고민해 오던 방향과 궤를 같이하는 내용이었다.

나는 책 발간에 맞추어 고객가치를 주제로 컨퍼런스를 하면 의미가 있겠다 싶었다. 책 발간의 의미도 그렇고 고객가치라는 새로운 프레임을 산업사회에 소개할 좋은 기회였다. 이 교수에게 '고객가치 컨퍼런스'가 갖는 의미를 설명하고 수락을 받아서 바로 준비에 들어갔다.

컨퍼런스는 하루 일정에 두 개의 프로그램으로 계획했다. 아침 조찬 세미나를 통해 임원들을 대상으로 이 교수가 '고객가치혁신'이란 주제로 특강을 하고, 이어지는 메인 컨퍼런스에서는 부서장급 관리자들을 대상으로 '고객가치를 경영하라.'라는 이 교수의 기조강연을 시작으로 하는 컨퍼런스를 기획했다.

저자 직강인 만큼 이 교수의 사인이 담긴 책을 참가자에게 증정하는 저자 사인회도 마련했다. 나머지 강연과 컨퍼런스 홍보 등은 KMAC가 주체가 되어 준비했다.

당시 고객경험(Customer Experience)이 CS경영이나 고객가치경영에서 중요한 이슈로 떠오르고 있어서 '고객가치 컨퍼런스'는 산업계에 신선한 화두를 던질 수 있었고 이에 따라 컨퍼런스는 비교적 성공적으로 진행되었다. 산업계에선 고객가치라는 새로운 콘셉트에 많은 관심을 보이기 시작했다.

고객가치혁신은 한동안 이슈가 되었다. 고객경험, 즉 CX(Customer Experience)를 중시하는 기업에서는 기존 고객 관련 부서의 명칭을 고객가치혁신실로 바꾸기도 하고 새롭게 만들기도 하였다.

컨퍼런스 이후 KMAC는 P사와 고객가치 혁신전략 수립 컨설팅을 맺었다. 컨퍼런스에 참석한 P사의 담당 임원의 직책이 마침 고객가치경영실장이었다.

고객가치 컨퍼런스에 고객가치경영실장이 왔으니 잘됐다 싶어서 컨퍼런스 이후 그 실장을 만나러 여러 차례 방문했고 고객가치혁신에 맞는 업무를 하려면 어떻게 해야 하는지 방향을 제시했다. 부서 명칭은 바뀌었는데 예전과 같이 일하면 안 된다는 것을 강조한 것이다.

이러한 설득은 컨설팅 제안으로 이어졌고 궁극적으로 계약까지 이르렀다. 비교적 큰 규모의 계약이었다. 이 컨설팅은 고객가치혁신이란 새로운 이정표를 만들어 가는 계기가 됐다.

새로운 혁신방법을 기업이 선택하기는 쉽지 않다. 사례도 없거니와 검증되지 않았기 때문이다. 큰 방향성이나 그럴듯한 절차와 방법론만 믿고 컨설팅을 맡기기엔 리스크가 있다. 그러나 그런 선택을 선도적으로 하지 않으면 새로운 혁신이나 개척은 있을 수 없다. 그래서 시장에서 1등 기업들은 리스크를 안고 새로운 것을 찾는다. P사가 우리와 맺은 고객가치혁신 컨설팅 계약이 그랬다.

우리도 마찬가지였다. 제안서에 고객을 설득할 내용을 잘 담아 제시하긴 했는데 같은 이름으로 한 번도 해 보지 않은 내용이라 어려울 수밖에 없었다. 따라서 이를 잘 수행할 베스트 멤버로 팀을 꾸렸고 사전에 치밀한 준비를 거쳐서 투입했다.

이 과정에서 책을 통해 고객가치경영의 개념을 처음으로 제시한 이 교수의 지원을 받기도 하고 조언도 들었다.

G그룹의 요청으로 계열사를 평가할 수 있는 고객만족도 조사모델을 개발한 적이 있다. 그때 그룹 기획실에서는 그룹 차원에서 고객만족경영을 도입하는 가장 좋은 방법이 무엇인지를 우리와 상담하였는데, 우리는 계열사의 고객만족도 평가와 평가 결과에 기반한 개선 활동 전개를 권유했다.

이 그룹에서 우리의 제안을 받아들여 먼저 그룹에 적합한 고객만족도 조사모델부터 개발을 시작했다. 이때도 이 교수에게 모델개발을 요청했고 흔쾌히 수락하여 같이 일하게 되었다.

당시 G그룹에서 이 일을 총괄한 임원은 CFO(재무담당 임원)를 겸하고 있었는데 회사는 돈을 버는 것이 중요하지, 고객만족경영을 왜 해야 하는지에 관해서는 크게 동의하지 않는 사람이었다.

그러니 중간보고와 최종보고를 거쳐 조사모델을 확정하는 과정이 순탄치 않았고 우리를 대하는 태도도 편하지 않았다. 그 임원이 우리를 너무 쉽게 '을' 대하듯이 해서 보고회에 같이 참석한 이 교수에게 너무 미안한 마음이었다.

그런데 이 교수는 그 자리에서 이 임원에게 설명하거나 때로는 설득하기 위해 최선을 다해 주는 모습을 보였다. 진지하고 차분하게 설명하던 모습이 아직도 눈에 선하다. 세계적인 학자의 명성과 권위를 내려놓고 고객을 위해, 자신이 참여한 프로젝트의 완결과 성공을 위해 자신의 역할을 한 것이다.

이 교수의 이러한 노력이 뒷받침되어서 프로젝트를 잘 마무리할 수 있었다. 그 임원과 갑론을박이 있던 보고 자리를 마치고 나면 이 교수가 오히려 우리를 위로해 주기도 했다.

이런 면에서 이유재 교수는 나에겐 은인이다. 업무를 떠나서 개인적으로도 늘 따뜻했고 그 온유함은 특별했다. 만날 때마다 마음이 편했고 만남 자체가 기대되기도 했다.

이름 있는 교수 중에는 대하기가 쉽지 않아 불편하거나 늘 긴장해야 하는 경우가 있는데 이 교수는 전혀 그렇지 않았다. 늘 다정다감했다.

서비스마케팅과 고객가치혁신 그리고 고객만족도 조사모델로 대표되는 이 교수로 인해 KMAC와 나는 우리 산업사회의 고객지향적 변화를 향해 전진할 수 있었다는 사실에 감사한 마음이다.

지금도 그의 이러한 여정은 끝나지 않았고 계속되고 있다. 연륜이 쌓이면 새로운 것을 향한 탐구와 혁신이 쉽지 않을 텐데 이 분야에서 여전히 학계와 산업계를 끌어가는 이 교수를 보노라면 부럽기도 하고 존경스럽기도 하다.

그렇지만 내 기억 속엔 여전히 이유재 교수의 넉넉하고 따뜻한 마음과 온후한 미소가 더 크게 자리 잡고 있다. 다정다감함은 기억에 오래 남아있다.

늘 '을'의 자리에서 조심스럽게 살던 내게 이 교수는 충분히 '갑'이지만, 결코 '갑'의 위치가 아니라 동등한 입장에서 우리를, 그리고 나를 바라봐준 몇 안 되는 분이었다. 이 세상에 실력과 재능이 좋은데도 겸손을 잃지 않으며 자기를 잘 드러내지도, 뽐내지도 않는 사람이 몇이나 될까.

경쟁에서 승리하려면 고객을 위한 기업의 혁신 활동은 중단 없이 계속되어야 할 것이다.

여기에 이유재 교수의 학문적 전문성에 특별한 통찰력이 더해질 때 우리나라 기업의 혁신과 이에 따른 경쟁력은 훨씬 더 커질 것이라 믿어 의심치 않는다.

제 4 부

부사장의 사임과 고백

고백_백미선 作
OIL ON CANVAS, 90.9×60.6, 2019

존엄과 책임

하루에도 수많은 사람이 직장을 그만두는 시대에 또 한 사람의 퇴사가 그리 대단한 일은 아니다. 다만 수백 명의 경영컨설턴트가 근무하는 국내 최대의 경영컨설팅회사에서 25년을 재직하며 부사장 10년을 포함해 임원으로만 16년 이상을 일하던 사람이 스스로 물러난 이야기는 흔치 않다.

부사장이던 나의 퇴사 이야기는 지금 직장을 다니는 사람이든, 퇴사한 사람이든 퇴사의 과정을 겪는 우리 시대의 직장인들에게 공감과 함께 의미 있게 다가갈 수 있겠다는 생각이 들었다.

왜 하필 8월이었을까

2018년 8월 초, CEO에게 업무를 보고하던 중에 사의를 표명했다. 직장생활을 한 지 만 30년을 갓 넘긴 시점이었다. 1994년에 경력직으로 입사한 KMAC에서만 해도 25년째 되었고 임원이 된 지는 16년, 부사장이란 직책으로는 벌써 10년 차였다.

어떻게 보면 갑작스러운 일이었다. 회사를 떠나기 전이나 후에도 왜 회사를 떠났는지 누구에게도 구체적으로 얘기한 적이 없다. 단순하게 정리할 사안도 아니었고 또 그것을 소상히 밝힐 심경도 아니었다.

이제 회사를 떠난 입장에서 그 스토리를 담담하게 정리해 봤다. 퇴사의 변을 대신하기보다는 퇴사의 과정을 밝혀서 모두에게 감사의 마음을 전하고 싶은 게 솔직한 심정이다.

보통 임원에 대한 인사는 연말 또는 연초에 있다. 이때 신규 임원의 선임이나 상위 임원으로 승진도 하지만, 퇴임하는 경우도 있다. 새로운 임원이든, 기존 임원이든 대부분 임기의 시작과 종료가 대개 연말연시에 집중되어 있다.

승진과 관계없는 임원도 연말 즈음에 임기 연장 여부가 결정된다. 임기가 연장되면 1~2년씩 보장을 받지만, 그렇지 않으면 퇴임하게 된다. 퇴임 임원들은 때가 되어 물러나기도 하고 평가를 통하여 그만두기도 한다. 때로는 좋은 성과를 거두고 있음에도 후배들에게 기회를 주기 위해 물러나기도 한다.

그래서 연말 또는 연초에 신문의 인사동정란에 여러 기업의 임원 인사 내용이 실린다. 흔히 승진한 임원들을 중심으로 발표가 되는데 신임 CEO나 신임 임원, 부사장이나 전무 등으로 승진한 사람 중에서 특별한 케이스가 있다면 언론이 관심을 가지고 이를 다룬다.

신임 임원이 있으면 떠난 임원도 있다. 가령 삼성그룹에서 신임 임원으로 250명이 승진했다고 보도가 되면 그만큼에 해당하는 임원이 회사를 떠난 것으로 보면 된다. 떠난 사람은 언론에 보도되지 않는다.

간혹 큰 업적을 세우고 명예롭게 물러나는 CEO나 임원에 대해서는 회사에서 보도자료를 내어 업적과 명예를 높여 주기도 한다. 그에 대한 예의이기도 하고 회사 차원의 홍보도 겸할 수 있기 때문이다.

따라서 임원이 연말이 아닌 연중에 회사를 그만둔다는 것은 대개 문제가 생긴 경우다. 회사경영에 큰 문제가 발생했거나 아니면 건강 등 피치 못할 개인적인 사유가 있을 때다. 하지만 이런 경우는 별로 없다. 보통은 연말까지 가서 한 해를 마무리하고 그 이후에 결정이 이뤄진다.

그런데 나는 연중 한창인 8월에 왜 사의를 표명했을까. 그것도 부사장이면 고위급 임원인데, 건강에 문제가 있던 것도 아니었고 경영상 급박하게 책임을 져야 할 상황도 아니었는데 말이다.

나의 사의 표명에는 사전 징후가 없었고 그렇게 추정할 만한 상황도 아니었다. 더구나 연말이 아닌 시기에 임원이 자발적으로 그만둔다고 하는 것도 일반적이지 않았다. 회사의 뜻에 따라 그만둔 임원은 있지만, 스스로 먼저 나가겠다고 얘기한 것은 이례적이었다.

회사에 무슨 특별한 상황이 발생하거나 맡은 일에 책임질 만한 심각한 일이 발생한 것도 아니었는데 부사장이 갑자기 사임한다니, 그 이유에 대해서는 아무도 헤아리지 못했을 것이다.

컨설턴트에서 부사장까지

1994년에 나는 경력사원으로 KMAC에 입사했다. 이전 직장인 한국갤럽의 조사팀장이라는 경력이 바탕이 되었다. 당시는 국내에 컨설팅이란 비즈니스가 태동기였고 컨설팅사업을 더 잘하기 위해서는 나처럼 리서치 분야의 역량과 경험을 기반으로 한 사람이 필요했다.

KMAC는 국내에 CS(Customer Satisfaction, 고객만족) 경영기법을 전파하기 위해서 CS경영사업부라는 새로운 사업부를 만들었다. 이 사업부가 바로 현재 김종립 KMAC 부회장이 당시 팀장에서 사업부장으로 승진하여 처음 맡은 사업부였다. 나는 이 부서에 컨설턴트로 입사하였다.

CS경영에 관련된 사업을 하기 위해서는 우리 기업들이 소비자에게 제공하는 상품과 서비스의 품질이 어느 수준인지, 고객이 얼마나 만족하는 것인지, 어디에 문제점이 있는지를 우선 파악해야 했다.

나는 이 일에 특화된 조사 전문인력으로 채용되었는데, 그해 말에 CS경영사업부 안에 조사컨설팅팀이 신설되면서 팀장을 맡게 되었다.

팀장을 맡은 초기부터 조직의 사업목표를 비교적 무난히 달성하였고 이후 본부장을 거쳐 임원이 되면서 특히 CS와 마케팅 분야에서의 사업을 중심으로 회사의 성장을 주도했다.

처음 팀장이 되어 사업계획을 수립한 1995년에는 팀원 1명에 크지 않은 매출목표를 가지고 소위 '장(長)'으로 사업을 시작했다. 이 팀을 기반으로 조사와 컨설팅에 관련된 사업을 키워 나갔다.

이후 CS경영본부장을 거쳐, 임원으로서 CS/마케팅 부문 사업 전체를 맡았던 2012년에는 매출 목표가 300억 원을 넘을 정도로 규모가 커져 있었다. KMAC가 2018년에 매출 700억 원을 돌파했으니 당시에는 상당한 비중이었다.

CS와 마케팅이라는 성장사업을 맡기도 했지만, 기획하고 구상하여 새롭게 시작한 여러 사업에서도 괄목할 만한 성과들이 이어졌다. CS경영에 관련된 여러 사업과 마케팅 분야의 사업, 나아가 리서치와 콜센터 분야의 사업들에서도 좋은 성과를 냈다.

특히 팀장으로 재직하던 1997년 IMF 외환위기 시기, 당시 회사가 어려울 때 진단평가사업이라는 사업영역을 개척하고 확대하여 IMF의 파고를 넘어 회사의 성장 기반을 닦은 것은, 본부장이었던 김종립 부회장이나 팀장이었던 나에게 위기 속에서도 기회를 만들어 줬다.

2000년대 중반 이후로는 KMAC 역대 최대 사업 중 하나인 공공기관 고객만족도(PCSI) 조사사업의 주간사업자로 선정되는 데 중요한 역할도 했다.

PCSI는 그 이전까지만 해도 민간 일색이던 KMAC의 고객군을 공공 고객군으로 진입, 확대하는 계기를 만든 획기적인 프로젝트였다. PCSI는 매년 정부가 경쟁 입찰로 발주하는데 KMAC는 지금까지 계속 1등 사업자로 선정되고 있다.

진단평가사업과 PCSI조사사업, 또 이들 사업을 기반으로 한 연계 사업은 현재도 KMAC의 캐시 카우(Cash Cow)이자 중요한 사업군이다. KMAC가 회계나 IT를 기반으로 한 외국계 컨설팅회사에 대응하여 진단평가 기반의 컨설팅회사라는 차별화된 역량으로 정의하는 것도 같은 맥락이다.

2010년에는 회사의 새로운 비전과 사업전략 방향에 맞추어 오퍼레이팅 아웃소싱 사업에 진출할 계획을 세웠는데 아무런 경험도 없는 가운데서 공공기관이 발주한 콜센터 아웃소싱 사업에 뛰어들어 첫 사업을 수주하기도 했다.

이처럼 회사 성장의 고비마다 나에게는 나름대로 기회가 주어졌고 그 역할을 운이 좋게도 잘해냈다. 이러한 성과는 혼자서만 할 수 있는 일이 아니었다. 업무상 연관이 있었던 여러 직원과 호흡을 맞춰서 거둔 성과이며 KMAC라는 든든한 브랜드가 뒷받침되었기에 가능한 일이었다.

IMF 외환위기 등 어려운 시기들은 잘 넘기면서 현재 KMAC 대표이사인 김종립 부회장은 2003년에 43세라는 젊은 나이에 최고경영자의 반열에 올랐다.

김 부회장이 고속승진하면서 나도 빠르게 승진하여 2003년에 이사대우를 시작으로 2005년 상무, 2009년에는 부사장에 올랐다. 부사장으로 승진한 때가 47세로 비교적 젊은 나이였다.

스스로 사의를 꿈꾸다

그리고 2018년 8월 초. 나는 CEO에게 보고할 문건을 정리하면서 호흡을 가다듬었다. 사임의 뜻을 가슴에 품고, 보고 중에 있을 여러 상황에서 혹시 사의를 표명할 수 있다고 생각하니 긴장될 수밖에 없었다.

지난 6월 말로 직장생활을 시작한 지 30년을 넘기고 있었다. 돌아보면 첫 회사인 LG전자에 입사할 때만 해도 30년을 넘겨서 직장생활을 하리라고는 전혀 생각지도 못했다. 당시만 해도 대기업은 50세를 전후하여 그만두는 것이 일반적이었다.

직장생활 30년이 되는 날 즈음하여 집에서 조촐하게 파티를 열었다. 아내와 함께 아들과 딸 그리고 미국에서 방학을 맞아 집에 와 있던 조카딸도 모두 함께 나의 직장생활 30년을 축하해 주었다.

아내와 아이들의 축하 속에서 즐겁고 행복한 시간을 보내면서도 다른 한편으로 뇌리에서는 직장생활 30년의 세월을 책장 넘기듯이 하나둘씩 회상하고 있었다. 동시에 이제 KMAC에서의 직장생활도 정리할 때가 가까워졌음을 스스로 직감하고 있었다.

아내는 그동안 여러 대화를 통해서 이러한 내 마음을 짐작하고 있었다. 그러나 아이들은 아버지의 이러한 심경을 전혀 모르고 있었다. 어렵게 얘기를 꺼냈다.

"얘들아. 아빠 직장생활 30년, 참으로 감사한 마음이다. 지금의 자리까지 온 것도 그렇고, 그 세월 속에 들어 있는 하나하나 일들도 그렇고, 너무너무 감사해. 그런데 요즘 들어서 아빠의 회사생활이 예전 같지 않아. 즐겁지도 않고. 아빠가 조금 지쳤나 봐. 그래서 최근 회사를 그만둘까 심각하게 고민하고 있단다."

의외의 답이 돌아왔다.

"아빠, 지금까지 저희를 위해 고생하셨는데 아빠가 힘들면 이제 회사 그만두셔도 돼요. 저희는 아빠의 결정을 존중합니다. 그간 얼마나 애쓰셨는데요."

대학교 2학년인 딸도, 갓 직장생활을 시작한 아들도 나의 마음을 지지해 줬다.

아이들의 그 순수한 마음 때문인지, 회사를 떠날 수도 있다는 착잡한 마음 때문인지, 그 순간 나도 모르게 눈가에 눈물이 맺혔다. 그리고 지나간 세월도 감사했지만, 이 순간도 행복하다는 생각에 감사한 마음이었다.

2년 전 가을이 깊어가던 무렵, 을지로의 어느 식당에서 친분이 깊던 고객사 임원과 점심을 같이하며 내가 조심스럽게 꺼낸 얘기다. "회사생활의 끝이 언제인지는 모르겠지만, 그 마지막은 타의가 아닌 자의에 의해서 마무리하는 것도 괜찮지 않을까요?"라고 하며 그의 의견을 물었다. 그는 펄쩍 뛰면서 만류했다.

이유인즉, 회사는 누군가를 임원으로 승진시켜야 하며 그렇게 하기 위해서는 기존 임원을 물러나게 해야 하는데 마침 누군가가 손 들고 나간다면 절대 만류하지 않을 것이며 오히려 좋아한다는 것이다. 그리고 자의로 그만둔 퇴직 임원에 대해서는 어떤 예우를 해

줄지도 모른다는 것이었다.

통상 퇴직 임원에 대해서는 기업에 따라, 직급에 따라 다르지만 1~2년 정도 기본급의 일정 부분을 지원해 주는 규정이 있다. 그러한 예우를 안 해 줄 수도 있다는 것이다. 그 때문에 회사의 결정으로 떠난다면 모를까, 절대 먼저 사의를 표명해선 안 된다는 것이었다. 맞는 말이었다.

그러나 이미 그때부터 나는 자의에 의한 사의를 꿈꾸기 시작했는지도 모른다. 대부분 타의로 물러난 것을 보면서 떠날 때가 되면 명예롭게 마무리하고 싶었다. 그러려면 타의가 아니라 적정 시점에 내 의지에 따라서 회사를 떠나는 것이 어떨까 하는 생각을 했다.

그 기저에는 그간 회사의 성장에 충분히 공헌했다는 자부심이 있었고 또한 오랜 기간 임원으로 재직했기에 가능한 생각이었다. 부사장의 직급으로도 긴 기간 동안 회사생활을 해 온 점에서 보면 적정한 상황에서 먼저 사의를 표하는 것이 서로에게 좋을 것 같았다.

마침 시간이 갈수록 허탈감도 조금씩 밀려오고 있었다. 역할에 대한 고민에서부터 시작하여 최고경영자가 되고 싶은 욕구와 희망이 사라진 것도 내 마음을 그렇게 몰고 가고 있었는지도 몰랐다. 그동안 함께 KMAC의 성장을 이끌어온 CEO 특유의 강력한 리더십에 나는 점차 마음을 내려놓았다.

회사의 성장을 견인하며 부사장이란 리더의 위치에 왔고 회사를 더 멋지게 이끌어 가고 싶은 바람도 있는데 그렇게 하지 못하는 상황을 보면서 안타까운 마음도 커지고 있었다.

4차 산업혁명 시대에 '아픈 손가락', 디지털혁신센터

그날 CEO에게 보고할 안건은 내가 관장하고 있던 조직 중 하나인 디지털혁신센터 하반기 수정 사업계획이었다.

이 조직을 맡고 있던 김태완 센터장이 갑작스레 회사를 떠나고 수석컨설턴트마저 직군을 전환하면서 신설조직인 디지털혁신센터는 한순간에 붕괴될 위기에 놓였다. 입사한 지 두 달밖에 안 된 직원 한 명만 달랑 남게 되었으니 말이다. 상반기에도 이미 두 명의 젊은 직원이 글로벌 컨설팅회사로 옮긴 터여서 디지털혁신센터는 힘이 빠질 대로 빠져 있었다.

이 센터는 2017년 말에 KMAC 전체 조직 개편으로 인해서 새로 탄생한 조직이었다. 그전까지 공공기관을 대상으로 주로 IT 컨설팅 사업을 해 오던 'PI(Process Innovation)센터'와 콜센터에 대한 컨설팅을 핵심 비즈니스로 하던 'C&C(Channel&Communication)팀'이 합병되어 당시 가장 뜨거운 이슈인 '디지털혁신'을 주된 사업 아이템으로 하여 독립적인 사업부서로 재탄생했다.

디지털혁신센터는 이러한 아이템으로 야심 차게 출발했다. 그러나 시장은 이미 글로벌 이름을 달고 있는 선발주자들의 싸움터였다. 몇 개의 유사 프로젝트 경험을 가지고 덤벼드는 KMAC에게 기회가 쉽사리 돌아오지 않았다.

KMAC의 강점인 민간과 공공에 구축된 고객 네트워크를 활용하여 틈새를 찾아보기도 하고 때로는 기회를 찾으려 공격적인 활동도 전개했지만, 시장에서는 KMAC를 디지털혁신의 파트너로 기꺼이 받아들이지 않았다.

구성원들의 눈물 나는 노력에 힘입어 상반기에 몇 개의 유의미한 프로젝트를 수주하기도 했다. 그러나 목표에는 턱없이 부족했다. 상반기 결산 결과 연간 목표에 20% 정도밖에 달성하지 못했으니 조직을 맡고 있던 센터장이나 구성원들의 마음은 새까맣게 타들어 갈 수밖에 없었다. 이 조직을 관장한 나도 마찬가지였다. 이러한 위기 상황에서 센터장을 비롯한 구성원들의 이탈로 조직은 무너져 갔고 회사는 갓 들어온 직원 한 명밖에 없는 이 조직의 센터장으로 나를 겸임 발령을 냈다.

나는 하반기 사업계획을 수정하고 또 조직을 재건할 수 있는 방안을 마련하여 CEO의 재가를 받고자 했다. 디지털혁신의 여러 분야 중에서 우리가 집중적으로 육성할 분야를 선정했고 목표도 거기에 맞게 수정하였으며, 한편으로 내외부에서 관련 전문가를 채용하는 조직 운영계획도 세웠다.

그러나 계획을 세우는 동안 마음은 내내 편치 않았다. 4차 산업혁명 시대, 디지털혁신센터는 회사에도, 나에게도 그렇게 아픈 손가락이었다.

조직 개편에서 사라진 이름

시간을 거슬러 2017년 12월 중순 무렵, KMAC는 대규모 조직 개편에 한창이었다. 먼저 새롭게 바뀐 조직을 발표하고 이 조직을 끌고 갈 조직의 수장(CBO, Chief Business Organizer)들과 그 하부 조직의 책임자(COO, Chief Operating Organizer)들에 대해서는 자유 응모를 받아 CEO가 심사하여 선정하는 소위 잡포스팅(Job Posting)이라는 제도를 시행했다.

단, 부사장 두 명이 맡고 있던 CCO(Chief Customer Organizer, 고객담당 최고책임자) 자리는 잡포스팅을 하지 않고 CEO가 직접 선임하기로 했다. 그동안 민간부문은 나를 중심으로, 공공부문은 한수희 부사장을 중심으로 CCO란 직위를 가지고 주요 고객에 대한 사업을 끌어왔다.

잡포스팅 결과는 일주일 단위로 CCO, CBO, COO 순으로 사내 인트라넷 게시판을 통해 발표하였다.

가장 먼저 CCO가 발표되던 날, 퇴근 무렵이었다. CEO가 퇴근하고 나서 최돈모 경영기획실장이 굳은 얼굴로 내게 다가왔다.

"방금 퇴근 전에 CEO께서 CCO로 한수희 부사장만 선임하셨습니다. 그리고 이 내용을 인트라넷에 게시하라고 말씀하셨습니다. 그 외에 다른 언급은 없으셨습니다."

순간 '멍' 했다. 그리고 당혹스러웠다. 전혀 예기치 않은 상황이었다. 이번 조직 개편에서 부사장이 맡고 있던 CCO는 그때까지의 정황상 변화가 없을 것으로 짐작했기 때문이었다.

당혹스러움과 함께 서운함은 더 큰 충격으로 다가왔다. CEO가 그런 결심을 했다면 사전에 내게 미리 귀띔도 해 주고 설명도 해 주어야 하는 것이 아닌가 하는 생각이었다.

만으로 9년째인 부사장에 대한 마지막 인사 프로세스치고는 너무 허망하다는 생각이 밀려왔다. 당시만 해도 '이것으로 KMAC에서 직장생활은 끝인가 보다.'라고 생각했기 때문이다.

'임원'이란 '임시직 직원'의 줄임말이라는 우스갯말이 있을 정도로 언제 그만둘지 모르는 자리라고 여겨왔기에 그나마 충격을 조금이나마 받아들일 수 있었다. 나의 존엄을 위해서라도 애써 그래야만 했다.

내가 맡았던 민간부문의 사업이 회사의 성장을 견인하지 못하는 상황이어서 그럴 수 있다고 수긍했다. 더군다나 부사장을 9년씩이나 했으면 언제든 미련 없이 떠날 수 있다고 스스로 생각해 오지 않았던가.

회사의 리더로서 나와 직간접으로 관련된 일에서 뭔가 조금만 잘 못되어도 마음의 부담이 컸고 어떤 형태든 책임질 각오가 되어 있었다. 다만 그 마지막 순간이 이렇게 찾아오리라고는 전혀 생각하지 못했다. 가능하면 타의가 아닌 자의에 의해서 회사를 마무리하고 싶다는 생각을 하고 있었기에 아쉬움이 더 컸다.

"저의 직책을 걸겠습니다."

이 일이 있기 바로 1년 전인 2016년 11월 초. 당시는 그해의 사업 실적의 윤곽이 거의 드러날 때였다. 나는 CEO의 호출을 받았다. 민간 분야의 컨설팅을 맡던 컨설팅1본부의 사업이 계속 어려움을 겪고 있던 와중이었다.

민간사업 중 진단평가, 리서치, 교육사업 등은 그나마 선방하고 있었는데 컨설팅사업은 매년 전년과 비교하여 조금씩 하향하는 추세를 벗어나지 못하고 있었다.

CEO는 컨설팅1본부장이던 김희철 상무와 그 본부 아래에서 C&C(Channel&Communication) 사업을 맡았던 오경학 팀장에게 변화를 주자는 뜻을 내비쳤다. 그들이 맡았던 사업이 계속 부진한 상황이었기에 딱히 반대의견을 내기도 어려웠다.

나는 먼저 김 상무와 면담을 하고 연말에 그의 위상에 변화가 있을 예정임을 설명했다. 몇 년에 걸쳐 김 상무가 맡은 조직과 사업에 관한 CEO의 피드백을 내가 맡아 왔기에 미주알고주알 말하지 않았다. 김 상무도 어느 정도 짐작하고 있었던지 고개를 끄덕이며 받아들였다.

지금도 그때 그 순간을 잊을 수 없다. 사업을 둘러싼 상황이 어려웠어도 꿋꿋하게 일해 왔던 김 상무가 변화 얘기를 듣는 순간 '드디어 올 것이 왔구나.'라는 생각에 눈가에 이슬 맺히듯 눈물을 살짝 내비쳤기 때문이다.

김 상무는 내가 팀장일 때 팀원으로 입사하여 20년 넘게 함께한 전우다. 안타까울 수밖에 없었다. 다시 한번 기회를 주십사 조심스럽게 건의했고 CEO도 고민 끝에 생각을 바꾸어 김 상무에게 1년 더 기회를 주기로 했다. 만약 그 과정에서 김 상무가 '내가 왜?' 또는 '나만 왜?'라는 거부감을 가졌다면 다시 기회를 주지 않았을 것이다. 김 상무는 본부장으로서의 책임감을 보여 줬기에 한 번 더 기회를 부여받은 것이다.

그러나 오경학 팀장에 대한 CEO의 생각은 달랐다. 나는 오 팀장을 변호했다. 아니, 오 팀장을 변호하기보다는, 비록 콜센터 중심이긴 하지만 그가 조금이나마 해 왔던 빅데이터, 디지털마케팅 등 혁신의 주류가 되어 가는 사업 분야를 어쨌거나 우리 회사가 소홀히하지 않으면 좋겠다고 주장한 것이다.

당시 사내에서 이런 아이템을 핸들링하면서 고객을 상대하고 사업을 할 수 있는 사람은 오 팀장뿐이라고 판단했기에 더 기회를 주었으면 했다. 설사 성과가 좋지 않더라도 팀이 가진 디지털, 빅데이터에 대한 콘텐츠가 공공영역 등 타 영역에 도움을 주며 시너지를 낼 수 있다고 보고 이 사업영역을 계속 유지했으면 했다.

더구나 오 팀장은 콜센터 분야에 대한 전문성이 있었다. 한때는 콜센터사업을 전담하는 센터장으로서 콜센터사업을 부흥시키며 회사의 성장에 기여했다. 조직 재편으로 콜센터사업이 사내 여러 조직에 분산되면서 하향 곡선을 맞은 불운한 후배였다.

몇 차례 더 얘기해도 아쉽게도 CEO의 생각은 잘 바뀌지 않았다. 나는 고민에 고민을 거듭했다. 그냥 지시를 받아들이면 그만이었지만, 최근 컨설팅사업의 주류로 떠오르는 이런 영역을 개척해 가지 않으면 미래가 있을 것인가에 대한 고민이 컸다. 그리고 그간 뿌린 씨앗들이 있는데 1년의 기회를 주면 열매를 어느 정도 맺어갈 것이란 기대도 있었다.

고심 끝에 CEO를 설득할 수 있는 마지막 방법을 생각했다.

"오 팀장에게 1년만 더 기회를 주십시오, 사업에 또 문제가 발생하면 제가 책임지도록 하겠습니다."

나는 가장 강력한 수단으로 내가 책임지겠다는 배수진을 친 것이다. CEO는 나의 얘기에 잠시 멈칫하더니 강렬한 눈빛을 하며 물었다.

"어떻게 책임을 질 건데?"

"저의 직책도 걸겠습니다. 혹 책임질 일이 생기면 그만두는 것까지를 포함하겠습니다."

CEO는 굳은 얼굴로 나를 계속해서 바라보고 있었다. 그 순간 어떤 생각을 했을지는 모를 일이다. 어쨌거나 이 발언으로 CCO인 나의 책임 범위는 더 확대되고 있었다.

우여곡절 끝에 오 팀장도 그 자리를 지키며 다시 기회를 얻었다. 그로부터 1년이 지난 2017년 겨울, 컨설팅1본부의 사업은 여전히 미흡했고 오 팀장이 맡은 영역에서도 성과가 부진했다. 또다시 조직 개편과 이에 따른 보직인사가 시작된 것이다.

김 상무는 책임을 지고 자문위원으로 이동했고 오 팀장은 잡포스팅을 통해 새로 출범하는 디지털혁신센터의 구성원인 수석컨설턴트가 되었다.

나도 1년 전에 그렇게 보증을 섰으니 책임감을 느꼈다. 문제가 생기면 책임지겠다고 했던 말에서 스스로 자유롭지 못했다. 조직 개편의 첫 번째 인사명단에서 내 이름이 제외된 것도 이에 대한 책임을 일정 부문 물은 것이라는 생각도 했다.

회사생활이 이렇게 끝났다고 생각했던 그날, 퇴근에 앞서서 스마트폰 '에버노트'에 기록한 나의 심경이다.

> 마음의 준비를 했잖니. 현 상황을 담대하게 받아들이고 지난 세월들에 더욱 감사한 마음을 갖자. 30대 초반에서 50대 중반에 이르는 이십여 년의 세월 동안 나에게 귀한 역할이었고 부사장이란 과분한 위치까지 온 거다. 곡절의 시간도 있었으나 어찌 보면 영광의 시간이었다. 아쉬워하거나 미련을 가짐으로써 더욱 초라해질 필요는 없다. 여기까지 은혜로 인도하신 하나님께 감사드리고 또 새로운 길로 인도해 주실 하나님을 믿고 평안한 마음으로 가자.

잡포스팅의 극적인 대상자

2017년 12월, 그렇게 잡포스팅에서 보직을 받지 못하면서 이제 정말 회사를 떠난다는 생각에 여러모로 복잡한 심경이었다. 청천벽력 같은 소식이었지만, 한편으로는 오히려 깊은 내면에서부터 점차 침착한 마음이 생겼다.

'언젠가는 떠나는 것 아니던가. 그동안 이런 생각을 하며 조금은 마음의 준비를 해 오지 않았던가.'

퇴근 시간인 오후 5시 30분을 넘겨서 6시가 조금 안 된 시각. 마음은 복잡했지만 일단 집으로 가는 것이 좋을 것 같아서 퇴근을 재촉했다.

마포대교를 건너 강변북로에 진입하여 20분 정도 지날 무렵, 한상록 상무로부터 전화가 왔다. 사내 게시판을 본 모양이다. 어디냐며 같이 식사를 하러 집 근처로 온다는 것이다.

한 상무는 내가 팀장일 때 입사하여 내가 본부장일 때는 팀장으로, 내가 CBO로 있을 때는 본부장으로 같이 호흡해 온 후배 임원이다. 한 상무와 강변역 앞 테크노마트 9층 식당가에서 반주를 곁들인 식사를 했다. 그도 예기치 않은 인사에 혼란스러워했고 위안이 되는 말을 해 주려 애썼다.

식사를 마치고 집에 오니 저녁 8시가 넘어가고 있었다. 집에는 아무도 없었다. 아내는 장인, 장모님을 모시고 큰 처남이 거주하는 뉴질랜드에 여행을 갔다.

아내는 장인어른의 정을 듬뿍 받고 자라서인지 아버지에 대한 애정이 남달랐고 갈수록 삶의 기운이 떨어져 가는 장인어른을 보면서 애틋하게 생각했다. 80대 중순을 넘긴 친정 부모님과 함께하는 마지막 해외여행이었다.

직장에 다니는 아들은 말레이시아로 출장을 갔다. 미국에서 대학을 다니는 딸은 겨울방학을 맞아 며칠 후에 집에 올 예정이었다. 이런 중차대한 일은 아내나 가족에게 먼저 얘기해 줘야 하는데 당장은 그럴 상황이 아니었다.

넓지 않은 집이 휑했다. 어쨌거나 지금부터는 스스로 냉정함을 유지할 필요가 있었다. 2년째 회원으로 가입한 탁구장으로 갔다. 아무 일 없는 것처럼 평소대로 코치로부터 레슨을 받고 다른 회원들과 탁구도 쳤다.

탁구를 치는 중간에 소식을 접한 한수희 부사장, 김희철 상무, 이형근 상무로부터 전화가 왔다. "어떻게 된 것이냐."라며 염려와 위로의 말을 건넸다. 당장 이쪽으로 오겠으니 술을 같이 하자는 제의를 나중으로 미뤘다.

누군가와 술을 마시기보다는 오늘만큼은 그냥 혼자 있고 싶었다.

다음 날 오전 8시. '모닝 스터디(Morning Study)' 시간이었다. 매일 아침 임원급 이상의 주요 보직자와 CEO가 참석하여 '세리시이오(SERICEO)'에서 제작한 짧은 동영상을 보고 서로 지식과 생각을 나누는 자리다.

경영을 비롯해 경제, 인문학 관련 내용이 주된 주제였고 매일 듣고 보다 보면 세상을 보는 시야도 그만큼 넓어질 수 있었다. 마침 이날 아침에는 CEO가 정만국 미디어센터장과 함께 KMAC에서 발행하는 경영월간지인 『CHIEF EXECUTIVE』의 편집위원회에 참석하여 자리를 비운 상태였다.

10분도 채 안 되는 동영상이 마무리되고 잠시 침묵이 흘렀다. 서로 의견을 나누고 마무리해야 하는데 이날은 전날 인사발표가 있었고 인사의 핵심이 나였기에 관련된 뭔가를 말해야 할 것 같았다.

"여러분, 어제 CCO 인사발표를 보았을 것입니다. 제가 명단에 없었습니다. 여러분들도 의외였겠지만, 누구보다도 제가 놀랐습니다. 그렇지만 저는 이렇게 생각합니다. 최근 몇 년 동안 회사는 공공부문을 중심으로 성장하였고 민간부문은 사업이 침체했습니다. 따라서 민간부문을 맡았던 제가 이 분야를 성장시키지 못한 책임을 졌다고 생각합니다. 또한, 책임을 충분히 물을 만하다고 생각합니다. 여러분들도 앞으로 유념하셔서 본인들이 맡은 사업을 잘 꾸려 가기 바랍니다. 알다시피 저는 오랫동안 임원으로 일하면서 회사의 성장에 여러 역할을 했고 그에 대한 자부심도 있습니다. 재직하면서 했던 여러 일을 생각하면 뿌듯하기도 하고 한편으로 저에게는 영광의 시간이었습니다. 다만 양적인 것뿐만 아니라 질적인 면에서도 직원들에게 자부심을 줄 수 있는 좀 더 멋진 회사를 만드는 데 부사장으로서 역할을 좀 더 해야 하는 아쉬움이 있습니다만, 여러분들이 그 역할을 대신 잘해 주면 좋겠습니다."

생각해 보면 거의 이임사 수준이었다. 이런 과정을 거쳐 2주 후 나는 조직 개편에서 CBO에 해당하는 조직의 장으로 별도로 선임되었다. 그동안 독립적으로 운영되던 몇 개의 본부급 조직을 묶어 CBO

단위로 편제하고 이를 내게 맡긴 것이다.

새로운 역할을 맡아 다시 일할 기회가 주어졌지만, 내 마음은 여전히 편치 않았다.

보직자에 대한 선임 절차가 모두 마무리되고 CEO와의 면담이 있었다. 잡포스팅의 극적인 대상자인 내 심경이 제일 복잡하리라는 것을 누구보다 잘 아는 CEO는 잡포스팅 과정과 결과에 대한 나의 소회를 듣고 싶어 했다.

지난 모닝 스터디 시간에 본부장들에게 얘기했던 내용대로 느낀 바를 말했다. 그리고 "조직을 맡겨 주셨으니 최선을 다하겠다."라고 담담하게 덧붙였다. 여러 다른 생각이 없었던 것은 아니었지만, 이렇게 말하는 것이 도리라고 생각했다. 그리고 CEO의 저간의 사정 얘기와 당부가 이어졌다.

"이번 잡포스팅이 2010년에 이어 두 번째인데 뻔한 결과로 가는 게 싫었다. 직원들에게 긴장감을 주고 그만큼 서로가 책임감을 느끼는 기회로 삼고 싶었다. 그래서 첫 번째 발표에서 유 부사장을 CCO에서 누락시키고 마지막 순간에 CBO로 선임하면서 이번 잡포스팅을 임팩트 있게 성공적으로 끌어올 수 있었다고 생각한다. 이번 잡포스팅으로 직원들도 많이 느꼈을 것이다. 이번 조직 개편에서 보직이 상대적으로 한 단계 하향되거나 보직을 아예 못 받은 경우가 있는데 그들도 상심이 클 것이다. 유 부사장이 그들의 롤 모델 (Role Model)이 되어 주면 좋겠다."

CEO는 잡포스팅을 통해 임직원들에게 사업 책임에 대한 강력한 메시지를 전달하고 싶었다고 한다. 평소 지략이 뛰어나고 전략가인 CEO다웠다.

세 가지 직함, 부사장·CBO·VIP센터장

새로운 시작, VIP센터장

새롭게 맡은 4개의 조직은 디지털혁신센터, 스마트팩토리센터, 에너지환경센터, 정부지원사업센터였다. 4개의 조직을 합해 CBO 단위인 'VIP(Value Innovation Platform)센터'란 조직명을 붙였다.

대체로 최근 산업의 혁신 트렌드를 반영한 유망한 컨설팅 아이템을 품고 있는 조직들이었다. 그러나 아직은 이들 분야에 대한 KMAC의 역량과 사업 인프라가 다소 미흡한 상황이었고 사업적으로도 규모나 이익 면에서 다른 조직에 비해 토대가 견고하지 못했다. 그러니 이들 조직을 KMAC의 미래 먹거리로 성장시키라는 주문이었다.

어쨌거나 복잡한 마음을 추스르고 2018년에 들어서서 새롭게 일을 시작하였다. 사업계획을 만들고 사업계획 발표회를 거치면서 직원들과 같이 밝은 미래를 그렸다. 무엇보다도 직원들과 함께 사업의 비전을 공유하기 위해 노력했다.

내 심경을 아는지 김태완, 윤희성, 김병삼, 윤혁상 등 4명의 센터 장과 조직 구성원들은 열렬히 환영해 주었다. 고마운 일이었다.

이들 영역은 기존에 내가 맡았던 분야와는 다소 다른 영역이었다. 사업의 내용 면으로나 고객 네트워크 면에서 나에겐 거의 새롭게 시작하는 영역이나 다름없었다. 그래서 어떻게 하면 리더십을 발휘하여 조직과 사업을 매니지먼트하고 목표를 달성할 수 있을지 많은 고민을 해야만 했다.

리더십을 발휘하기 위해선 이 분야에서 어느 정도 콘텐츠의 전문성이 필요했는데 이를 단시일에 갖추기가 만만치 않았고 관련된 고객 네트워크를 쌓는 것은 더더욱 그랬다.

사실 부사장이란 직급에서 그동안 쌓은 지식과 경험으로도 얼마든지 일상적인 리더십을 발휘할 수 있다. 하지만 나의 사업적 리더십 스타일은 콘텐츠에 도움이 되고 고객 개척을 통해 사업을 끌어가는 주도적인 역할을 하는 것인데 새롭게 맡은 분야에서는 그렇게 하기에 어려움이 따랐다.

KMAC는 모든 사업에서 각 부서의 매출이익 목표는 부서 인건비의 3배를 넘어야 한다. 보통 회사에서는 쉽지 않은 목표지만, KMAC에서는 이 목표를 달성하는 부서가 거의 매년 절반 이상이나 된다.

VIP 내의 4개 센터 조직들은 인건비 규모가 큰 부사장이 수장으로 있기에 이들에게 최소한 내 역할을 해 주어야 한다는 마음의 부담도 있었다. 회사 전체의 CCO 역할을 하던 작년까지는 이런 부담은 없었는데 CBO가 되면서 새롭게 생긴 부담이었다.

상반기를 지나면서 각 센터의 목표 달성은 쉽지 않았다. 특히 디지털혁신센터가 가장 문제였다. 나머지 3개 센터는 그나마 선방하고 있었다. 전반적으로 내 책임 같아서 함께 일하는 직원들에게 미안하고 회사에도 면이 서지 않았다. 이런 중에 디지털혁신센터에서 조직상의 문제가 발생했다.

이 조직을 맡고 있던 김태완 센터장이 사의를 표명한 것이다. 그는 2000년대 초에 생산혁신본부에 입사하여 경영품질본부장, SCM센터장, PI센터장을 거쳐 디지털혁신센터를 맡았다. 하지만 맡은 조직마다 쉽지 않은 상황이어서 매년 어려움을 겪었다. 맡은 영역이 회사가 취약한 영역이어서 성과를 내기가 쉽지 않았다. 옆에서 볼때 지칠 만도 한데 잘 버텨 오고 있었다.

그러나 이런 상황이 지속되다 보니 그의 몸도 마음도 지칠 대로 지쳐 갔다. 그러다 6월쯤에 그동안 신뢰하고 믿었던 부하 직원이 외국계 컨설팅사로 옮겨가면서 김 센터장의 심리적 경계선이 무너졌다. 일할 수 있는 동력을 상실했다.

엎친 데 덮친 격으로 수주가 예상되었던 몇몇 프로젝트가 연이어 떨어져 나갔다. 이미 상반기 실적은 곤두박질이었다. 몇 번의 미팅을 통해 그의 뜻을 돌리려 했지만, 확고하게 정리한 그의 마음을 되돌릴 수는 없었다.

발을 뺀다는 의미

이미 여러 겹의 고민이 쌓인 상황에서 디지털혁신센터의 조직 붕괴는 내게 고민의 겹을 더 두텁게 했다. 그러나 당장은 조직을 재건하는 게 VIP센터장으로서 가장 중요한 책무였다. 새로운 센터장을 누구로 할 것인지 고민하고 내심 적임자를 찾고 있었다.

그러나 갑자기 경영기획실장을 통해 전달된 얘기는 내가 직접 겸임 센터장을 맡아서 조직과 사업을 재건하라는 것이었다. 그리고 하반기 수정 사업계획을 이른 시일 내에 CEO에게 보고하라는 것이었다.

디지털혁신센터의 조직을 재건하려면 그 역할을 가장 잘할 사람을 찾아 센터장에 임명하고 본격적으로 내년 준비도 하는 게 좋다고 생각했는데 CEO는 의외의 선택을 하였다.

그 말을 직접 듣고 전달한 경영기획실장도 CEO가 왜 그런 결정을 했는지 명확하게 설명하지 못했다. 나는 그 지침을 받아들이면서도 왜 그런 결정을 했는지 쉬이 이해하기 어려웠다.

올해 연말 전에 사의를 표명해야겠다는 뜻을 품고 있던 나로서는 심경이 혼란스러웠다. 그러잖아도 마음이 편치 않은데 마음이 더 불편해졌고 부정적인 생각이 들기도 하였다. 경영기획실장을 통해 결론만 통보받은 내 마음이 편할 리 없었다.

어쨌거나 지시를 받았으니 새로운 사업계획을 마련하고 보고를 준비했다. 겸임 센터장을 맡아 조직과 사업을 재건시키되, 연말에는 새로운 센터장을 선임하는 쪽으로 방향을 잡았다. 내년도에 대한 준비는 새로운 센터장이 하는 것이 바람직하다고 생각했기 때문이다.

디지털사업을 하려면 이 일에 전문성이 있는 젊고 유능한 직원을 빨리 센터장으로 앉히는 것이 누가 보더라도 합리적이었다. 사업계획서를 그런 방향으로 작성하였고 또 그렇게 보고했다.

"왜 발을 빼려는 거야?"

CEO의 불편함이 묻어 있는 질문이었다.

"센터장을 맡아서 여기에 집중해 조직과 사업을 재건시켜야지, 연말에 겸임 센터장에서 빠지는 것을 전제로 한 계획이 무슨 계획이 될 수 있어. 이래서야 디지털혁신센터가 제대로 살아나겠어?"

전혀 예기치 않은 CEO의 발언이었다.

"제가 센터장을 맡아서 집중해야 할 사업의 방향을 정하고 이에 맞게 사업 인프라도 만들고 또 내부든, 외부든 필요한 사람을 찾아 조직을 꾸려가는 것은 하겠습니다. 하지만 김태완 센터장이 했던 것처럼 콘텐츠를 가지고 사업을 현장에서 직접 진두지휘하기에는 어려움이 있습니다. 그래서 단기적으로는 제가 맡아 추스르겠지만, 연말쯤에 적합한 사람을 찾아 센터장을 맡기는 것이 향후를 위해서도 좋겠다는 생각입니다."

내 의견을 솔직하게 말했다.

"유 부사장, KMAC의 디지털사업이나 IT사업은 다른 전문 회사와는 접근 방식이 달라. 우리가 디지털이나 IT를 직접 하는 것이 아니라 비즈니스 프로세스를 리디자인(Redesign)하는 관점으로 보면 돼. 어려울 게 뭐 있다고 그래. 그러니 당신이 맡아서 해. 자꾸 발 빼려 하지 말고."

나를 너무 믿는 것인지, 상황을 정확하게 판단하고 있는 것인지 순간 알 수 없었다. 하지만 CEO의 지시이고 강력한 뜻이었다. CEO는 본인이 한번 결정한 것은 잘 바꾸지 않는 스타일이었다. 그렇지만 후임 센터장에 대한 밑그림도 없이 이렇게 계속 간다는 것이 나로서는 잘 이해되지 않았고 마음의 부담도 컸다.

심경이 복잡했다. 연말이 되기 전에 사의를 표명하고 자진하여 물러나는 것이 여러모로 좋겠다는 쪽으로 마음을 정리하고 있었기에 더 그랬다. CEO가 나의 그런 속마음을 알 리 없었다.

밀려오는 책임감

사실 그만두겠다는 생각에는 복합적인 것들이 영향을 미치고 있었다. 2017년 말에 조직 개편 과정에서 받은 마음의 여진이 계속되고 있었다. 동시에 또 다른 여진도 연이어 일어나고 있었다. 게다가 간혹 나와 연관된 중요한 일들이 나도 모르게 결정되면 속이 상하곤 했다.

하지만 무엇보다도 퇴사하고 싶다는 결정적인 생각은 일종의 강한 책임감으로부터 비롯되었다. 오랜 기간을 회사를 성장시키는 데

앞장서 왔던 내가 이젠 예전만큼 충분한 역할을 하지 못함을 느끼면서부터다.

더구나 지난해에 CEO에게 오경학 팀장의 보직 유지를 요청하면서 그가 맡은 사업이 부진하면 책임을 지겠다고 한 발언도 내게는 부담이었다. 모른 체하고 그냥 넘어가기엔 마음에 걸렸다. 여기에 새로 맡은 조직 붕괴에 대한 허탈감과 책임감이 더해졌다.

마음 한편에선 답답함도 크게 자리하고 있었다. 오랜 기간 임원으로 재직한 부사장으로서 KMAC를 양적으로나 질적으로 더 멋지게 성장시키고 싶은 열망이 누구보다도 컸는데 내가 할 수 있는 일의 범위가 줄어들고 있다는 사실에 가슴이 먹먹해지고 있었다.

그런 상황에서 나를 그럴듯하게 포장하기도 쉽지 않았고 그렇게 하고 싶지도 않았다. 무엇보다도 나 자신에게 솔직해지고 싶었기 때문이다.

CEO는 이런 내 마음을 아는지, 내 표정이 밝지 않다는 말을 자주 했다. 아마 나에 대한 애정이고 걱정이었고 동시에 그런 표정을 짓지 않았으면 좋겠다는 충고이기도 했다. 복잡하고 불편한 마음을 내색하지 않기 위해 노력했는데 은연중에 드러났던 모양이다.

CEO 히스토리와 회사의 성장

KMAC의 CEO인 김종립 부회장은 2003년 43세의 이른 나이에 대표이사로 선임되었고 2019년 현재 17년째 대표이사를 맡고 있다. 사업본부장 시절의 탁월한 능력을 인정받아 일찌감치 선두주자로 나섰고 IMF 외환위기 속에서도 가장 성공적인 사업성과를 창출하면서 CEO가 되었다.

김 부회장은 논리를 중시했으며 상황 판단이 빨랐고 전략가였다. 사업과 고객관리는 아래에 맡기는 대신에 내부의 경영 관리적인 측면에서는 능력을 발휘했다. 원칙을 준수하는 경영을 강조했고 매사에 깔끔한 것을 좋아했다. 직원 동기부여에도 탁월하여 채찍과 당근을 어떤 때 사용해야 하는지를 잘 알고 있었다.

김 부회장은 조직 구성원이 회사의 전략 방향에 맞추어 늘 한 방향으로 정렬되어 있기를 원했다. 일례로 김 부회장이 사업부장이었을 때 나를 포함한 3명의 팀장이 있었는데 거의 매일 팀장 회의를 주재하면서 강조하는 바는 일관되었다.

바로 사업이 성공할 수 있는 요건과 그렇게 되기 위한 업무의 올바른 방향성, 직원들을 한 방향으로 가게 하기 위한 리더십에 대한 얘기가 대부분이었다. 오랜 기간을 공들여 팀장들이 본인과 같은 생각을 갖도록 교화했다. 부서 직원들이 같은 방향을 보고 같은 생각을 갖게 함으로써 작지만 강한 조직을 만들었다.

김 부회장이 사업부장 초기에 맡은 조직과 사업은 규모가 크지 않아 사내에 큰 영향력이 없었다. 그러나 규모는 작았지만, 사업목표는 반드시 달성했고 소수의 직원이었지만 일치된 단결력만큼은 다른 부서장들이 부러워할 정도였다. 너무 단합이 잘 되고 똘똘 뭉

처있어서 '조폭 조직'이란 소리까지 들어야 했다.

당시 김 부회장은 혹여 회사나 경영지원실로부터 부당한 간섭이 있으면 특유의 뚝심과 논리로 맞서서 철저히 부서의 이익을 대변했다. 조직과 구성원을 지키려고 회사와 강하게 맞서는 부서장은 흔치 않았는데 그런 면에서 김 부회장은 특별했고 그러면서 조직은 더욱 단단해졌다.

김 부회장이 팀장에서 사업부장으로 승진하여 처음 맡은 CS경영사업부(후에 CS경영본부로 변경)는 당시 신규 사업이나 다름없었는데 처음부터 좋은 성과를 내며 줄곧 성장 가도를 달렸다. 특히 IMF 외환위기를 맞아 다른 부서들이 직격탄을 맞고 고꾸라질 때 CS경영본부는 오히려 다른 때보다 더 크게 성장하면서 회사의 주목을 받게 되었다.

IMF 외환위기가 산업계에 닥쳤을 때 KMAC도 큰 위기를 맞았다. 상대적으로 비중이 컸던 해외연수사업에서부터 큰 문제가 발생하면서 회사는 위기경영을 선포했다.

이 시기는 누구에게나 커다란 변화기였다. 그동안 회사 성장을 이끌었던 여러 부서장은 IMF의 파고를 넘지 못하고 회사를 그만두게 되었다. 임원 라인에 있던 선배들도 책임을 지고 사임하거나 KMA 그룹의 조그만 계열사를 맡으면서 자연스럽게 KMAC를 떠났다.

다른 부서와는 달리 CS경영본부는 승승장구했고 특히 IMF 상황에서 진단평가사업을 중심으로 더 크게 성장하면서 회사의 캐시 카우 부서가 되었다. 이런 과정을 거쳐 김 부회장은 2000년 초에 이사

대우로 승진하면서 부문장이 되었다. 그때 나도 팀장에서 본부장으로 승진했다.

이후 김 부회장은 이사, 상무, 전무, 부사장을 거쳐 2003년 초에 대표이사로 선임되었으니 임원승진 3년 만에 대표이사 자리에 오른 기록적인 승진이었다. 그해 나도 이사대우로 승진하여 임원급 반열로 올라섰다. 빠른 승진이었다.

2003년 이전에 KMAC에서는 TCS부문과 생산부문이 독립적인 사업부문 체제였다. 그러다가 그해에 KMAC의 2개 부문과 인사전략부문을 주로 담당했던 한국능률협회매니지먼트, 즉 3개 부문이 TCS부문을 중심으로 하나로 합병되는 상황이 되었다.

이때 생산부문과 인사전략부문을 맡았던 임원들은 회사를 떠났고 김종립 부회장이 통합조직의 대표이사가 되었다. 그동안 TCS부문을 담당하던 김 부회장이 생산부문과 인사전략부문까지 맡게 된 것이다.

3개 부문이 하나의 KMAC 조직으로 통합되었기 때문에 그해는 무엇보다도 사업의 구조조정이 우선이었다. 컨설팅회사로서 정체성과 명분이 없는 사업에서 철수했고 또 장래에 어려움을 겪을 역량이 부족한 사업을 과감하게 정리하여 가능성이 있는 사업에 집중할 수 있도록 구조조정을 단행했다.

그리고 통합의 대상이 된 생산부문과 인사전략부문에 있던 구성원들 간의 화학적 통합을 끌어내는 것도 중요했다. 이를 위해

CEO를 포함한 임원들은 일주일에 3일은 부서별로 돌아가며 회식을 했다.

본부 단위 조직이 12개 정도 있었으니 직원들은 한 달에 한 번의 회식이었지만, CEO와 나를 포함한 임원들은 매번 회식에 참여하여 술독에 빠져야 했다. 그럴 정도로 심리적, 문화적 조직통합을 중시했다.

당시 회식은 여의도 산업은행 맞은편에 있는 '한우관'이란 한우고기 집에서 1차를 하였고 회사 근처 '여의도 관광호텔' 맨 위층에 있는 노래주점으로 옮겨 양주, 폭탄주로 2차를 했다. 그때마다 임원들은 양주와 맥주를 섞은 폭탄주로 시범을 보여야 했고 직원들과 어울리며 분위기를 이끌어야 했다.

1차와 2차에 걸쳐 연이어 술을 마시는 것은 여간 힘든 일이 아니었는데 술에 약한 김 부회장은 그걸 어떻게 다 감당했는지 참으로 대단한 일이 아닐 수 없다. 목표가 분명한 최고경영자이니 가능했던 것 같다.

2003년에 시행한 사업 구조조정으로 김 부회장 부임 첫해의 매출은 전년과 대비해 크게 줄었으나 영업이익은 오히려 증가하는 형태로 나타났다. 구조조정의 성과였다.

이후 사업은 순항하였다. 매년 꾸준히 성장하여 2011년 무렵에는 2003년 매출 대비 2배를 훌쩍 넘어섰고 영업이익은 5배 정도 성장했다. 중간에 2008년 금융위기로 국내 경기가 침체했던 것을 고려하면 대단한 성과였다.

KMAC의 장기적 성장은 2004년에 수주한 공공기관(준정부기관) 고객만족도(PCSI)조사가 시초가 됐다. 기획재정부가 발주한 이 프로젝트에 KMAC가 사업자로 선정되면서 공공사업에 본격적으로 진출할 수 있는 계기를 만들었다. 2007년에는 그동안 한국생산성본부가 맡아오던 공기업의 PCSI조사까지 경쟁 PT로 수주하는 개가를 올렸다.

PCSI조사는 200개가 넘는 공공기관을 대상으로 이들 기관이 제공하는 대국민 고객서비스의 만족도를 평가하는 것으로서 그 결과는 공공기관 경영평가에 반영되었다.

KMAC는 이 사업을 맡게 되면서 새로운 평가모델의 개발부터 조사설계, 실사 관리, 보고서 작성 등 일반 조사회사에 맡기는 데이터 게더링(Gathering)을 제외하고는 모든 역할을 주관했다.

PCSI조사는 그 자체의 매출만으로도 기록적이었고 직간접으로 연결되는 성과까지 고려하면 실로 엄청난 기회였다. PCSI조사 프로젝트는 향후 공공기관과 밀접한 채널을 만들어 내는 데 자연스러운 통로가 되었다.

이를 바탕으로 KMAC는 공공부문에 성장 발판을 만들었다. 공공 분야의 사업에 힘찬 날개를 단 것이다. 이후 KMAC는 공공 분야에서 매년 대폭 성장했고 많은 경험과 전문성으로 이 분야의 리더십을 인정받고 있다.

지금은 KMAC의 사업 비중에서 50%를 훨씬 상회할 정도로 공공부문이 성장의 중심이 되는 회사로 발전해 왔다. 공공부문의 사업 진출과 확장 덕분에 회사도 지속해서 성장할 수 있었고 김 부회장도 경영자로서 리더십을 인정받았다.

김 부회장은 회사의 격동기에 대표이사에 취임해 이후 탁월한 경영능력으로 회사를 지속적으로 성장시킨 업적을 인정받아 연임을 거듭했고 현재 17년째 재임하고 있다.

나 또한 2005년에 등기이사가 된 이후 연임을 계속하여 3년 임기에 다섯 번의 재임을 주총에서 승인받아 오랜 기간 등기임원으로 재직했다.

2012년 대규모 구조조정

2012년, 세계 경기가 L자형 장기침체에 빠질 것이라는 경고가 나왔고 한국 경제도 어려움을 겪고 있었다. KMAC도 그런 징후에 민감했고 사업도 영향을 받아서 고도성장의 흐름이 한풀 꺾인 상황이었다.

그해 가을 무렵, 회사는 장기적인 침체에 대비하여 조직 개편과 아울러 임원과 본부장에 대한 구조조정을 단행했다. 당시 임원은 나를 포함해 사업부문장(CBO)인 부사장 4명에 각 산업 분야(Industry)를 담당하는 4명의 상무(CIO) 등 총 8명이었다.

조직 개편 결과 나와 한수희 부사장 그리고 김희철 상무만 사업과 조직을 맡는 것으로 결정이 되었고 나머지 5명은 다른 역할을 맡는 것으로 바뀌게 되었다. 이들은 후선에서 사업을 지원하거나 직접 프로젝트에 참여하는 자문위원으로 역할과 자리가 바뀌었다. 임원은 아니었지만, 5명의 본부장도 사업부진의 책임을 지고 현직에서 내려왔다. 창사 이래 가장 큰 개편이었고 조정이었다.

김 부회장은 이때 구조조정이라는 용어를 쓰기 싫어했다. 조직의 재편에 따른 임원의 역할 재분배라는 용어를 썼다. 미래 성장을 위해 조직이 재편되었기 때문에 거기에 맞게 임원들의 역할을 바꾸었을 뿐이라고 했다.

역할이 바뀌고 신분이 바뀐 이들에게 김 부회장은 미안한 마음과 함께 부담을 크게 갖고 있었다. 이런 심경을 여러 차례 토로했는데 구조조정이 아니라고 얘기하는 것은 그런 마음을 반영한 표현이었다.

이 과정에서 남게 된 나와 한수회 부사장에게 CEO는 특별히 당부했다. "두 사람이 역할을 더욱 잘해서 좋은 성과를 내야만, 그들에게 덜 미안하지 않겠나. 그래야 이번 재편이 회사의 공고한 성장을 위한 바른 방향이었음을 서로가 인정할 거 아니냐."라며 두 부사장에게 사업성과를 잘 내주길 신신당부했다.

대표이사인 CEO가 회사의 형편에 따라서 임원들을 재배치할 수도 있고 사표를 받을 수도 있는 것인데, 이에 대해 의사결정권자로서 김 부회장이 굉장히 가슴 아파했던 것을 보면서 CEO의 고뇌가 읽히기도 했다.

그해의 구조조정은 매우 큰 규모였다. 이러한 대규모 구조조정이 잡음 없이 진행되고 계획대로 잘 마무리되면서 조직 구성원들은 CEO의 위상을 다시 보게 되었다. 김 부회장은 특유의 카리스마가 있지만, 실제로도 그 힘과 영향력이 조직에서 막강하다는 것을 실감한 것이다.

이런 명분을 내건 구조조정은 세대교체로도 이어졌다. 후배들에게 기회를 줄 수 있는 토대가 만들어졌고 보직이 바뀐 임원들에게는 자문위원으로 활동할 수 있는 공간을 마련해 주었으니 어쩌면 성공적인 구조조정이었다.

조직 재편으로 조직에 대한 김 부회장의 직접적인 지배력이 더욱 강화되었다. 사업본부장을 CEO가 직접 지휘하는 체제로 바꾸었기 때문이다. 그전에는 부사장들이 사업본부를 맡았는데 남은 2명의 부사장에게 조직관리를 맡기지 않고 CCO란 직책을 만들어 핵심고객에 대한 사업과 고객관리를 맡겼다.

'부Vice'사장의 한계, 나의 한계

우스갯소리로 직급은 아주 높아 보이지만, 실제로는 불쌍한 '부(Vice)' 자가 달린 세 가지 직책이 있다고 한다. 첫째는 부통령이고, 둘째는 교회에서 담임목사가 아닌 부목사이며, 마지막은 대표이사 사장이 아닌 부사장이라고들 한다.

직급상으로는 한 단계 차이로 보이지만, 바로 위의 대통령, 담임

목사, 대표이사 사장과는 엄청난 권력의 차이가 있음을 비유적으로 이르는 말이다. 지난 2012년의 대규모 구조조정으로 인해서 CEO와 바로 아래 직급인 부사장과는 그 위상과 힘의 격차가 실로 어마어마함을 모두가 느꼈다.

회사에서 부사장이란 위치는 단지 사업적인 역할로만 규정되지 않는다. 회사의 전략이나 제반 운영이 바람직한 방향으로 나갈 수 있도록 경영자로서의 역할을 해야 한다. 그것이 부사장인 내 미션이기도 하고 직원들의 기대이기도 하다.

고위 임원이면 본연의 일 외에도 직원들이 즐겁게 열심히 일할 수 있는 내부 환경을 조성하기도 하고 이를 위한 제도를 개선하는 데에도 역할을 해야 한다. 이들에게 미래의 롤 모델(Role Model)이 되어 비전을 줄 수 있어야 하며 그러려면 역할을 통해서 긍정의 영향을 미쳐야 한다.

나는 우리 직원들이 회사와 일에 대해 자부심을 더 많이 가질 수 있도록 역할을 해야 한다는 생각이 컸다. 자부심으로 다녀온 나의 회사 KMAC를 더 좋은 회사로 만들어 가고 싶었다. 그러나 이러한 생각과 의지에도 불구하고 갈수록 이러한 역할을 하기가 쉽지 않았고 한계도 있었다.

KMAC는 2012년부터 2018년까지 매년 소폭 성장을 했다. 매출 면에서는 크게 성장한 것은 아니지만, 이익을 기준으로 보면 거의 매년 최고치를 경신하다시피 했다. 사내 유보율이 1,000%에 이를 정도로 재무 상태는 우량해졌다. 이러한 유보율은 신규 투자를 신중하게 운영한 결과이기도 했다.

사업의 확대와 회사의 성장은 기존 사업만 가지고 되는 것이 아니라는 것은 누구나 안다. 신상품의 개발, 신규 사업 투자, 신규 고객 개척 등 신규 영역의 확대가 병행되어야만 성장의 열매를 딸 수 있는 것이다. 그러나 신규 사업에는 반드시 투자가 필요하다. 리스크도 안아야 한다.

컨설팅회사에서 신규 투자는 인력에 대한 투자, 신규 영역에 대한 연구개발(R&D), 시너지를 낼 수 있는 다른 회사를 인수하거나 합병하는 것 등을 의미한다. 신규 사업에 필요한 인프라에 대한 투자도 포함된다.

KMAC는 사업계획을 수립할 때 부서별로 인건비 대비 3배 이상의 매출이익을 목표로 한다. 이러한 목표 설정은 이익 중심의 사고를 갖게 하는 장점이 있는 반면에 총인건비에 대한 부담을 갖게 한다. 인건비가 늘어나면 그에 비례해서 목표도 늘어나기 때문에 성장률이 높은 부서가 아니라면 신규 인력 채용에 신중해질 수밖에 없다.

따라서 인력에 대한 투자가 쉽지 않다. 인프라에 대한 투자도 보수적 관점이 컸다. 이익 중심의 이러한 경영은 회사의 재무적 상태를 우량하게 만드는 장점이 있었다. 영업이익률이 10% 안팎을 오갔으며 누적된 이익잉여금은 자기자본금의 10배를 넘었다. 재무적으로 최고의 우량회사였다.

반면 인력에 대한 투자를 비롯하여 신규 사업에 진출은 활발하지 않아 외형적인 매출 성장엔 한계가 있었다. 2010년도에 600억 원대에 진입한 매출이 2018년에 이르러서야 700억 원을 넘어섰다. 생각해 보면 1994년, 내가 경력으로 입사한 그해 송년회에서 2000년 비전으로 1,000억 원을 제시하였고 그 이후에도 2010비전, 2015비전, 2020비전 발표를 통해 1,000억 원을 훨씬 넘는 규모를 비전으로 제시했지만, 1,000억 원 달성은 여전히 쉽지 않았다. 그만큼 매출 성장은 쉽지 않았다.

매년 사업을 확대해야 하는 운명을 안고 있는 사업부서들은 성장에 대한 부담이 컸다. 전년에 대비하여 큰 폭으로 성장시키고자 하는 사업목표에는 투자적 관점을 포함하기가 어려웠고 기존 사업을 확대하는 관점이 컸기 때문이다.

따라서 회사 차원이든, 부서 차원이든 중간에 성장의 터닝 포인트(Turning Point)를 만들 수 있는 여건, 즉 투자를 통한 사업 확대의 기회를 기대하기도 했다. 그래야만 더 큰 성장이 가능하기 때문이었다. 그러한 직원들의 소망과 니즈에 나는 답을 시원스럽게 내놓을 수 없었다.

떠날 때를 정하다

아쉬움과 서운함의 무게

2018년 상반기가 끝나갈 무렵, 경영기획실장과 차를 마시며 우연히 담소를 나누는 시간이 있었다.

"회사가 과거에 비해서 많이 좋아지긴 했는데 그래도 뭔가 변화가 필요한 시기임에는 틀림없는 것 같아. 막힌 것을 뚫고 내부에 활력을 만들어 내려면 리더십의 변화가 가장 좋긴 한데…"

그런데 순간 나는 경영기획실장에게 한두 번 마음에 담아두었던 생각을 말하고 있었다. 구성원이라면 누구나 한 번쯤 가져볼 수 있는 그런 생각을 별 뜻 없이 말한 것이다. 이 얘기를 왜 꺼냈나 하는 후회스러운 생각이 스쳐 갔다. 회사의 변화를 원하는 마음과 나의 복잡한 심경이 한데 어우러져 나온 말이었는데 듣기에 따라 민감하게 볼 수도 있다는 생각이 문득 들었다. 하지만 한번 뱉은 말을 다시 주워 담을 수는 없는 노릇이었다.

나는 KMAC에서 임원이 된 후 늘 감사한 마음으로 살아왔다. 더군다나 10년째 부사장으로 재직하고 있으니 실제로 언제나 감사한 마음이 기저에 있었다. 그러면서도 한편에서는 다음 단계에 대한 꿈을 꾸어 보기도 했다. 나는 회사를 어떻게 변화시키고 성장시킬 수 있을까?

그렇지만 그것은 쉬운 일이 아니었다. 여러 흐름으로 보아 불가능에 가깝게 보였다. 그래서 언젠가부터 CEO에 대한 꿈을 접었다. 회사의 성장을 견인하며, 또 직원들과 호흡하며 오랫동안 꿈꾸어 왔던, 그리고 나에게 동기부여가 되었던 꿈을 접은 것이다. 그것은 향후 '사의'의 시초가 되었다.

IMF 위기를 맞이하여 회사가 요동치고 있을 때였다. 본부장 이상 직급을 중심으로 내부의 권력투쟁이 전개될 때 나는 '조폭 조직'의 행동대장이라는 주변의 눈총에도 아랑곳없이 현재 CEO인 김종립 부회장을 확고하게 지지하고 보좌했다.

당시 내 눈에는 김 부회장이 KMAC를 가장 잘 이끌어갈 적임자였다. 김 부회장은 통찰력과 리더십이라는 두 가지를 확고하게 가지고 있었다. 그리고 오랫동안 회사를 잘 이끌어 왔다. 그간 김 부회장의 역할은 절대적이었고 충분히 인정받아야 한다고 생각했다. 그러나 정체된 회사에 활력을 불어넣으려면 뭔가 변화가 필요하다고 생각했다.

사실 앞에서 경영기획실장에게 말한 요지는 오랫동안 정체된 회사의 분위기에 변화가 필요하다는 것이었고 이를 위해서는 리더십 스타일이 바뀌어야 가능하지 않겠냐는 관점이었다.

그러나 동의 여부를 떠나서 이는 마음속 깊이 자리하던 '사의'가 작용한 것인지는 몰라도 너무 솔직한 발언이었고 향후 뭔가의 씨앗을 잉태할 수밖에 없음을 직감하고 있었다.

7월이 되어서 갑작스레 변화가 생긴 디지털혁신센터에 대한 김 부회장의 주문을 경영기획실장을 통해 전해 들으면서 내가 받은 느낌을 솔직하게 말해 주었다.

"요즘 부회장님께서 나에 대해 걱정과 불만이 좀 있으신 것 같아. 최 실장 얘기를 들어보면 부회장님 말씀 하나하나가 그렇게 느껴져. 그래서인지 이런저런 생각이 많이 들어."

경영기획실장은 다른 말은 하지 않고 다만 CEO와 나와는 특수한 관계이니 잘 알아서 판단해 주면 좋겠다고만 말했다. 그러나 그때는 혼란스러운 느낌이 강하게 몰려왔다.

"부회장님, 드릴 말씀이 있습니다. 제가 이제 회사를 떠날 때가 된 것 같습니다. 실은 요즘 마음이 많이 무겁습니다. 맡긴 소임을 마저 못해 송구합니다만, 저의 사임을 허락해 주십시오."

디지털혁신센터의 향후 계획과 나의 역할에 대한 CEO의 질책에 잠시 고민하다 심중에 깊숙이 담아놓은 생각을 꺼냈다. 사의를 표명한 것이다.

CEO는 갑작스러운 사의 표명에 순간 당황했지만, 바로 냉정을 되찾고 이유를 물었다. 나는 미리 준비한 여러 가지 생각들이 있었지만, 그 순간에는 머릿속에 맴도는 생각들을 꺼내어 정리하기가 쉽지 않았다. 그리고 이를 장황하게 설명하고 싶지도 않았다. 책임감을 내세워 설명하고 마음의 상처, 동기부여 등을 덧붙이긴 했지만 내가 봐도 충분치 않은 설명이었다.

단지 그 자리에선 그만두겠다는 뜻을 분명히 밝히는 것이 중요하다고 생각했고 이유를 상세히 설명하는 것은 그다음 문제였으며 그리 중요한 것도 아니었다. 그만둘 때가 된 것 같다는 말이 더 가슴에 닿는 설명이었다. 무엇보다도 입사 이래로 줄곧 지난 25년 동안 동고동락하며 이끌어 주고 밀어주며 회사의 성장과 함께 성장해 온 동지이자, 늘 바로 위 직속상사로 모셨던 CEO 앞에서 사직의 변을 늘어놓고 싶지 않은 마음도 컸다.

어쩌면 지금까지 내 인생에서 가장 많은 시공간을 함께한 CEO에게 지금 솔직하게 사직 이유에 대한 모든 것을 말할 수 있는 상황이 아니란 점도 크게 다가왔다. 아쉬움과 서운함의 무게는 어쩔 수 없었다.

사의 표명과 함께 불현듯 머릿속에서는 지난 25년 동안의 KMAC에서의 삶이 주마등처럼 스쳐 갔다. 그 짧은 순간, 이제 마지막이라는 생각에 홀가분하면서도 한편에서는 미래에 대한 기대와 불안이 교차했다.

CEO는 이후 내게 생각할 시간을 주었다. 그러나 어느 짧은 순간에 욱하는 심정으로 말한 것이 아니어서 크게 고민하지 않았다. 사의를 표명하고 일주일 후에 사표를 제출했다.

최초 사의를 표명한 날을 포함하여 여러 차례 김 부회장과 이런저런 얘기를 나눴다. 함께한 세월이 적지 않으니 할 말도 많았고 들어야 할 얘기도 많았다.

나는 오랜 기간 동안 사업 책임자이자 한편으로는 CEO를 가까이에서 보좌하는 역할을 했다. 그런 만큼 CEO와 많은 시간을 같이하였으며 그동안 나눈 대화도 적지 않았다. 함께하며 KMAC를 만들어 온 25년의 여정이었기에 떠오르는 과거가 현재를 교차하는 것이다.

마지막 휴가를 다녀오고 나서 8월의 마지막 날, CEO를 비롯해 임원들과 고별 식사를 했다. 만 25년이 안 되는 기간이었지만, 25년 재직을 기념하는 패를 만들어 25돈의 금과 함께 그동안의 내 여정을 격려해 줬다.

그날 진심으로 감사한 마음을 품고 마지막 인사를 나눴다.

내 감사의 빛 KMAC

지나고 보면 모든 과거는 좋은 추억일 수 있다. 하지만 내게는 KMAC에서의 직장생활을 이렇게만 표현하기에는 부족하다. 삶 자체가 감사하고 행복했던 시절이었기 때문이다.

겉으로만 봐도 1994년 32세의 나이에 경력사원으로 입사해 곧바로 팀장이 되고 2000년 본부장을 거쳐 2003년 이사대우, 2005년 상무, 2009년 부사장으로 승진하여 2018년까지 10년간을 부사장을 지냈으니 그야말로 승승장구한 직장생활이었다. KMAC의 이름으로 했던 수많은 일은 내 삶의 성취였고 보람이었으며 긍지와 자부심이었다.

우리나라에 고객만족경영의 개념을 도입하여 확산하면서 민간에서부터 공공행정 분야까지 고객중심의 경영과 문화를 촉진한 일은 잊을 수 없는 일이다.

브랜드경영과 마케팅의 중요성을 우리 기업들이 인식할 수 있는 토대를 만든 것도 보람 있는 성취였다.

'존경받는기업' 개념을 도입하여 우리 기업들이 궁극적으로 지향해야 할 목표를 제시했고, 기업은 이익이라는 양적인 성취만이 아니라 고객, 내부직원, 사회와 협력업체 등 이해 관계자들과의 관계와 가치가 중요하다는 점도 각인시켰다.

회사에서 맡은 사업의 실적에서도 성과가 좋은 편이었다. 시장(Market)이 나를 돕기도 했고 고객이 돕기도 했으며 결정적으로는 KMAC 브랜드가 뒤에서 든든하게 뒷받침되었다.

경쟁 입찰이라는 전쟁터를 동료들과 누비며 승리의 기쁨도 맛보고 때론 패전의 아픔도 겪었다. 고객과의 관계 속에서 더러 있었던 하기 싫은 역할에도 눈을 질끈 감고 후배들을 위해 나서기도 했으며 고객의 성공에 같이 기쁨을 나누기도 했다.

직원들과 같이 호흡하고 그들과 소통하고자 나누었던 시간들에 긍정의 피드백을 받을 때는 한없이 기뻤다. 어려운 여건에서 일하는 직원들과 어울리며 그들의 얘기를 들으며 격려하고 뒷받침하고자 했던 나의 역할에도 또한 기뻤다.

CEO와 오랜 기간 회사의 바람직한 방향 설계를 위해 나누었던 수많은 대화에 감사하고 또 내게 그런 역할을 맡겨준 것에 감사한 나날들이었다.

CEO는 또한 내게 있어서 골프의 스승이며 동반자였다. 골프를 시작할 수 있도록 도와주고 첫 라운딩부터 20년간 수많은 라운딩을 함께하며 많은 골프장을 누볐다. 골프의 기술적인 면은 물론이고 라운딩을 통해 많은 것을 깨닫게 해 주었다.

그러한 영광과 기쁨의 삶을 살았지만, 언젠가는 회사를 떠나야 할 시점이 도래하고 있음을 직감하고 있었다.

죽을 때까지 다닐 수 있는 회사는 없다. 한국 정서상 임원들도 60 세가 되기 전에 회사에서 떠나는 게 통례이다. 나는 더 이상 전진하기 어려워진 상황에서 깔끔한 마무리와 새로운 출발을 위해 스스로 졸'업(業)'할 순간을 택했다.

그때가 우리 나이로 57세, 만으로 56세였다. 떠나지 않았으면 몇 년 정도는 더 재직하며 일할 기회가 주어졌을지 모른다. 그러나 언젠가는 회사를 떠나야 하고 새로운 삶을 살아야 한다. 인생 3막이라 불리는 그 삶을 말이다. 나는 이를 몇 년 앞당기는 결심을 한 셈이다.

사임을 생각하면서 이후의 삶에 대해서는 크게 생각하지 않았다. 비슷한 일의 연장선에서 다른 회사로 이직을 한다든지, 또는 창업을 한다든지 하는 것은 계획하지 않았고 고려하지도 않았다. 뭔가 일을 하려 했으면 KMAC라는 이름으로도 얼마든지 할 수 있었기 때문이다.

나의 열정이 뭔가에 다시 샘솟을 때, 가슴이 그것을 하라고 요청하며 두근거릴 때 뭔가를 시작할 수 있을 것 같다. 꼭 돈을 버는 일이 아니어도 된다. 의미를 부여할 수 있고 가치가 있다고 느끼는 것이면 된다.

운명처럼 들어갔다가 운명처럼 떠나온, 내가 사랑했던 KMAC도 더욱 멋지게 변화해 가면 좋겠다.

열정과 자부심으로 가득한 활기찬 후배들의 모습을 보고 싶다. 도전을 즐기며 모험도 마다하지 않는 프런티어(Frontier) 정신으로 새로움과 탁월함을 창조하는 역동성 있는 이 시대의 컨설턴트들이 되었으면 한다.

그래서 우리 산업사회 혁신의 제일(First) 파트너로 인정받는 존경받는 KMAC가 되면 좋겠다.

제 5 부

특별한 에피소드

12월의 여름_백미선 作
OIL ON CANVAS, 90.5×60.6, 2018

회사에 이런 일이-
내가 겪은 흔치 않은 사건들

KMAC에서 일하는 동안 나는 다양한 사람을 만났고 또 다양한 경험을 했다. 지금 생각해도 아주 특별한 것들이었다. 공교롭게도 나는 이런 일의 중심에 있기도 했는데 직접 관련되었거나 아니면 그 일을 해결해야 할 위치였다.

지금은 웃으며 얘기할 수 있는 일들이지만, 당시엔 엄청난 사건들이었다. 간혹 비하인드(Behind) 스토리 10대 사건이라고 말하기도 하는데, 이중에서도 가장 기억에 남는 몇몇 사건에 대한 이야기를 나누고자 한다.

새해 첫날 벌어진 가출 소동

팀장일 때의 일이다. KMAC는 연말이면 다른 회사보다 길게 휴가를 주곤 했는데 휴가를 마치고 새해 출근한 첫날이었다. 오전 10시가 되어 가는데 팀의 여직원 A가 아직도 출근을 하지 않았다.

당시엔 핸드폰 같은 연락 수단이 없어 직원을 시켜 A의 집에 전화를 했다. 부모님은 딸이 제시간에 맞춰 집을 나섰다고 했다.

점심시간을 넘겨서도 A가 회사에 나타나지 않아 다시 연락을 취했다. 분명 집에서는 회사에 간다고 했는데 지금까지 회사에 출근하지 않았으니 이상했다. 어머니는 딸 방에 가서 이것저것 뒤지다가 휴지통에서 찢긴 종이를 발견했는데 유서였다. 유서를 썼다가 찢어서 휴지통에 버린 것이다.

모두가 깜짝 놀랐다. 유서라니! 그것은 자살을 의미하는 것이었고 말도 안 되는 것이었다. 집에서도, 회사에서도 마찬가지였다. A가 갑자기 죽음을 생각할 이유를 전혀 추론할 수 없었다.

나는 여직원 A와 평소에 친하게 지내던 다른 여직원 D를 만나서 그녀의 최근 근황과 그녀가 자살을 생각할 만한 이유가 있는지를 알아보았다. 너무나 갑작스러운 상황에 놀라고 당황한 것은 D도 마찬가지였다. A가 회사 일이나 개인적인 일로 크게 고민하는 것을 듣지 못했다고 했다. 즉, 자살할 만한 어떤 이유도 없다는 것이다.

A의 집에서 들려오는 말로는 딸이 최근 회사생활이 힘들다는 얘기를 간혹 했다고 한다. 자식이 집에서 회사생활이 힘들다고 부모에

게 말하는 것은 있을 수 있는 일인데 상황이 이렇다 보니 팀장인 나는 남들보다 훨씬 더 당혹스러웠다.

나는 팀장으로서 A에게 그렇게 힘든 일을 시킨 적이 없고 그녀가 힘들어하는 것도 보지 못했다. A는 늘 웃는 얼굴이었고 조용히 자기 일을 충실하게 하는 편이었다. A가 회사생활을 정말 힘들어하는데 담당 팀장인 내가 눈치채지 못하고 있었는지 자책도 했다.

좀 더 알아봤다. 그런데 D는 새로운 얘기를 들려줬다. A가 몇 달 전부터 남자친구를 사귀기 시작했는데 관계가 소원해져 최근에 많이 고민했다는 것이다.

남자친구는 지방에 거주하고 있었고 A보다 10살 정도 위였다. 두 사람의 물리적인 거리와 나이 차이 등을 이유로 남자는 그만 만났으면 하는 생각을 밝혔지만, A는 계속 만남을 유지하고 싶어 했다. A는 이 일로 꽤 고민했다고 한다. 고민이 있다면 이 정도인데 이게 자살의 이유가 될 만큼 중대한 문제인가 싶었다. 또 다른 이유가 있는 것인가.

그러나 어쨌든 이미 벌어진 일이었다. 그것도 내 팀 소속인 직원이 자살을 예고하는 유서를 쓰고 사라진 것이다. 평소에 그 직원이 부산 태종대에 가고 싶어 했다는 말을 듣고, 나와 팀원 둘이서 며칠을 태종대 근처 숙박업소에 전화를 걸어 혹시 젊은 여자 혼자 거기에 숙박했는지를 알아봤다.

하지만 소식을 들을 수 없었고 찾을 길도 막막했다. 불안하고 초조한 날들이 이어졌다. 만약 이렇게 나타나지 않거나 행여나 주검으로 발견된다면 나는 어떠한 책임이 있는지 그리고 어떻게 책임을 질 것인가에 대한 고민도 깊어졌다.

연초부터 해야 하는 본연의 일에 전혀 집중할 수 없었고 그렇게 열흘을 보내고 있었다. 그러던 중 A의 책상 서랍 안에 있던 현금 카드가 밤새 사라지는 일이 발생했다. 은행에 확인한 결과 출금 사실도 확인되었다.

다행히도 여직원 A는 서울 어딘가에 있었다. 수중에 돈이 떨어져 현금 카드가 필요해 새벽에 몰래 사무실에 들른 것이다. 회사에서도, 집에서도 안도했다. 정말 다행이었다.

A는 2주가 지나서야 집에 돌아왔다. 그리고 일주일 후, 그러니까 가출 3주 만에 회사에 다시 출근하였다. 회사 규정에 따르면 무단 결근 2주면 사직 처리하는 것으로 되어있는데 A의 평소 근무태도를 고려하여 회사 규정을 적용하지 않았다. 3주의 공백에 대해서 예외적으로 연월차 휴가로 처리해 줬다.

나를 비롯한 그 누구도 가출 소동을 벌이고 복귀한 그녀에게 그에 관련된 어떤 말도 하지 않았다. 그리고 평소처럼 따뜻하게 대해 주었다.

시간이 지나면서 A는 언제 그랬냐는 듯이 일상으로 복귀했다. 그리고 그해 9월에 맞선으로 만난 사람과 결혼했고 동시에 회사를 떠났다. 꽃가마를 타고 장내를 행진하며 화사한 웃음을 짓던 그 직원의 얼굴이 아직도 기억에 선하다.

이런 일을 겪고서 사람의 심리에 대해서 생각해 봤고 그래서 깨달은 것도 있었다.

몇 년 전만 해도 부서 전체에서 여직원은 A뿐이었다. A는 여상을 졸업하고 어린 나이에 입사해 본부의 막내로 경리와 서무는 물론 때로는 문서작성까지 다양한 일을 맡았다.

시간이 몇 년 흐르면서 대졸 여직원 B가 우리 본부로 전입해 왔다. 회사에서는 비서학과 출신을 몇 명 채용했고 그중 한 명을 임원인 본부장 비서로 배치한 것이다. 당시 비서의 업무가 많지 않아 그녀에게 내부 인트라넷 구축과 신규 사업을 겸해서 맡겼다.

돌아보면 여기서부터 조금씩 꼬이기 시작했던 것 같다. 두 여직원은 동년배였다. 경리업무를 하는 직원은 그동안 본부 내에서 홍일점이자 막내로서 어떻게 보면 예쁨을 독차지하는 위치에 있었다. 그런데 어느 날부터 새로운 여직원이 본부에 왔는데 동년배에 명문 여대 출신이었고 외모도 곱상했다. 직원들의 시선이 그쪽으로 분산되었다.

경리를 맡던 A는 그즈음부터 신경이 조금 날카로워졌다. 새로 들어온 B가 맡은 일은 신입사원이 하기에는 쉬운 일이 아니다 보니 사업부장이 불러 업무를 가르쳐 주고 협의하기도 하면서 같이 미팅하는 시간이 많아졌다. 그럴수록 A의 얼굴은 밝지 않았다.

몇 개월 뒤엔 본부의 사업이 확대되면서 새로운 경리 여직원 C를 회사에서 배치해 줬다. 그 여직원은 여상을 갓 졸업한 신입사원으로 나이도 어렸고 성격이 밝아 앞서 조용한 성격의 두 사람과 대비되었다.

신입 여직원 C는 남자 직원들과도 잘 어울렸고 본부에서 막내의 위치여서 귀여움도 받았다. 세 명의 여직원에게 보내는 직원들의 호감과 관심은 조금씩 다른 모습이었다.

그러자 본부 내의 여직원 간에 묘한 기류가 형성되었다. 그녀들 간에 주고받는 대화도 간혹 날이 선 경우가 있었고 남자 직원들을 통해 비친 그녀들의 모습도 서로 간에 경쟁심이 있어 보였다.

언젠가 본부 워크숍을 경주로 갔다. 여름 초입의 바닷가였는데 어쩌다 거기서 씨름을 하게 되었다. 여직원들도 남자 직원들과 마찬가지로 서로 씨름을 했는데 셋의 관계가 묘한지라 관심이 집중되었다. 마음속의 경쟁의식이 씨름이란 경기를 통해 어떤 결과로 나타날지 궁금했다. 3명의 여직원이 서로 체격이 달랐는데도 결과는 놀랍게도 셋 다 1승 1패였다. 서로 꼭 이기고 싶은 상대를 이긴 것이다.

세 명의 여직원은 평소 겉으론 크게 문제없어 보였지만, 속마음은 그렇지 않았을 수도 있다. 생각해 보면 이 상황에서 가장 소외되고 상처받은 사람은 먼저 와 있던 선배 여직원 A였을 수 있다.

여직원 B는 신규 사업 업무를 맡아 사업부장이나 팀장과 업무적으로 함께하는 시간이 많았고, 신입 여직원 C는 본부 내의 젊은 직원들과 스스럼없이 잘 어울리는 편이었다. 조용한 성격의 선배 언니 A는 그렇지 않아도 내성적인 편인데 이런 상황이 되다 보니 스스로 소외되었던 것 같다.

팀장인 나를 비롯한 여러 직원이 A의 마음을 헤아리고 서로 잘 나누었으면 어땠을까 싶다. 가출 소동의 진짜 이유가 무엇이었는지는 지금도 정확히 알 수 없다. 그렇지만 그때 그 여직원이 소외되지 않게 살피고 주변에 공감해 주는 따뜻한 동료나 선배가 있다는 것을 느끼게 해 주었으면 그런 일이 벌어졌을까 하는 생각이 지금도 가끔 든다.

항명의 결말

앞선 이야기에 언급된 신입 여직원인 C는 활달하고 통통 튀었다. 어린 나이치고는 자기주장이 강한 편이었다. 이 때문에 C에 대해서는 사람에 따라 호불호가 갈렸다. 대체로 같이 어울리는 젊은 직원들은 이러한 그녀를 나쁘지 않게 여겼다.

그러던 어느 날 휴가 문제로 일이 터졌다. C가 미국에 사는 사촌 결혼식에 어머니를 모시고 다녀오려 일주일간 휴가를 냈는데 본부장이 승인해 주지 않고 반려했다. 바쁜 시기인데 꼭 가야 하냐며 다시 한번 생각해 보라고 한 것 같다.

이미 항공권 예매도 해두었고 어머니 혼자 미국에 보내는 게 마음에 걸렸던 여직원은 사정을 설명하고 재차 휴가 승인을 요청했다. 그러나 본부장은 이번에도 승인을 해 주지 않았다. 이 여직원 외에도 경리 여직원이 한 명 더 있기에 업무 공백은 크게 없었지만, 본부 내의 업무 분위기에 미치는 영향을 우려한 듯했다.

그런데 C는 본부장의 두 번에 걸친 휴가 반려에도 불구하고 휴가를 결행했다. 어머니를 미국에 혼자 보낼 수 없었기에 그녀로서도 어쩔 수 없는 선택이었다. C는 뒷일을 불안해하며 휴가를 갔고 다른 직원들도 차후 취해질 조치에 그녀를 걱정했다.

하지만 이 휴가 항명은 직원들이 생각했던 것 이상으로 파장이 컸다. 본부장은 격노했다. 명령에 따르지 않은 C의 책상을 뺐다. 그리고 C의 역할을 대신할 임시 직원을 빠르게 계약직으로 채용했다.

휴가에서 C가 돌아오면 앉을 자리를 아예 없앤 것이었다.

일주일 후 불안한 마음으로 출근한 C는 당황했다. 상황이 이렇게까지 될 줄은 전혀 예측하지 못했던 것이다. 자기 자리마저 없어지고 회사를 그만두면 좋겠다는 메시지를 다른 직원을 통해서 권유받았으니 감당하기가 쉽지 않았다. 회사에 출근해도 어디에 있을지 마땅치 않았다. 여직원 휴게실에 가 있기도 하고 전화 교환실에도 가서 시간을 보냈다.

C는 억울해했다. 회사를 그만둬야 할 만큼 자기가 잘못했는지 수긍하지 않았다. 회사 규정대로 징계는 받겠지만, 지금 벌어진 일은 본부장 특유의 판단으로 벌어지는 상황이라고 생각했다. 그래서 C 스스로 나름대로 대항하고자 여직원 휴게실에 호소문을 부쳐 사람들에게 알리고 노조에도 도움을 요청했다.

다들 사정을 알고 안타까워했지만, 앞장서서 지원해 줄 사람은 없었다. 노조에서도 둘 사이를 중재하려 했지만, 중재할 의지도 크지 않았을뿐더러 본부장이 워낙 완강해서 중재하거나 끼어들 틈도 없었다.

이러는 사이에 시간은 한 달 가까이 흘렀다. 상황은 그대로였다. 자리도 빼고 회사를 그만두면 좋겠다는 사인을 보내면 보통 회사를 그만두기 마련인데 C가 이렇게까지 강하게 대응하며 버티리라곤 아무도 생각하지 못했다.

나는 중간에서 안타까웠다. 회사에 정식으로 요청하여 징계위원회를 열어 규정대로 징계하거나 다른 부서로 C를 옮겨주면 되는데 이도 아니었다. 노조도, 회사도 서로 모른 체하며 자체적으로 잘 해결해 주길 바라는 눈치였다.

본부장은 자기의 명령을 거스른 C를 받아들일 생각이 전혀 없었다. 그리고 항명하면 어떻게 되는지를 보여 주고자 하는 듯했다. 그러나 그렇게 하려면 이러한 압박이 통해야 하는데 여직원의 예상외의 반발로 상황은 나아지지 않았다.

이 사건이 해결되지 않고 시간이 계속 흐르게 되자 본부장은 마음이 편치 않았다. 또한, 혹 이 사건이 회사에서 크게 이슈화되거나 또 외부로 알려지게 되면 좋을 게 없었다.

서로 평행선을 그으며 해결책 없이 그렇게 시간이 흐르던 어느 날이었다. 중요한 프로젝트 제안 건으로 고객사에 방문하여 상담하고 있을 때였다. 갑작스레 본부장으로부터 전화가 왔다.

"유 팀장이 책임지고 그 여직원 일 해결해 봐. 만나서 뭘 원하는지 알아보고 잘 설득하여 사표를 받도록 해."

나는 같은 본부 내의 일이지만 C와는 팀이 달라 휴가 항명 파동과 크게 관련이 없는 위치였다. 그런 내게 난해한 일의 해결을 맡기다니 느닷없는 일이었다. 이를 어떻게 해석해야 할지 그리고 어떻게 풀어야 할지 고민스러웠다.

현실적으로 보면 C가 본부 내에서 다시 일하는 것은 사실상 불가능했고 또 다른 부서로 전환 배치를 받는 것도 어려운 일이었다. 이제 서로가 같은 회사 내에서 부딪치며 생활하는 것이 아주 불편한 일이 되었기에 좋은 대안이 아니었다. 언젠가는 그 여직원이 회사를 떠날 수밖에 없는데 그러려면 뭔가 대안을 마련해 주면 좋겠다는 생각이 들었다. 그것은 일자리였다. 그것도 좋은 일자리일수록 좋았다.

나는 전화를 받고 나오면서 마침 그 고객사에 근무하는 친한 후배가 떠올랐다. 그 친구라면 혹시 계약직이라도 C의 일자리를 마련해 줄 수 있지 않을까 기대하며 연락을 취했다.

후배는 마케팅부서에서 관리자로 근무하고 있었고 업무 능력도, 대인관계도 좋았다. 당시 그가 근무하던 통신산업은 성장산업으로 일자리가 계속 만들어지는 상황이어서 혹시 뭔가 있을지도 모를 일이었다.

후배에게 사정을 설명하고 계약직이라도 좋으니 일자리를 알아봐 달라고 요청을 했다. 하루 정도 있다가 후배로부터 연락이 왔는데 자회사에 일자리를 만들어 줄 수 있을 것 같다고 했다.

그 자회사는 국제전화서비스를 전문으로 하는 회사로 본사에서 분리하여 자회사를 설립할 무렵이었고 따라서 새로운 인력을 구하던 차였다. 2년 계약직이지만 별다른 문제가 없으면 정직원과 다를 바 없는 무기한 계약직이었다.

다행이었다. 나는 이러한 대안을 마련해 놓고 C를 만나서 설득했다. 지금 벌어진 현실을 얘기하고 대안을 제시했다.

"첫째, 승인받지 않은 휴가를 간 원죄가 너에게 있다. 그렇지만 지금 현 상황은 안타깝다. 둘째, 서로에 대한 감정이 안 좋은 상황에서 이제 본부장과 같이 근무하는 것은 불가능해졌다. 그렇다고 대안도 없이 회사를 떠나라고 하는 것은 너에게 가혹한 일이다. 셋째, 그래서 내가 주변에 회사를 알아봤는데 마침 괜찮은 회사에 자리가 났다. 국제전화를 전문으로 하는 통신회사의 자회사로 최근에 신설된 회사다. 네가 야간 대학에 다니는 것도 양해해 준다고 한다."

결국은 이렇게 해서 C는 회사를 그만두고 떠날 수 있었다. 휴가 항명 소동이 벌어진 지 한 달 만이었다. 사건은 이렇게 마무리되었다. 그 사건엔 후유증도 있었고 교훈도 있었다.

이 일로 그 여직원은 자기 인생을 돌아보는 새로운 전기를 마련했다. 이후에 야간 대학에서 주간으로 전환해서 대학 과정을 이수하여 졸업했고 대졸 학력으로 회사에 다시 취업하였다.

이후 글로벌 기업의 한국지사에서 근무하며 전문성을 쌓았고 그 전문성을 인정받아서 여러 유명한 회사에서 근무하기도 했다. 지금은 전문가로서 프리랜서로 일하고 있다.

2천만 원 횡령으로 직원이 한 일

임원으로 첫 새해가 시작되고 새롭게 받은 직책으로 분주하던 어느 날 김희철 본부장이 심각한 표정으로 나를 찾아왔다. 김희철 본부장은 내가 맡았던 CS경영본부장의 후임이었고 나는 서비스산업 담당 임원으로 역할이 바뀌었을 때였다.

연초에 회사에서는 미수 채권에 대한 일제 점검과 함께 미수 채권 회수 캠페인을 벌였다. 새롭게 보직을 맡은 김 본부장은 본부 내 미수 채권을 확인하던 중에 서무를 맡은 여직원 L이 공금을 횡령한 사실을 발견하고 전임자인 내게 상의를 하러 온 것이었다.

내용인즉, L이 고객으로부터 받을 돈을 개인 계좌로 전송받아 사적으로 횡령하여 왔고 이미 유용한 총금액이 2천만 원을 훌쩍 넘은 상황이었다. KMAC 창립 이래 공금 횡령이란 전례 없는 일이 터진 것이다.

L은 당초에 생산 분야 TPM[20]본부에서 일하던 여직원인데 전년도 3월쯤에 내가 본부장으로 있던 CS경영본부로 전환 배치되었다. L은 입사할 때부터 TPM본부에 근무해 왔는데 거기엔 경리 여직원이 필요 없다는 CEO의 판단에 따라 CS경영본부로 전환 배치된 것이다.

본부장인 나와 담당 팀장은 당시에 여직원이 필요하지 않은 상황

---

20 Total Productive Maintenance. 전사적 생산 보전. 보전 부문뿐 아니라 모든 구성원이 설비의 보전업무에 참가하여 설비 고장을 원천적으로 막고 불량 제로·재해 제로를 추구해 기업의 체질을 변화시키고자 하는 기업혁신운동.

이었는데 어쩔 수 없이 받은 여직원이었다. L은 다소 무뚝뚝한 편이었고 다른 부서에서 이동해 와서인지 직원들과 잘 어울리지 않았다. 자기 일만 조용히 하는 스타일로 보였다.

그로부터 몇 달 후인 7월쯤이었다. 담당 팀장이 L과 같이 일을 하지 못하겠다며 내보내면 안 되겠냐고 하소연했다. 무슨 일을 시키면 제때 처리하지 않아 업무에 차질이 생겼고 지각도 잦는 등 근무 태도도 좋지 않다고 하였다. 성격이 깐깐한 그 팀장은 그럴 때마다 여직원을 수시로 혼냈고 이젠 더는 참기 힘들어 그만두면 좋겠다는 뜻도 이미 전했다는 것이다.

나는 L을 불러 사정을 들어봤다. 장문의 편지를 가지고 온 L은 별다른 말 없이 하염없이 울기만 했다. 잘하려고 하는데 뜻대로 되지 않아서 힘들다는 것과 팀의 분위기에 주눅이 들어 일하기 어렵다며 호소했다. 그리고 앞으로 열심히 잘해서 문제없게 하겠으니 다시 기회를 달라는 것이 요지였다.

불성실하거나 업무 성과가 나지 않는 남자 직원을 꾸짖은 적은 있지만, 서무를 맡은 여직원에게 이런 경우가 생기는 것은 처음이었다. 좀 당혹스럽기도 하고 안쓰럽기도 한 상황이었다.

그렇다고 해서 이 일로 L을 회사에서 지금 당장 내보내는 것은 적절치 않다고 보았다. 그렇게 오열하며 기회를 달라는 요청을 봐서라도 그렇게 할 수 없었다. 더구나 CEO가 본부로 배치하면서 잘 가르치라는 말을 한 지 불과 4개월밖에 안 된 시점이었다.

팀장을 불러 설명하고 설득했다. 본인이 울면서 하소연하고 있고 앞으로 잘한다고 하니 지켜보자고 했다. 우선 일차적으로 무엇이 잘못되었는지 피드백과 함께 경고하고 그래도 나아지지 않으면 그때 다시 판단하자고 했다. 팀장은 마땅찮은 모습이었지만 본부장인 나의 뜻에 따랐다. 그게 6개월 전이었는데 이런 대형 사고를 치다니 정말 알 수가 없었다.

공금 횡령이란 유례없는 사고에 이를 어떻게 처리할지 고민했다. 나는 당시에 회사 운영 전반을 관리하며 CEO를 보좌하는 전략기획담당 임원도 겸하고 있어서 일차적으로 나의 판단이 중요했다.

횡령 금액이 적으면 돈을 채워 넣어 아무 일 없었던 것처럼 넘어갈 수 있는데 그러기엔 금액 규모가 컸다. 그보다도 내 부서에서 벌어진 잘못을 회사에 숨기는 것 같아 담당 임원으로서 올바른 판단이 아니라고 봤다.

그래서 신속하게 직원의 공금 횡령 사실을 CEO에게 보고했다. 그리고 규정에 의거하여 징계위원회 개최를 요구하여 횡령한 당사자와 관련된 보직자들을 징계하는 절차를 밟았다. 회사 창사 이래로 공금 횡령 문제로 처음 열린 징계위원회에서는 횡령 당사자인 여직원, 담당 팀장 그리고 본부장인 나를 징계대상자로 올려 징계 처분을 내렸다.

공금 횡령은 형사적 범죄사실이어서 여직원의 집에도 알렸다. 여직원의 부모님은 어떻게든 횡령 금액을 배상할 테니 형사처분만은 면하게 해달라고 간청했다. 그리고 며칠 만에 횡령한 돈 2천여만 원을 회사에 보내오며 선처를 바랐다.

일반적으로 회사에서 횡령 사건이 발생하면 보통은 형사고발을 하는데 이 경우 신속히 전액 환수가 되었고 앞날이 구만리 같은 여직원의 앞날을 생각하여 형사고발을 하지 않았다.

징계위원회의 징계 결과 여직원은 파면, 본부장이었던 나와 팀장은 호봉이 줄어드는 감호 처분을 받았다. 나와 팀장에 대한 징계는 여직원의 공금 횡령을 알아채지 못한 관리자의 관리 감독 부실에 따른 징계였다. 감호는 중징계였고 직원들에게 교훈을 주는 의미도 있었다.

징계의 영향으로 그로부터 얼마 후에 열린 임원승진 심사에서 나는 이사대우에서 이사로의 승진에 탈락의 고배를 마셨다.

L은 횡령한 회사 공금으로 명품을 샀다고 한다. 명품 핸드백, 명품 구두 그리고 코트도 명품이었다. 명품에 대한 감이 없던 나나 남자 직원들은 그 여직원이 명품 핸드백을 들고 다니는지, 명품 구두를 신고 있는지 알지 못했는데 일부 여직원들은 그녀가 명품으로 치장하고 다니는 것을 이미 알고 있었다.

주변 여직원의 얘기를 통해 이 여직원의 명품 치장은 벌써 몇 년이 되었다는 사실을 알게 되었다. 그래서 횡령한 여직원에게 물어보니 우리 부서로 오기 전에 이미 횡령을 하고 있었으며 이전 부서의 횡령 금액을 채워 넣기 위해 지금 부서에 와서도 횡령을 할 수밖에 없었다고 털어놓았다.

여직원의 공금 횡령은 고객으로부터 받은 돈을 횡령하여 과거 횡령한 금액을 채워 넣는 방식이어서 이를 알아채기가 쉽지 않았다.

회사는 대개 3개월이 지난 미수채권을 관리하였는데 횡령 사실을 회사에서 알아챌 수 없도록 L이 교묘하게 피해 갔었다. 매사에 꼼꼼한 김희철 본부장이었기에 파악한 횡령이었다.

회사는 이 사건을 계기로 윤리강령을 제정했다. 회사의 전략기획 담당 임원을 겸하던 나는 윤리강령 제정 책임자가 되어 직원들과 함께 윤리강령을 만들었다. 그리고 이 윤리강령을 선포하고 직원들에게 교육까지 했다.

징계를 받았던 내가 윤리강령 책임자가 되어 강령을 만들고 직원 교육도 직접 했으니 아이러니한 일이 아닐 수 없다. 지금 생각해 보면 그 윤리강령은 일명 「김영란법」과 유사한 규정이었다.

회사의 돈을 개인적으로 유용하려는 잘못된 욕구는 어디에나 존재할 수 있다. L처럼 직접 횡령하여 쓰는 경우는 거의 없다고 봐야 하지만, 여러 형태의 불법이나 탈법 또는 이에 가까운 자금 유용에 대한 유혹은 늘 존재한다. 그러나 이는 유의해야 한다. 능력을 인정받아 높은 위치에 올라가더라도 간혹 한 방에 훅 가는 경우가 생기는데 바로 돈 문제, 여자 문제인 경우가 많다.

돈 문제는 회삿돈을 규정에 맞지 않게 쓰거나 횡령하는 것이고 여자 문제는 요즘 사회적 이슈인 성희롱, 성추행 등이 이에 해당한다.

회사의 돈을 유용하거나 횡령하는 수법도 가지가지다. 협력업체인 인쇄소에 비용을 과다하게 청구하게 한 뒤 차액을 넘겨받아 유용한 경우, 외부 인건비를 과다 책정하고 일정액을 돌려받는 경우, 사적 용도로 집행한 영수증을 프로젝트 비용이나 회사의 비용으로 쓰는 경우 등이 대표적인 수법이다.

직장생활에서 대다수는 이런 문제로 갈등하지 않는다. 규정대로 하면 되고 또 그렇게 하는 것이 편하기 때문이다. 그러나 돈을 만지고 다루다 보면 자기도 모르게 이런 유혹이 생길 수 있다.

직위가 높고 권한이 많을수록 그 유혹도 크게 다가온다. 견제도 그만큼 약해지기 때문이다. 그 유혹을 이겨내지 못하면 범법자가 될 수도 있다. 아무도 모르게 한다지만, 회사의 경비는 다 근거를 남기며 승인의 과정을 거치기 때문에 흔적이 남는다. 나중에라도 밝혀진다. 그래서 리더일수록 특히 돈의 문제에서 자유로워야 한다.

워크숍에서 일어난 사건

　월요일 점심을 마치고 잠시 눈을 붙이며 쉬려던 참이었다. CEO의 호출이 있었다. 여직원 중 한 명이 자기 부서장에게 성희롱을 당했다고 경영지원실에 고발하였는데 전략기획담당 임원이던 내게 어떤 상황인지 체크해 보라는 지시였다.

　그 본부는 지난 주말에 워크숍을 갔었다. 본부의 사업계획을 공유하고 친목도 다질 겸 해서 서울 근교에 1박 2일로 다녀왔다. 거기서 터진 일이었다. 이 사건을 처음 접수한 경영지원실 팀장으로부터 어떤 일이 있었는지를 들어 봤다.

　해안가에서 모닥불을 피워 술을 마시고 노래할 때까진 분위기가 좋았다. 서로 흥겹게 시간을 보내는 와중에 1년 단위 계약직 신분이었던 여직원 H는 본부장 P에게 다가가 술 건배를 청했다.

　"본부장님, 저 열심히 일 잘할게요."

　취기도 약간 오른 상황에서 본부장에게 열심히 일하겠다고 한 것이다. 충분히 있을 수 있는 상황이고 건배 요청이었다. 그런데 술기가 올랐는지 P본부장은 엉뚱하게도 전혀 예상치 않은 답을 했다.

　"너 지금 네 가슴이 크다고 내 옆에 와서 자랑하는 거니. 저리 가세요."

　이 말에 여직원은 깜짝 놀라서 다른 말도 못 하고 "네?"라고 하면서 자리를 물러났다. 그 발언에 충격을 받은 것이다. 워크숍에 와서 함께 흥겨운 시간을 보내던 중에 평소 데면데면하던 본부장에게 건배를 청했다가 당혹스러운 일을 당한 것이다.

이에 큰 상처를 받은 H는 월요일에 출근하자마자 성희롱을 당했다며 자기 본부장을 회사에 고발했다. 회사도, 나도 이런 경우가 처음이어서 어떻게 할지 고민됐다. 그러나 사건의 실체를 명확히 파악하는 것이 우선이었고, 징계든, 뭐든 조치를 취하는 것은 그다음 일이었다.

사건 관련자 4명을 불러 자초지종을 들어봤다. 가해자인 본부장, 피해자, 현장을 목격한 직원 2명 등 총 4명이었다. 가장 먼저 사건의 원인을 제공한 P본부장의 얘기를 들었다. P본부장은 내가 본부장일 때 팀장으로 호흡을 맞춘 적도 있다. P는 일에서 언제나 강력한 리더십을 발휘하고자 하는 스타일이었고 자기주장도 센 편이었다.

P본부장은 이미 상황을 알고 있는 듯 억울해하면서도 자기 잘못을 시인했다. 여직원이 갑자기 와서 건배를 청하는데 너무 가까이 다가와 깜짝 놀라서 자기도 모르게 그런 말이 나왔다고 했다.

여직원이 그렇게 자기에게 가깝게 다가오지 않았다면 이런 상황은 벌어지지 않았을 거라며 성희롱 의도는 전혀 없다고 했다. 그러나 그 발언은 성희롱에 해당하는 발언임을 본인도 알고 있었고 법적으로도 그랬다. 수치심을 주는 발언이었고 또 당사자가 수치심을 느꼈으니 더욱 그랬다.

여직원은 울음으로 얘기를 시작했다. 너무 수치스럽고 창피하다는 것이었다. 본부장에게 건배를 청했는데 어떻게 자기 가슴 운운하며 여러 사람 앞에서 창피를 주냐는 것이다. 마음에 큰 상처로 남았다고 한다. 평소에 까칠하여 대하기가 어렵던 본부장과 그런 자리에서 편하게 하려고 했는데 자기에게 성적인 말로 수치심을 주었다는 것이다. 여직원은 회사에서 규정대로 처리해 주길 원했다.

현장에 있던 직원의 말도 다르지 않았다. P본부장이 갑자기 과도한 발언으로 여직원에게 수치심을 유발하는 얘기를 했다는 것이다. 이들은 자기 본부장과 관련된 일이라 조심스레 얘기하고 있어도 결론은 본부장에게 잘못이 있다는 시각이었다.

회사는 첫 성희롱 사건인 만큼 엄격하게 하고자 했다. 그러려면 정식으로 징계위원회를 열어 규정대로 징계하여야 한다. 그렇지만 성희롱을 공론화하면 바깥으로 소문이 퍼져 나갈 우려도 있었고 그것은 회사나 당사자에게도 좋지 않은 일이었다. 그래서 피해 여직원에게 회사에서 할 수 있는 징계의 유형을 설명해 주었다.

다행히 시간이 흐르면서 여직원도 좀 누그러졌다. 이 일로 P본부장의 앞날에 먹구름이 끼는 것에 대한 여린 마음이 작동하는 것 같았다. 그래서 처분을 회사에 맡기고 따르기로 했다. 경고나 시말서 수준으로 징계를 하는 것에 대해 여직원도 동의해 주었다.

지금이야 '미투 운동'의 확산으로 회사에서 여직원들에 대한 조그만 성추행, 성희롱이라도 매우 엄격하게 다뤄지는 시대지만, 당시만 해도 조금은 느슨했기에 가능한 합의였고 징계였다.

이런 사건들을 겪으며 씁쓸하기도 했지만, 대부분의 사건이 원만하게 잘 해결되어 다행이라는 생각과 함께 관리자로서, 나아가 회사 전반을 담당하는 임원으로서 많은 교훈도 얻었다.

골프도, 인생도 끝나 봐야 안다

나를 힐링시켜 주고 다듬어 준 20년 라운딩

흔히 바둑판이 인생의 축소판이라고 말하는 것처럼 18홀을 라운 딩하는 골프도 우리네 삶에 비유하기도 한다. 골프를 통해 얻는 경험과 교훈이 삶을 통해 얻는 것과 비슷한 면이 있기 때문이다.

골프를 치다 보면 전반 9홀에서 고생하다가도 후반에 잘 풀리기도 하고 그 반대의 경우도 허다하다. 두세 홀에서 어려움을 겪었다고 해서 18홀 전체가 무너지는 것도 아니다. 우승을 앞둔 선수가 마지막 두세 홀에서 망가져 우승컵을 놓치기도 한다.

그래서 그 유명한 "골프는 장갑을 벗어 봐야 안다."라는 말도 있지 않은가. 마치 9이닝을 하는 야구와도 같이 끝나지 않은 미래엔 어떤 일이 벌어질지 아무도 모른다. 야구에서도 "끝날 때까지 끝난 게 아니다."라는 유명한 말이 있듯이 골프나 야구도 인생과 흡사하다.

KMAC의 삶에서 일을 제외하고 가장 기억에 남는 것 중 하나가 골프다. 많은 라운딩을 했고, 이를 통해 다양한 경험을 했다. 긴장의 연속인 '업(業)'의 와중에 골프는 나에게 또 다른 즐거움이었고 편안한 휴식처였다.

KMAC에서 골프는 필수적인 면이 있었다. 고객과 업무 접점이 많았기에 골프는 업(業)에 필요하기도 했고, 그래서인지 사내에 골프를 권장하는 분위기가 있었다. 나는 팀장이던 시절에 당시 본부장이던 현 김종립 KMAC 부회장의 권유로 골프를 시작하게 되었는데, 덕분에 동반 라운딩도 많이 했고 골프에 관해 많은 것을 배울 수 있었다.

골프는 플레이 자체가 즐겁기도 했지만, 이를 통해 동반자를 배려하는 에티켓을 익히는 데도 많은 도움이 됐다. 골프에 고마운 마음을 갖는 것은 나를 힐링시킴과 동시에 나를 다듬어 준 역할도 했기 때문이다. 푸르른 초장에서 호흡이 맞는 동반자와의 라운딩은 내게 큰 즐거움을 주었고, 그래서 삶과 일에 동기부여도 되었다.

골프에 입문한 지 몇 달 후 나는 아내에게 골프 연습을 권했다. 혼자만 하는 것이 미안하기도 했으며 또 앞으로 내가 골프를 오래도록 치려면 부부가 같은 취미를 갖는 것이 좋겠다는 생각 때문이었다. 초등학생과 유아원에 다니는 자녀를 둔 학부모의 시기에 부부가 골프를 함께하는 것은 시간적으로나 경제적으로 무리가 있다 싶었는지 아내는 손사래를 쳤다.

그러나 어차피 할 운동이라면 빨리 시작하는 게 낫겠다 싶었고 그래서 다니는 연습장에 아내를 데리고 가 레슨 등록과 함께 연간 회원권을 끊어 주었다. 곧바로 골프 장비도 사 줬다. 그렇게 했더니 아내는 돈이 아까워서라도 골프를 배우지 않을 수 없었다.

이렇게 시작한 아내의 골프 구력도 어언 20년이 되어간다. 비교적 일찍 골프에 입문한 아내는 여건상 그동안 필드에 갈 기회가 거의 없었다. 가끔 연말에 제주에 가서 라운딩을 몇 번 하는 것을 제외하면 나와 함께 분기에 한 번 나가는 정도였다.

그런데도 골프를 치는 실력은 '보기 플레이'로 괜찮은 편이다. 언젠가 영종도 '스카이72'의 하늘코스에서 라운딩할 때였다. 후반에 두 개의 롱홀에서 세 번째 샷이 두 번 다 홀에 들어가는 '더블 이글'을 기록하기도 했다. 진기한 기록이 아닐 수 없다. 아내와 나는 이제 고정적인 골프 동반자가 되었다.

20년 라운딩 인생엔 재미난 일도 많았고 더불어 많은 교훈도 얻었다. 여러 경험을 통해 이제는 편안하게 즐기는 운동이 되었지만, 초창기엔 그러지 않았다. 잘하고 싶고 이기고 싶은 마음이 앞서서 싸움닭처럼 맹렬하게 치기도 했다. 내기 골프라도 하면 잘 밀리지 않았다. 그것이 상대방을 불편하게 할 수 있고 그래서 부질없음을 알게 된 지금은 상대방과 즐겁게 치는 것이 목표로 바뀌었지만 말이다.

"트리플 했잖아!"

골프채를 처음 잡은 날부터 3년 동안 거의 하루도 거르지 않고 골프 연습장을 찾았다. 당시 새벽에 일어나 연습장에 가서 한 시간 남짓 연습하고 출근했는데 그때까지 새벽잠이 많았던 나는 골프를 배우며 새벽에 일어나는 습성으로 바꾸어 갔다. 긍정적인 변화였다.

때로는 동네 연습장을 벗어나 주변에 좋은 연습장을 찾아 벙커샷이나 퍼팅 연습을 별도로 했다. 지금은 없어진 용인 '에버랜드 연습장'까지 내려가기도 했다. 퍼팅 그린이 좋아 실전 퍼팅을 비롯해 벙커 연습까지 가능했다. 숏 게임 능력 향상을 위해 수도권의 여러 '파3 골프장'을 찾기도 했다. '파3 골프장'에서의 연습은 실전에 크게 도움이 됐다.

라운딩을 마치고 집에 돌아올 때 한동안은 연습장에 들려 성찰의 연습을 하곤 했다. 미스샷을 생각하며 샷을 다듬었고 굿샷을 떠올리며 즐거운 마음으로 같은 샷을 반복해서 연습했다. 여름 휴가 때도, 또 명절 때 시골에 가서도 시간을 내어 가능하면 연습장을 찾았다.

골프에 처음 입문하는 사람이 대개 그렇듯이 책을 사서 이론을 공부하고 동영상을 보며 샷을 연구했다. 이렇게 보고 배운 샷을 연습장에서 그대로 따라 하는 연습도 해 보았다. 실력이 점차 좋아질 수밖에 없었다.

열심히 연습할 수 있던 또 하나의 이유 중 하나는 평소 다이어트가 꿈이었는데 골프 연습을 시작한 이후로 한 달에 2kg씩 빠졌고 6개월 후엔 목표치를 넘어선 12kg의 감량이 절로 이루어졌기 때문이다. "가재 잡고 도랑 친다."고, 골프를 배우며 살도 빼니 골프를 배우는 즐거움이 이루 말할 수 없었다.

여기에 CEO는 골프 스승으로서 골프에 동기부여가 되어 주었다. 무엇보다 동반 라운딩의 기회를 많이 만들어 주었고 스윙 동작이며 샷 기술도 가르쳐 주었다. CEO는 일찍이 골프에 입문했는데 엄청난 연습과 함께 입문한 그해에 싱글을 기록했다고 한다. 한마디로 전설이었다. 골프 입문 몇 년 후엔 티칭프로 자격까지 취득할 정도였다.

내가 골프를 좀 치기 시작하면서부터는 CEO는 재미난 방식으로 라운딩을 했다. 새로운 규칙을 만들어 가벼운 내기 골프를 했는데 늘 반전이 있는 규칙인 경우가 많았다. 이런 식으로 재미나게 라운딩을 하고 나면 식사 자리에서 얘깃거리도 많았고 그걸 풀어놓는 재미도 있었다.

내기 골프 중에 '조폭 스킨스 게임'이라는 것이 있다. 이 게임은 파 세이브를 하면 벌금을 내지 않고 보기를 하면 1만 원의 벌금을, 더블을 범하면 2만 원을 내는 방식으로 진행하는데 중간에 버디를 잡은 사람이 나오면 그때까지 나온 벌금을 다 가져가는 방식이었다. 버디를 잡은 사람도 이후 보기를 하면 가져간 돈의 반을, 더블을 하면 모든 돈을 다시 내놓아야 했다.

그러니 중간에 버디를 하였어도 다시 벌금으로 내어놓는 경우가 많아 18홀이 끝나면 자기 핸디캡만큼 돈을 내게 된다. 그것으로 캐디피를 내고 남은 돈을 분배하면 실력만큼 공평한 분배가 이루어진다.

그러나 18홀이나 18홀 근접해서 버디를 하면 모인 돈을 전부 다 가져갈 수도 있고 실제로 그런 경우도 간혹 나왔다. 이 게임은 핸디

캡이 낮은 골퍼들에겐 의외로 재미있는 게임이다.

이 방식과 관련하여 재미난 경험이 있다. 강원도 횡성 '웰리힐리 CC' 북코스는 내가 라이프 베스트를 기록할 정도로 나와는 잘 맞는 코스였다. CEO와 함께한 그날 15번 롱홀에서 버디를 하면서 모든 돈이 나에게 왔다. 38만 원이었다. 이제 남은 세 홀만 지키면 되는 상황이었다. 16, 17번 홀을 파로 지켜내고 마지막 18번 홀로 이동했다.

18번 홀은 웰리힐리CC 북코스에서 가장 어려운 홀이다. 거리도 길고 특히 그린 주변에 해저드가 많아 온그린이 어렵다. 온그린이 안 되면 파세이브가 쉽지 않은 홀이다.

드라이버샷을 안전하게 보내는 게 우선이었는데 비교적 무난한 지점으로 티샷을 보냈다. 홀까지 대략 160야드 남은 지점이었다. 그런데 내리막 경사에 공이 놓여 있었다. 더구나 그린 왼쪽에 벙커가 있고 오른쪽에 워터 해저드가 있어 세컨샷 공략이 쉽지 않았다.

나는 6번 아이언을 잡고 그린 왼편을 공략했다. 그러나 약간 슬라이스가 나면서 볼은 그린 오른편 엣지(Edge)를 맞고 튕겨서 워터 해저드에 빠지고 말았다. 그다음 샷과 이어진 퍼팅마저 흔들려 트리플을 범했다. 순식간에 벌어진 상황이었다.

갖고 있던 돈 38만 원을 내어놓으면서 아쉬움을 달래는 순간, 어디선가 비수를 꽂는 소리가 들렸다. CEO의 목소리였다.

"유 부사장, 3만 원 더 내야지. 트리플 했잖아. 하하."

동반 라운딩을 했던 모두는 너무들 즐거운 표정이었다. 허망했지만, 사실 다행이었다. 거기서 파세이브를 지켜서 그 돈을 내가 가진다면 무슨 의미가 있으랴. 동반자만 싫어할 뿐.

"알은 황새가 까지, 제가 깝니까?"

2014년에 임원진을 포함한 간부진 10명이 회사의 중장기 전략을 수립하는 차원에서 미국 컨설팅회사를 돌아보려고 출장을 갔을 때의 일이다. 보스턴컨설팅그룹(BCG), 미국품질협회(ASQ), 피터 드러커 아카데미, 갤럽컨설팅 등 계획된 모든 방문 일정을 마치고 돌아오기 전날에 로스앤젤레스에서 골프를 치게 됐다. 사전에 계획된 라운딩이었다.

로스앤젤레스 근교 해안가의 골프장으로 태평양 쪽으로 바다를 끼고 도는 코스였는데 그린이며 잔디, 조경 등 모든 것이 멋지게 조성된 골프장이었다. 마치 PGA 대회가 열리는 '페블비치CC'를 연상시키는 골프장이랄까. 그 골프장 이름이 'Trump National Golf Club LA'였다. 당시엔 부동산 재벌로 알려진, 지금은 대통령이 된 트럼프 소유의 골프장 중 하나였다.

나는 그 골프장의 멋진 풍광이 아직도 기억에 또렷하다. 파란 바다를 끼고 도는 홀들과 평이하지 않게 디자인된 도전적인 코스에 나는 반했다. 여기에 그날 플레이는 내게 잊기 힘든 추억이 되었다.

싱글을 친다는 재미교포 가이드와 CEO, 나, 김희철 상무 등 4명이 함께 치게 되었는데 PGA 대회가 열려도 될 만큼 좋은 골프장에서 실력이 비슷한 고수들과 동반 라운딩을 하게 되어 그만큼 기대가 됐다.

이 라운딩에서 CEO는 나와 가이드의 맞대결을 부추겼다. 코스며 장비가 다 처음이었지만, 나는 자신감 있게 대결에 응했다. 그러나 몇 홀 지나면서 완전히 망가졌고 두 손을 들고 말았다. 드라이버샷에 문제가 생긴 것이다. 자꾸 슬라이스가 나서 OB가 나거나 해저드에 들어갔다. 트리플 3번, 더블 4번으로 99개를 치며 무너졌다. 100개를 넘지 않은 게 다행이었다.

특히 1번 홀이 승부를 갈랐다. 나는 드라이버샷을 페어웨이 중앙으로 잘 보내 홀까지 100야드 정도를 남겨 두었고, 가이드의 티샷은 왼쪽으로 훅이 나 얼핏 보기엔 나무숲이 있는 해저드 안으로 들어간 것 같았다. 게다가 거기서 그린까지는 180야드가 넘을 정도로 멀었다.

가이드가 공을 찾는 동안 내가 먼저 세컨샷을 했는데 그 샷이 그만 살짝 뒤땅이 나면서 그린 앞에 있는 워터 해저드에 공이 빠지고 말았다. 어이없는 실수였다. 그런데 가이드는 공을 찾았다며 멀리서 샷을 했고 공은 워터 해저드를 살짝 넘어 그린에 안착했다. 굿샷이었다.

나는 거기서 더블을 범했고 가이드는 파세이브를 했다. 드라이버샷만 놓고 보면 내가 파를 하고 가이드가 더블을 해야 하는데 첫 홀부터 완전히 망친 것이다.

궁금해서 버스를 타고 돌아오는 길에 가이드에게 첫 홀 상황을 물었다. 공이 숲속에 들어간 것처럼 보였는데 혹시 알 깐 게 아니냐며 농담 삼아 물어본 것이 화근이 됐다. 가이드가 답했다.

"알은 황새가 까지, 제가 깝니까? 오늘 보니까 부사장님은 황새가 많더구먼요."

나의 트리플 보기를 두고 황새에 빗댄 것이다.

순간 버스 안은 웃음소리가 넘쳐났다.

"아니, KMAC의 베스트 골퍼라면서 100개를 친단 말이에요?"

가이드의 이 말은 나를 두 번 죽였고 그날 형편없었던 나는 창피했지만, 웃으며 이를 받아들여야 했다. 사실 둘이서 맞대결을 하며 내기를 했는데 실제 돈이 오갔으면 많은 돈을 그 친구에게 주어야 했을 것이다.

이 일은 다시 한번 골프의 진리를 깨닫는 계기가 되었다. 내 샷이 잘 안된다고 하여 동반자의 굿샷에 경계심이나 질투심을 갖는다는 것이 얼마나 어리석은 일인지 새삼 깨달았다. 내 샷의 문제는 내게 있는 것이지, 남에게서 이유를 찾으려 하면 좋지 않다.

실제로 필드에서 동반자 중에 공의 위치를 습관적으로 치기 좋은 곳으로 옮기는 사람이 있다. 유쾌하지는 않지만, 동반자가 상사든, 친구든, 고객이든 그들의 골프 습성을 받아 주고 내 룰을 지켜가며 자신만의 골프에 집중하면 된다.

동반자의 플레이 스타일에 신경을 쓰면 오히려 내 멘탈에 문제가 생긴다. 친목으로 치는 골프에서 그런 것에 예민하게 반응하면 오히려 나만 손해다. 부정적인 영향을 받기 때문이다. 동반자에겐 너그러이 적용하고 나에게는 엄격하게 하는 것이 정신 건강에도 좋고 골프 프라이드에도 좋다.

"적당히 하지 그랬어!"

내가 간혹 싱글 수준의 스코어를 기록하면서 CEO와 나는 비등하게 칠 때가 많았다. 엎치락뒤치락하는 경우가 많아 즐거운 라운딩임에도 때로는 긴장감이 감돌기도 했다. 이는 상사와 부하의 관계이기 때문이다.

KMA그룹 임원 골프대회에서 있었던 일이다. 가평에 있는 '마이다스CC'였다. 총 24명이 6개 조로 라운딩을 했다. 인코스, 아웃코스의 각 3개 조로 나누어 출발했고 나는 아웃코스 마지막 조로 티오프를 했다. 그날따라 운도 따르고 샷도 잘돼 76타를 쳤다.

라운딩을 마치고 클럽하우스로 들어와 스코어 카드를 제출하는데 분위기가 이상했다. 알고 보니 그때까지 CEO가 77타를 쳐서 가장 좋은 기록이었는데 내가 불과 한 타 차이로 앞선 것이다.

골프장에서 늘 유쾌하면서도 짓궂은 KMA의 강웅구 상무(당시 직책)가 옆에서 나를 놀렸다.

"유 상무 큰일 났네. 어떻게 한 타 차이로 마지막에 역전할 수가 있어? CEO 얼굴이 범상치가 않잖아, 센스 있게 좀 적당히 하지 그랬어?"

뒤늦게 상황 파악을 하고서 저만치에 있는 CEO의 얼굴을 보니 강 상무의 말처럼 얼굴이 어두워 보이진 않았다. 평소와 다름없는 표정이었다. CEO의 표정을 확인한 후에야 강 상무가 나를 놀리기 위해서 한 말이라는 것을 알아차렸다.

"강 상무님. 청출어람이라고, 내가 그래도 사장님의 골프 수제자인데 훌륭한 제자가 좋은 스코어를 기록하니 얼마나 뿌듯하겠어요. 우리 사장님은 강 상무님 같지 않습니다. 하하."

모두가 들으라는 듯 그렇게 얘기했다. 하지만 골프는 누구를 가르쳤다고 해서 자식이나 마누라가 아닌 이상 경쟁하는 상황에서는 상대방이 더 잘 치기를 바라는 경우는 별로 없다. 골프에서 경쟁 심리는 설명하기 어려우리만큼 묘한 것이다.

첫 티샷, 첫 백파, 첫 싱글

골프 연습장에 다닌 지 두 달째인 6월 말. 강원도 홍천 대명콘도로 그해 상반기를 마감하고 하반기 사업전략을 논의하기 위해 워크숍을 갔다. 상반기의 실적을 리뷰하고 하반기에 집중해야 할 전략적인 방향에 대해 서로 토론한 다음에 저녁은 야외에서 바비큐 파티를 했다.

긴장감 있는 토론이 끝나서인지 야외에서 하는 바비큐 파티는 우리를 취하게 하기에 충분했다. 취기로 어떻게 잠들었는지도 모르게 콘도로 와서 자고 있는데 새벽 이른 시간에 누군가가 와서 나를 깨웠다. 골프를 친다는 것이다. 겨울에는 스키장, 여름엔 골프장으로 활용되는 퍼블릭 코스에서 CEO가 나의 '머리를 올려준다.'라는 것이었다.

모든 장비를 렌탈샵에서 빌리고 술도 덜 깬 상태에서 그날 나는 그렇게 생애 첫 티샷을 했다. 퍼블릭 9홀이었지만, 전혀 예상치 않은 첫 라운딩이었다. 내리막 첫 홀에서 6번 아이언으로 친 첫 티샷이 내 생애 첫 샷이 되었다. OB가 났어도 여전히 기억에 분명하게 남은 이유다. 나는 다음 달인 7월에 여주에 있는 '금강CC'에서 정식으로 머리를 다시 올렸다.

그해 11월 초, 단풍이 절경인 용인 '레이크사이드'에서 난 100타를 깼다. 당시 KMA의 김승엽 이사와 강웅구 본부장 그리고 KMAC의 김종립 본부장과 내가 동반 라운딩을 했다. 그날 김종립 본부장과 김승엽 이사는 나와 강 본부장을 앞세워 대리 내기를 했다.

즉, 나와 강웅구 본부장이 맞대결하여 내가 지면 우리 김종립 본부장이 그린피를 내고 강웅구 본부장이 지면 김승엽 이사가 그린피를 내기로 두 사람 간에 합의한 것이다.

강웅구 본부장은 라운딩 2년 차로 나보다는 골프 입문이 1년 앞선 상황이기에 좀 무리가 있는 내기였다. 그때까지 라운딩을 다섯 번밖에 못 했고 100타도 깨 보지 못한 내가 이미 100타를 깬 적이 있는 강웅구 본부장을 상대하는 것은 벅찬 일이었다.

그러나 운이 좋게도 내가 이겼다. 그날 나는 97개를 쳐서 여섯 라운드 만에 100타를 깼다. 골퍼에게 100타를 깬 날을 축하해 주는 관례가 있는 듯 그날 나의 승리로 기분이 좋았던 김 본부장은 신촌의 단골 술집에서 내가 100타를 깬 것을 밤늦게까지 축하해 주었다.

골프에서 첫 싱글을 기록하면 동반자들이 이를 축하하는 기념패를 만들어 주기도 한다. 나의 첫 싱글은 KTF의 마케팅실장이던 조서환 전무(당시 직책)와의 라운딩에서 나왔다.

조서환 전무는 군에서 소위로 복무할 때 수류탄 폭발 사고로 오른팔을 잃어 의수로 살아왔다. 그런데도 골프를 배워 보기 플레이어 수준을 유지하는 의지의 한국인이다. 마케팅전문가이며 전경련이 추천한 최우수강사이기도 하다. 『모티베이터』(책든사자, 2008)란 그의 자전적 책을 보면 눈물 나는 인생 스토리가 있다.

조서환 전무가 애경의 마케팅실장에서 KTF 마케팅실장으로 스카우트된 지 얼마 안 됐을 때였다. 조 전무는 애경 재직 시부터 나와 마케팅을 주제로 여러 차례 토론도 하며 서로의 신뢰를 쌓아 온 터였다. KTF에 가서도 마케팅을 중심으로 우리의 업무적 인연이 계속되던 차에 라운딩이 마련되었다.

그때까지 80대 초반 스코어가 최고였던 나는 그날 78타로 생애 첫 싱글을 쳤다. 가평에 있는 '썬힐CC'였다. 무엇이 나로 하여금 갑작스럽게 그 스코어를 내게 했는지는 잘 모르겠지만, 무엇보다도 조서환 전무 덕이 컸다.

조서환 전무는 라운딩할 때 동반자를 기분 좋게 하는 출중한 능력이 있다. 화장품 회사 마케팅실장을 역임해선지 라운딩할 때 꼭 캐디에게 줄 화장품을 가져와 처음부터 분위기를 돋운다. 그리고 동반자들이 편안하게 칠 수 있도록 최대한 부담 없고 즐거운 분위기를 연출한다. 5시간을 그렇게 리딩하는 것이다. 상대방을 배려하는 놀라운 능력이다.

조 전무의 샷을 보자. 의수인 오른손은 백스윙 때 지지하는 역할만 하고 왼손 한 손만 가지고 방향과 힘을 실어 샷을 하는데 거리는 조금 짧은 편이나 미스샷은 거의 없다. 아이언샷이나 퍼팅도 손색이 없어 같이 치다 보면 존경스러움을 느끼게 된다. 핸디캡을 극복하느라 얼마나 노력했을까.

조 전무는 잊지 않고 내게 싱글패를 보내왔다. 나의 첫 골프 기념패이다. 조 전무는 이후 KT 부사장을 거쳐 세라젬헬스앤뷰티라는 화장품 회사의 대표이사를 역임했다.

지나친 경쟁심이 화근

한국능률협회가 주최하는 제주 하계 세미나 참석을 겸해 여름 휴가차 라운딩할 때 있었던 일이다. 당시 KMAC에는 부사장이 네 명이 있었는데 나를 포함한 세 명의 실력이 비슷해서 항상 재미있기도 했고 경쟁을 하며 치기도 했다.

그날 내 앞 조에서 CEO, 사모님, A부사장, B부사장이 같은 조로 라운딩을 하였다. 사모님도 싱글 골퍼로서 때때로 임원들과 같이 라운딩을 하곤 했다. 그런데 뒤에서 보니 몇 홀쯤 지나 중간에 뭔가 심각한 일이라도 벌어진 것처럼 서로 말도 하지 않고 냉랭하게 운동만 하는 것이었다. 전반을 끝내고 상황을 파악해 보니 그럴 만한 일이 라운딩 중간에 있었다.

세 번째 홀에서 B부사장이 티샷한 공이 벙커 둔덕에 반쯤 박혔는데 사모님이 그걸 꺼내 치기 좋은 페어웨이로 던져 준 것이다. 그런데 이전 홀에서 더블을 범했던 A부사장은 그것을 그냥 넘기지 않고 CEO에게 항의했다. 공을 있는 그대로 놓고 쳐야 한다며 이의를 제기한 것이다. 사모님이 룰을 몰라서 그런 것이 아닌데 A부사장의 승부욕이 앞선 것이다.

직장 상사와 골프를 치면 상사가 멀리건도 줄 수 있고, OK도 줄 수 있고, 공이 안 좋은 곳에 있으면 꺼내 치라며 아량을 베풀 수 있는 권한이 있는 법이다. 더군다나 모처럼 함께한 사모님이 그렇게 했는데 이에 반응할 일이 아니었다.

골프에선 원칙적으로 공을 움직이면 안 되지만, 친목으로 치는 골프에선 얼마든지 그렇게 할 수 있다. 그것도 CEO의 사모님이 꺼내준 것인데 얼마나 지고 싶지 않았으면 그랬을까.

그 일로 CEO는 사모님에게 왜 공을 건드려 문제를 만드는 것이냐며 화를 냈고 사모님은 배려 차원에서 공을 꺼내준 것인데 오히려 CEO로부터 타박을 들으니 매우 서운하고 화가 났다. 그 일로 서로 냉랭하게 말도 없이 18홀을 돌았다. 즐겁게 담소하며 보내야 할 4시간 정도를 아무 말 없이 돌았으니 험악해진 분위기를 알 수 있었다.

라운딩을 마치고 CEO는 불같이 화를 냈다. 임원들끼리 서로 배려하며 사이좋게 지내라고 그렇게 얘기했건만, 별것 아닌 일로 서로를 못 잡아먹어서 안달이니 우리에게 무엇을 맡길 수 있겠냐며 화를 냈다. 누구를 지칭해서 하는 말이 아니라서 나머지 임원들도 죄인인 양 묵묵히 듣고 있어야 했다. 제주에서 돌아와 거의 한 달 동안 CEO는 분이 안 풀리는지 계속해서 그 일을 거론하며 질책했다.

외지에서 라운딩을 끝내고 현지 음식으로 식사를 할 때면 골프의 즐거움이 배가된다. 제주도에 가면 삼방산 주변의 맛집을 찾아 제주 고유 음식인 다금바리회를 먹거나 중문 입구에 있는 '덤장'이란 식당에서 고등어 갈치구이, 전복 모둠회, 돔베고기로 어우러진 한상차림을 대하며 제주의 고유한 맛을 느끼는 시간을 가졌다.

해남의 '파인비치'에서 라운딩할 때도 시간을 내어 목포의 민어회와 독천의 산낙지를 찾았는데 이들 남도의 맛깔난 음식은 라운딩을 능가하는 즐거움을 안겨 주기에 충분했다.

남해에 있는 '사우스케이프 오너스클럽CC'는 클럽하우스, 호텔, 골프코스, 음식 등 어느 하나 빠질 것 없이 이 세상 최고를 지향하는 듯했다. 라운딩이 끝난 후 클럽하우스의 통유리 창을 통해 붉게 물들어가는 서녘 하늘을 바라보며 남해의 해산물과 함께 저녁 식사를 하는데 여기가 신선이 머무는 곳이 아닌가 하는 착각이 들 정도였다. 다음 날 아침에 남녘 섬과 푸른 바다를 조망하며 떠오르는 아침 해를 맞이하며 함께한 아침 식사 또한 형용하기 힘든 너무나 멋진 경험이었다.

이렇듯 골프를 통해 즐거웠던 추억이 많다. 골프는 일을 통해 쌓인 스트레스를 풀어내는 힐링의 시간이었고 때로는 동기부여의 시간이기도 했다. 골프를 하면서 많은 사연도 쌓였고 교훈도 얻었다. 감사할 따름이다. 골프에 감사하고 골프의 기회를 준 모든 사람에게도 감사하며 무엇보다도 KMAC에 감사하다.

20년 골프를 통해 내 인생은 더 풍성해지고 지혜로워졌다.